中公文庫

つ み び と

山田詠美

中央公論新社

目次

【主な登場人物】

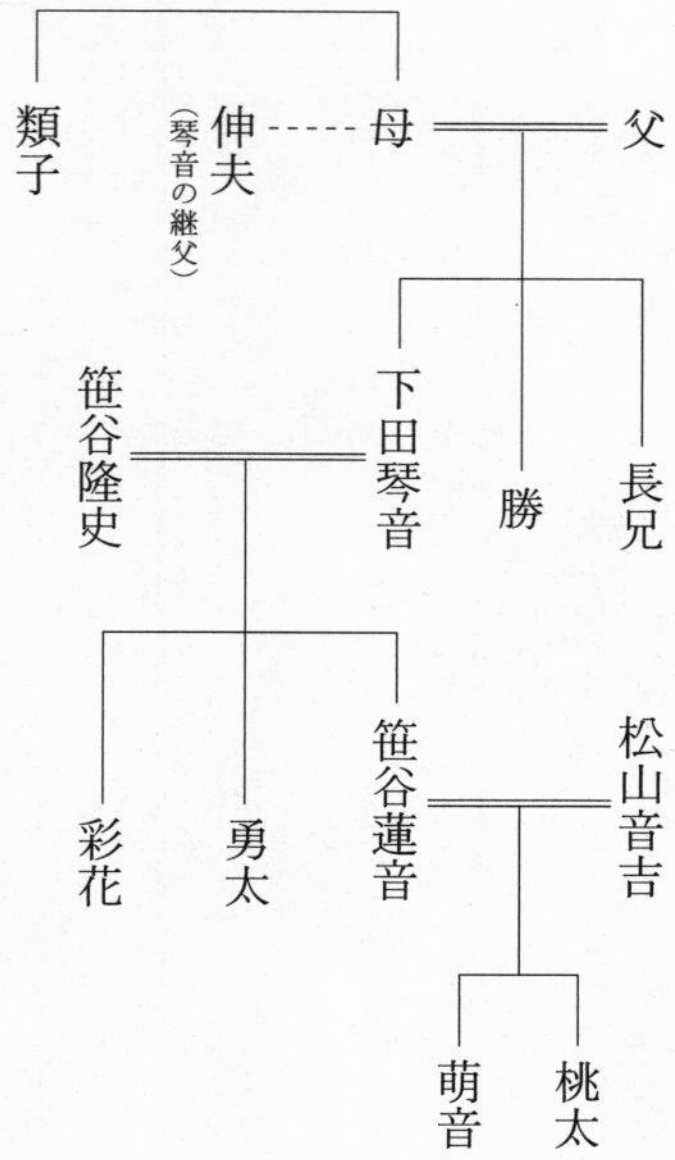
類子
伸夫
（琴音の継父）
母
父
下田琴音
勝
長兄
笹谷隆史
彩花
勇太
笹谷蓮音
松山音吉
萌音
桃太

つみびと

第一章

〈母・琴音〉

私の娘は、その頃、日本じゅうの人々から鬼と呼ばれていた。鬼母《おにはは》、と。この呼び名が、実際のところ、いつ頃から使われていたのかは不明だが、まさに娘のためにある言葉だと多くの人は怒りと共に深く頷《うなず》いたことだろう。彼女は、幼《おさ》ない二人の子らを狭いマンションの一室に置き去りにして、自分は遊び呆《ほう》けた。そして、真夏の灼熱《しゃくねつ》地獄の中、小さき者たちは、飢えと渇きで死んで行った。この児童虐待死事件の被告となったのは、笹谷《ささや》蓮《はす》音《ね》、当時二十三歳。私の娘。

事件は、連日、テレビのニュースやワイドショーで取り上げられ、新聞や週刊誌には「鬼母」の文字が踊った。北関東の田舎町に住んでいる私の所にも取材の人が来た。ずいぶん分と長い間、連絡も取っていないと告げるのだが信じてくれない。あの娘の父親と離婚してから、数えるほどしか会っていないというのに。そう正直に伝えたら、ある記者にこう言われた。

「あなたも、娘を捨てて出て行ったんじゃないですか？」

言葉に詰まった。そうじゃない。私は、そんなことはしていない。いや、もしかしたらしたのか。記憶に蓋をして、常に開けないように努力しているというのに、いつも誰かが隙をねらうのだ。ひょいと、その蓋をずらして、腐った臓物のようになった記憶をずるずると引き摺《ず》り出す。そして、勝ち誇ったように言うのだ。ほれ、見たことか、と。

「虐待は親から子に連鎖すると言いますからね」

違う！　と叫びたいのに声にならない。私が、口を半開きにしながら体を硬直させて立ち尽くしていると、様子を見に来た同居人の信次郎《しんじろう》さんが怒鳴った。

「早く帰りなさい！　あの事件とこの人は何の関係もないんだ。血がつながってるってだけで、どいつもこいつも一緒くたにしやがって、帰れ！　帰れったら帰れ！」

気圧《けお》されたように記者が立ち去った後、私は信次郎さんに倒れ掛かった。彼は、労《いたわ》るように私の背を撫《な》でて言った。

「可哀相に。琴音《ことね》には、なーんの責任もなかんべよ」

そうだろうか。私は、老いて骨ばったその胸に顔をうずめて自問した。本当に私には何の責任もないのか。記者の言った虐待の連鎖という言葉がよぎる。子殺しと断定された私の娘に与えられた刑は懲役三十年。

事件報道直後から信次郎さんは幾度となくくり返した。

「おまえさんがやったことじゃねえんだから」

その言葉に、私は、うんうんと頷く。

「おまえさんはなーんも悪いことなんかねえ」

涙がじんわりと湧いて来た。信次郎さんは、私が何も悪くないと言い続けてくれる唯一の人だ。子供の頃からそうだった。色々な人にないがしろにされ、家族からも悪《あ》しざまに扱われて来た私を、琴音ちゃんは悪くない、と庇《かば》ってくれた。こんな人が父親だったら良かったのにと、何度思ったかしれない。でも、優しい人は、やがて消え失《う》せてしまう、という私の人生のルールに従って、彼もいなくなった。再会したのは、ずい分と後になってからだ。それまで、私は、見せかけだけの優しい人たちに翻弄されながら生きて来た。でも、自業自得なんだ。それが解らないほど、私だって馬鹿じゃない。

「信次郎さんは、今、いくつになったの？」

「もうじき六十」

「おじいさんだ」

そうだそうだ、と笑いながら信次郎さんも私に同じ質問をする。

「私は、四十四。おばさんだね」

「何言ってる。世間では、そのくらいを女ざかりと呼ぶ」

「どうして、女ざかりと呼ぶの？　発情期みたいにさかってるから？」

「ばかもん。今が盛りと咲いている花みたいだからじゃないか」

「私、咲いてないよ」

咲いているよ、と言って、信次郎さんは、私の顎をすくい上げて上を向かせた。

「琴音は、人目につかないつつましやかな花をちゃんと咲かせてる」

「つつましやか⁉」

私は、のけぞって笑い出した。そんな言葉を当てはめてもらえる私を、いったい誰が予想出来ただろう。あの毒々しい花々を散らし続けるばかりであった私。人よりもはるかに速いスピードで年を取って来た。四十四歳の今は、もうおばあさんだ。でも、信次郎さんが、おばあさんの花を咲かせてくれた。

「蓮音ちゃんは、今、いくつって言ったっけ？」

「二十三」

「死なせた子供たちは？」

「上の男の子が四歳、下の女の子が三歳になるとこだったかな？」

これから長いな、と信次郎さんが言った。私の娘に咲かせる花はあるのか。

「色んなとこで、皆が言ったり書いたりしているように、親に虐待されて来た子は、自分が親になった時、その子供たちをやっぱり虐待しちゃうのかな」

「もう、そのことは考えんな。蓮音ちゃんが死なせたのは蓮音ちゃんの子。琴音の子じゃないだろうよ」

「でも、私の孫だよ」

「育ててもいないのに、今さら、ばあちゃん面《づら》したら駄目だよ。心配や反省で、楽になろなんて、ずるかんべ」

「じゃ、どうすればいいの？」

「ただ、放っときなさいよ。今、じたばたする権利も義務もおまえさんにはない」

信次郎さんにぴしゃりと言われて、私は口をつぐんだ。ずるい……のか。そうなのかもしれない。あんな娘を産んだ自分の責任だとのたうち回って見せる方が、沈黙を引き受けて絶望の淵《ふち》に立つよりも、はるかに楽なのかもしれない。だったら、今、私に出来ることは何だろう。

とにかく、わめいては駄目だ、と私は考える。感情をぶちまけて楽になる資格はない。何故《なぜ》、自分の娘が鬼母と呼ばれるようになってしまったのかは解らない。私に解るのは、私自身のことだけだ。それなのに、そこから目をそむけようとばかりして来た。今、するべきは、自分の人生を辿《たど》って、もう一度見詰め直すことなのではないか。

二人の子供の命が失われた後に図々しくも自分捜しか、となじる人がほとんどだというのはじゅうじゅう承知している。こんな言い草、若い頃の私だったら、いい気なもんだよ、と鼻で笑ったことだろう。あるいは、よくあることじゃん、と悪ぶって見せたかもしれない。

でも、今がその時なのだ、と何かが私に命令する。この先の長い生き地獄に耐えて行かなくてはならない娘のために、私は、自分の心に何重にも被《かぶ》さっていた覆いを一枚一枚はいで行こうと思う。そうして辿り着いたところに何があるのか、知りたい。それは、はたして、娘と共有出来るものなのか。私と彼女の贖罪《しょくざい》のための供物となり得るのか。

二〇一〇年、その酷暑の夏に、埋葬されていた記憶の数々が掘り起こされ始めたのだった。私の娘、笹谷蓮音は、風俗店を転々としながら育てていた四歳の長男と三歳になろうとしていた長女をネグレクトの末に死なせたという。育児放棄を意味するその真新しい言葉を聞いて思った。そんなものは昔っから私の日常だったよ、と。

娘の蓮音という名前は私が付けた。すぐに親子だと解るように、自分の名である琴音と似たものにしたかった。初めての大事な子をいつも懐《ふところ》に入れている気分になりたい気持もあった。

蓮の花が良いんじゃないか、と思ったのは、大きなおなかで寺の境内にやって来た時だ。買い物の途中、元気な子が生まれるようにお参りでもするかと、ふと思いついて車を停《と》めたのだった。

開け放たれた本堂を覗《のぞ》き込むと、衝立《ついたて》に描かれた蓮の絵が私の目を引いた。いいなあ、と溜息《ためいき》をついた。極楽浄土の象徴なんだ、あの仏様の花。しんとしていて気高い。何も心配しなくて良いと言わんばかり。このおなかの子には、そういう人生を送ってもらいたい。蓮音。娘が私の一番大切な宝物であったのは、まだ生まれてもいないその頃だったような気がする。

子供の名前を考える時、ほとんどの親が子の幸せを願うものだと思う。あれこれと迷いながらも満ち足りている筈《はず》だ。この子には明るい未来が待っている筈、と確信に近いものを持って胸を高鳴らせる。たとえ何の根拠もなかったとしても。

赤ん坊は、ぴかぴかの新しい人間だ。それを手にすることによって、自分の人生までリセットされたような気持になり、忘れていた希望という代物《しろもの》がいっきに甦《よみがえ》る。私がそうだった。そんなありがたい子には、とびきり素敵な名札を付けてやらなくては、と一所懸命に考えて考えて、「蓮音」に辿り着いた。

泥中の蓮《はちす》、という言葉を信次郎さんが教えてくれたのは、娘が逮捕された後だった。汚れた環境の中でも、それに染まらないで清らかに生きるさまのたとえだとか。聞いて、馬鹿みたいだ、と唇を噛《か》んだ。名前と人生、全然合ってないじゃないか。

「皮肉だなあ」

ぽつりと呟《つぶや》いた信次郎さんに、私は、激しく同意した。ほんとだ。皮肉過ぎる。でも、その名を思いついた瞬間の私は、愛情深い自分を発見して有頂天だったのだ。

私に、琴音と名付けた母も、同じ思いだったのだろうか。琴の音色が大好きだったからと言っていた。でも、いったい、どこで琴が奏でられていたというのだ。私の家は、そんな風雅な楽器とは、まったく無縁だったではないか。後《のち》に尋ねた私に、母は言った。さあねえ、お正月のテレビかねえ、だって。

斬新なんだか古臭いんだか良く解らない琴音という自分の名前が好きではなかった。けれども、関わり合う男の人たちが、皆いちように良い名前だと言うので、案外悪くないのかもしれないと思い始めた。照れ屋の男たちは、私に近付きたい時、まず名前を誉めるのだ、と私は小さい頃から気付いていたような気がする。

そう言えば、その中に信次郎さんもいたのだっけ。親しく口を利くようになった頃、彼は宇都宮大学の学生さんだったが、私といると親子に間違えられるくらいに老《ふ》けていたけれど、その落ち着きは、周囲の人間たちにはないもので、私は、安心して向かい合うことが出来た。心を許して、自分の家の事情などを話した。

信次郎さんは、面倒臭がる様子も見せずに、私の話を聞いて、彼なりの真摯なアドヴァイスをしてくれた。私は、すっかり信頼して、本当に打ち明けたいことを彼の前で口にしようとしていた。それなのに、彼は、その時を待ってはくれなかった。卒業と同時に、就職先の埼玉に引っ越してしまったのだ。私に何も言わずに。

しばらくの間、ひどい奴だ、となじった。私を迷子の気分にさせやがって、と腹立たしかった。でも、いつのまにか、そんな気持は収まり、やがて忘れた。それどころではなかったのだ。

私の人生は、もの心付いた時から、激しい怒りとどうにもならない哀しみ、そして、やけっぱちの歓喜で満ちていた。当時、信次郎さんと過ごしたひとときは、つかの間の休息に過ぎなかったのだ。

まだ、信次郎さんが近くにいた頃、私は新聞に載ったことがある。確か、七歳だったか。小二女児、行方不明と新聞に大きく出ていたらしい。テレビのニュースでも、大々的に報道されていたそうだ。

確かに、私は、行方をくらました。しかし、実は、自分の意志で家出したのだった。まさか、幼ない女の子が意図的に身を隠すとは誰も思わず、捜索願が出されて大騒ぎとなってしまった。

数日経《た》って、私は、家から何キロも離れた村の納屋でうずくまっているところを保護された。無事に発見されたとの情報を受け、大人たちはいちように安堵《あんど》していた。良かった良かったと父がテレビカメラの前で涙を流していたという。この男が元凶なのに。

納屋の外にある農作業用の水道から水を飲み、遠足のために買ってもらったリュックに詰めて来た煎餅や五家宝《ごかぼう》などの菓子で生きながらえることが出来ていた私は、さほど衰弱してはいなかった。それどころか、不思議な安心感に包まれていた。いよいよ食べるものがなくなったら、このまま死ぬのも悪くないのではないかとすら感じた。痛い思いをしている訳でもない。どうにかひもじいのをこらえさえすれば、天国に行けるのだ。出来れば「フランダースの犬」みたいに動物が側《そば》にいてくれれば安心なのだけれど。

そんなふうに、ほとんど満ち足りたような気分で体を横たえていた私だが、突然、静寂は破られ、怒号と歓声の中で抱き上げられたかと思うと、昼間の明るさの下に運び出された。陽光に目がくらんだままの状態で、すぐさま病院に連れて行かれた。元通りの視界を取り戻した時、私の周囲はもちろん、世間でも大騒ぎとなっていたのを知った。

けれども、私の体には打ち身による痣《あざ》の他、たいした外傷は見当たらず、事件性もないということで、人々は、すぐに関心を失った。無事を喜んでくれたのもつかの間、子供の冒険に付き合わされたという非難めいた論調に変わったそうだ。しつけの出来ない親とその親に心配をかけても平気なわがままな子供で形作られた迷惑な家庭。私の家は、そういうくくられ方をして、皆の脳裏から消えたと聞いた。

でも、私には私なりの事情があったんだ。子供には子供の正当な主張がある！　その時、私はそう強く思ったが、どう言葉にして良いのかが解らなかった。そして、それは、今に至るまで同じだ。私は、自分の正しさを言葉にして主張することが出来ない。あるいは、私のやることとなすことに、正しさなんてはなからないのかもしれない。

「ずい分、無茶したねえ。探検のつもりだったのかな。痣がいくつも出来てるよ。ま、ぼくたちが子供の頃は、こんなもんじゃなかったけどね」

発見された直後に運ばれた病院の先生が、私を診察して、笑いながらそう言った。

「土手から転げ落ちたり、川べりで滑ったり、生傷が絶えなかったっけ。ま、そういう腕白な遊び方するのも子供の仕事だからね」

先生は、私の理解者のように言い、同意を求めるように微笑《ほほえ》んだ。

子供の仕事。この痣、その結果に見えますか？

先生と呼ばれる人種は信じられない。私は、まだ何も解っていない幼ない子供ではあったが、そのことだけは学んだのだった。

私の体のあちこちに付いた痣は、父によるものだった。その数は決して多くなく、見る人をぎょっとさせるほどひどいものでもなかったので、誰も気にも留めなかった。けれども、私は、訳の解らない理由で、いつも引き摺り回されていたのだ。

父は、アルコール依存でもなかったし、薬物中毒でもなかった。はた目には、まるで暴力とは無縁の地味な男に映ったことだろう。確かに普段は、静かな人だった。朗《ほが》らかとは言えないが、ことさら不機嫌さを強調することもない。

ところが、何かをきっかけにして人が変わってしまうのだった。その原因は、掛けっ放しになっていたタオルの汚れであったり、切らしてしまったお茶っ葉だったり、母が作った自分の口に合わない料理のこともあった。

ともかく周囲が予想もつかない理由で、父は別人のようになってしまうのだった。それは、まさに怒りのスウィッチが入ったとしか言いようがなかった。

「ああ、早く大人になりてえ」

三つ年上の兄の勝《まさる》は、私と二人きりの時に、いつも、そう呟いた。彼は、私よりもはるかにひどい暴力を受けていた。

「大人になったらどうするの？」

「ここを出て、あんちゃんとこに置いてもらう」

私には、もうひとり年の離れた兄がいるのだが共に過ごした記憶はない。顔すら思い出せない。高校を途中で止《や》めて家を出てしまったのだ。私は勝だけを兄と思いながら育った。しかし、彼は、来るべき時に備えて長兄を頼り連絡を取っているらしかった。

来るべき時。それは、父が、まだかろうじて残している理性の壁の最後の部分を決壊させてしまう時だ。

「ねえ、勝兄ちゃん、お父ちゃんは、どうしてああなるの？　なんで、あんなに怒ったりするの？」

「憎らしくて仕様がないのかもな」

「何を？」

「全部、何もかも」

「私とか勝兄ちゃんも入ってるの？」

「当り前だよ。母ちゃんだって入ってるよ。憎らしいから殴るんだ。でも、なんで、そんなに憎らしいのかは解んねえ」

憎らしくなくても、他者を殴る人間がいることを、その頃、兄も私も知らなかった。

私たち子供は、毎日、途方に暮れていたと思う。父に、ひどい目に遭《あ》わされている母を、どうにも出来ずに、ただ見ている他なかった。止めようとして二人の間に入ったりしたら、自分たちもただではすまないのは解り過ぎるくらいに解っている。

震えながら身を寄せ合う兄と私を、母は、ただ見詰めていた。殴られ、突き飛ばされ、引き摺り回されながら。助けを求めて叫んだりすれば、ますます父が常軌を逸する振る舞いに出るやも知れず、されるがままになっていた。

ある日、自分のふるう暴力に自身が飽きてしまったのか、父は、母をぶつ手を急に止め、突然、家の外に出て行ってしまったことがあった。

部屋の隅にいた兄と私は、父の姿が見えなくなるや否や、母に駆け寄ってすがり付いた。泣きながら、大丈夫か、と尋ねる私たちを彼女は押しのけるようにした。そして、畳に伏していた顔を上げて、汗で濡れて乱れた髪の間から、こちらを見た。そうして、口を開いて、ひとこと言ったのだった。

ら、続けた。

「役立たず」

意味が解らず、兄と私は同時に息を呑《の》んだ。すると、母は、ゆっくりと立ち上がりなが
「子供なんか産まなきゃ良かった」

兄は、後ろ手に座り込んだ格好で、しばらくの間、母を凝視したままだったが、やがて我に返ったらしく、飛び上がって母に体当たりして行った。既に、父に相当痛め付けられていた母は、兄にぶつかられ、すぐに倒れた。

勢い余った兄は、そのまま襖《ふすま》に衝突して大きな穴を開け、それでもなお興奮が覚めず、裸足《はだし》のまま縁側から下りて走り出て行った。わあああああっ、という彼の声が、あたりに響き渡った。わあああああっ、みーんな、死んじまえ！　わああああああっ！

その夜、私は、七歳にして家を出ることを決意したのだった。

両親は、もちろんのこと、兄にも言わなかった。仲の良い友達などはなからいないのだから同級生に告げる必要もない。私は、たったひとりで遠くに行くのだ。その思いつきは、私に茫漠《ぼうばく》とした悲しみを引き寄せたが、同時に、甘い夢も与えた。つらい毎日に耐えた自分には、この先、御褒美《ごほうび》が待っているかもしれないと考えたのだ。童話の中のお姫様の気持にでもなっていたというのか。役立たずのくせに。

両親は、親しく行き来するような近所付き合いを、ほとんどしていなかったし、私も地

元の子供たちからは仲間外れにされがちだったので、他の家の様子がどういうものであるのか知らなかった。けれども、我家《わがや》が、他と比べて温かみに欠けているんだろうな、とは何となく気付いていた。

家庭の温かみとは、手間がかけられているということでもある。その家に住む人間たちが、互いを気に掛けているかどうかという証明でもある。

私の家は、癇性《かんしょう》の母によって隅々まで磨《みが》かれていた。父が暴れた後は特に念入りで、母は何かに憑《つ》かれたかのように、片付けや掃除に集中した。たぶん、夫婦間の争いをなかったことのように思いたかったのだろう。

母は、家じゅうをぴかぴかにした後、自分を奮い立たせるかのように言った。

「さあ、仕切り直し、仕切り直し！」

それは、長いこと、たいそう元気な響きを持って、私の耳に届いた。しかし、いつの頃からか、その声は力を失って行った。

「仕切り直し……仕切り直すのよ……」

やがて、自分に言い聞かせるかのように、呟くばかりとなった。

それでも、あちこちを磨き立てていたので、家は綺麗だった。家庭訪問に来た担任の先生が驚いた表情を浮かべていた。何故なら、家の清潔さに比べて、そこの子供である私が、いつも薄汚れていたからだ。

私の着せられていた服は、とても可愛《かわい》らしいものばかりだったが、常に垢《あか》じみていた。下着も同じで、しかも見えないからとなかなか新調してもらえず、パンツに穴が開いていたり、足の付け根のゴムが切れたままになっていることすらあった。

放課後の校庭で遊ぶというグループに必死に付いて行って仲間に入れてもらった時、滑り台のてっぺんに立った私は、下で待ち受ける男子児童たちの姿を見た。女の子たちもいた。

「早く滑って来なよお！」

そう口々に叫んで手を振る彼らを認めて、私は、どれほど嬉《うれ》しかったことか。自分には、お友達がいっぱいいたんだ！　そう喜びで胸を詰まらせながら滑り降りた。そして、その瞬間に、私は、自分の大いなる勘違いに気付いた。

下にいた子供たちは、私のスカートの中を見上げて、指を差して笑い出したのだ。

「ほらな、パンツに穴開いてんべよ‼」

私のパンツに穴が開いていたのを囃《はや》し立てた子供たちの声は、何度も何度も甦った。それこそ大人になった後までもだ。あの時の私は、小学校の二年かそこらだったが、彼らが目を付けていたのが、古びた下着そのものではないのを、既に悟っていたのだった。標的にしたのは、家庭という棲《す》み家《か》で大事にされていない、私という存在。彼らは、すさんだ家の気配に自分たちも便乗して、どうにでも出来る獲物の臭いを嗅いだのだ。

ひとりで家を出たのは、父の暴力がますますひどくなって行ったのに加えて、私を嘲《あざけ》ることで一致団結する子供たちから逃げたいという理由もあった。いや、本当は、理由らしい理由などなかったのかもしれない。つらさに押しつぶされそうになって、衝動的に家を後にしたのかもしれない。母の幾度となく口にして来た「仕切り直し」という言葉に導かれて。

リュックを背負った幼ない私は、ただひたすら歩いた。自分の住んでいた区域は、町とは名ばかりの田舎で、少し歩けば見渡す限りの農村地帯に出る。途中、いくつかの川を渡り、国道を横切ってしまうと、あたりは闇に包まれた。田畑に突然出現する墓石を横目で見ても、不思議と怖さは感じなかった。怖いと思うのは、他人の助けを期待出来る時だけなのかもしれなかった。

途中、畦道《あぜみち》に腰を下ろし、リュックに入れて来た煎餅をかじった。その咀嚼《そしゃく》する音と蛙《かえる》の鳴き声だけが、私の耳に入って来た。無心、という言葉は、その頃、知らなかったけれども、あの時の心境は、まさに、それだっただろう。私は、何も考えずにすむ子供に、ようやくなれていたのだ。

生きて行けるのなら、それが良い。死んで行くのなら、それも、また良し。そんな心持ちで辿り着いたのは、廃屋めいた納屋だった。私は、その隅にムシロを重ねて自分の寝ぐらを定めた。

そこに横になり、ぼんやりとしていると、父と母と兄の姿が脳裏に浮かんだ。目を閉じると、彼らは、紙芝居のように場面を変えて不幸を演じるのだった。私は、そこから、いち抜けた。そう思うと、とてつもなく安らかな気持になった。私は、傷付けられる人々の物語から足を洗ったのだ。

兄と私は、ぶちのめされた後の母が、さらに裸にされ、いたぶられるのだって目撃したのだ。あの、細く開けた襖から見えた、尻尾《しっぽ》を食い合う蛇たちの世にも残酷な光景。

〈小さき者たち〉

むかし、むかし、あるところに、おじいさんとおばあさんがすんでいました。

そういう始まりのお話を、桃太《ももた》は、ずっと忘れることはありませんでした。それは、大好きな母の蓮音が、寝る前にいつも読んでくれた絵本のお話だったからです。

これはね、ママが小さい頃にも、そして、桃太のおばあちゃんが小さい頃にも読まれて来たお話なんだよ。そう母は言って、くり返しくり返し読むのでした。

「おじいさんは、山にしば刈りに、おばあさんは川に洗濯に行きました……」

そこまで読んで、いつも、母は、くすりと笑うのです。

「……山に芝って生えてたっけか。芝が生えてんのは芝生だろ？　え？　それじゃ、当り前過ぎ？」

お話の最初の方で、おばあさんが洗濯していると、大きな桃が流れて来るのです。

「どんぶらこっこ、どんぶらこ～」

そう、おどけた口調で読みながら、母は、広げた指を熊手のようにして、桃太の腹をわしわしとつかむのが常でした。あまりのくすぐったさに、桃太は身をよじり逃げ出そうとするのですが、そうは問屋が卸さないとばかりに、母は、彼を腕の中に入れ、今度は体じゅうをくすぐろうとするのです。

ひいひいと言いながら降参の意を伝えると、まいったか！　と母は満足気に笑うのです。息を切らして、まいりましたよお、と言っていると、今度は、妹の萌音《もね》も寄って来て母に催促するのです。

「モネもー、モネも、どんぶらこっこする」

母は、萌音の望み通りにしてやり、笑い転げる妹を救うべく、桃太は、二人の間に割って入ろうとするのです。そして、その結果、終わりのないふざけ合いに突入してしまい、いつのまにか、絵本は枕の向こうに放り出され、お話は最後まで行き着かなくなってしまうのでした。

でも、桃太は、母が幾度となく読み通してくれたそのお話が、どうなるかを暗記しています。流れて来た桃からは、男の子が生まれて、桃太郎と名付けられるのです。そして、きび団子というおやつを持って、動物たちと鬼退治に行く。

「桃太の名前は、こっから取ったんだよ、格好いいべ？　最初は、何これ、ありえねーって思ったんだけどさ。段々、羨《うらや》ましくなって来た。私も桃から生まれたかったよ」

　そう母が言うのです。

　桃太郎のお話から自分の名前が付けられたと知って、桃太は、今度は妹の萌音という名の由来が知りたくなりました。

「桃太たちのパパがね、絵の本を見せてくれたのね」

「ふうん、こういうの？」

「違う違う。それは絵本でしょ？　ママが見たのは、世界中の人が知ってる絵描きさんのやつだよ。芸術っていうんだよ。モネっていう人の絵が載ってる本でさ、そこに、睡蓮の絵があったんだ。ほら、ママの名前は、蓮音でしょ？　蓮と睡蓮は親戚だから、それ描《か》いたモネさんの名を使わせてもらおうと思って」

　母の言っている意味を全部理解することは出来ませんでしたが、その絵が美しいものであるのは想像がつきました。

「モネさんの絵、綺麗？」

「うん。すごくすごく綺麗だよ。いつか、皆で実物を見に行きたいねー」

「行きたい！」

　ゆちたい！　と桃太の真似をして萌音が大きな声で言ったので、三人は顔を見合わせて笑いました。そして、ひとしきり笑った後、母は仰向けになり、ぼんやりと天井を見詰めながら桃太に尋ねました。

「モモは、パパの顔、覚えてる？」

「うん！」

「ほんと？　ねえ、ほんと？」

問いただされて、桃太は口ごもってしまいました。あの人なのかなあ、と記憶に残る最初の大人の男の人を思い浮かべようとするのですが、すぐに混乱してしまうのです。

母の周囲には、何人もの男の人がいました。でも、桃太と妹の面倒を見てくれたと思い出せるのは、たったひとり。それは、母の父、つまり、桃太たちの祖父だけなのでした。

しかし、その人は、小さな子供たちにとっては、とても恐ろしい存在でした。ぶたれたりするようなことはありませんでしたが、行儀にとてもうるさかった。

些細《ささい》なことで、叱咤《しった》され、こらっ、という言葉が飛んで来る時、桃太は身の縮むような思いでした。まだ赤ん坊である妹など、驚いて、火の点《つ》いたように泣き出してしまうのでした。それを、なだめて泣き止《や》ませるのは、桃太の仕事でした。自分だって、まだ赤ん坊と言えるかもしれないのに。

泣いちゃ駄目だ、泣いちゃ駄目だ、と桃太は、もの心付いた時から、自分を必死になだめることを覚えました。そうでないと、祖父は、とめどなく自分の娘をののしるのです。

「おまえなんかに親の資格はない」

そう桃太たちの祖父に言われるたびに、母は唇を噛んで下を向くのでした。そして、しばらくは、ののしられるままになっているのですが、やがて立ち上がり、桃太の手を引いて、その場を離れようとするのです。

「まだ、話は終わってないだろう？」

祖父の腹立たし気《げ》な声が、自分たち親子を追いかけて来て、桃太は幾度となく振り返るのでした。いいの？　ママ、このまま行っちゃっていいの？　そう心の中で語りかけましたが、母は、ずんずんと玄関に向かい、途中、廊下で立ちはだかる女の人を突き飛ばして、進むのでした。

「蓮音、待ちなさいよ！」

「うるせえよ！　継母《ままはは》が」

ママハハ。桃太には、その意味が解りませんでしたが、母のママではないのだと感じました。会うたびに言い争いになり、口汚なくののしり合う二人なのでした。

いつも、色々な人たちが、母を怒っていました。それは、とても可哀相なことだと、桃太は思いましたが、毛を逆立てた猫のようになってしまう母を誰もどうにも出来ないみたいなのでした。だから、ただひたすら怒っているのを解らせようとする。そんな中にいたくないから、母は出て行く。そして、母を好きな人の許《もと》に行くのです。

「ふざけんな」

母は、自分を責めた人を思い出して、こう呟くのでした。そして、少し泣きます。そして、また言うのです。

「ふざけんなっつうの」

萌音を乗せたベビーカーを押し、片手で桃太の手をつなぎ、もう目の前にいない人々をののしりながら、母は歩きます。見上げると、どうにも出来ない腹立ちを抱えたらしい母の顔があり、桃太は苦しくなってしまうのでした。

「ママ、大丈夫?」

ふと我に返ったかのように、母は指で涙を拭《ぬぐ》い、桃太の手をきつく握り返すのでした。すると、こちらの気持も落ち着いて来るのです。ママが、この手を離さない限りは大丈夫だ、と確信して、不安はたちまち消え去るのでした。

今、桃太は、真夏の閉め切った暑い部屋で、そういったさまざまなことを思い出しています。母が手を離す筈などないのですから、安心していれば良いのです。モモとモネは、ママのだーいじなたっからものー。宝物を忘れて行くことなど、決してないのです。

お兄ちゃあん、と萌音が呼びました。どうしたのかと桃太が顔を寄せると、再び、すーいすーいと寝息を立て始めます。寝言だったようです。暑いのでしょう。額《ひたい》には、汗で濡れた髪の毛がへばり付いています。それを指でどけてやりながら、氷があれば良いのになあ、と桃太は思うのでした。そうしたら、おでこを冷やしてやれる。気持がいいんだ、あれ。

母は、子供たちが熱を出した時、ガーゼに包んだ氷で、顔を撫でてくれたものです。桃太が薄目を開けると、そこには、心配そうな母の顔がありました。

「熱、下がるよね、下がるよね」

そう声をかけながら、氷を子供の顔に滑らせる母は、途方に暮れているように見えました。

「冷やせばいいんだよね、冷やせば」

桃太の顔は、冷たくなり過ぎて感覚がほとんど失《な》くなってしまいましたが、母のやりたいようにさせて置きました。自分のために母がしてくれることは何でも好きだったのです。母は、誰にも親切にしてもらえない人でしたから、自分の子の面倒の見方や世話の仕方を、自身で発見するしかなかったのです。それが、たとえ正しくなくて、こちらに負担が掛かったとしても桃太には良かったのです。母が自分に付きっ切りでいることが重要だったのです。ええ、本当ですとも。わがままなんて言わない。そういう稀《まれ》な子に育ちつつあったのが、桃太なのです。

「何、馬鹿なことやってんだよ、凍え死んじゃうだろ⁉」

ある時、同じように氷を使った熱冷ましで奮闘していた母に怒鳴る男がいました。もしかしたら、あれが父なのか、と桃太は思い出すことがあります。

「どうして、そんなにも頭悪いんだよっ」

嫌だな、と桃太は熱に浮かされながら考えていました。母との満ち足りた時間を、いつも誰かしらが邪魔しようとする。まだ言葉にして抗議することの出来ない桃太でしたが、感じ取ることは可能だったのです。それを、むずかるというやり方で、どうにか伝えようとするのでした。

「ほら、桃太、嫌がって泣いてんだろ」

そうではなかったのです。嫌がってなんか、ない。桃太は自分の母親を嘲る者たちを押しのけたくて泣いていたのです。もちろん、そんなことが通じる訳もなく、父と思われる人は、舌打ちをして、間違いだったかな、結婚、と呟いたのでした。


〈娘・蓮音〉


刑務所に移ってからしばらくは、混乱することに忙しかった。頭の中は、常に渦を巻いているような状態で、隙間なんてなかった。思えば、蓮音の人生は、それまでも常に混乱していた。他者から混乱させられ、それが収束しそうになると、今度は自らを混乱の中に突き落として来た。

それなのに今、あえて混乱しようにも出来ないほどのすさまじい静寂が自分に忍び寄ろうとしている。ふと作業の手を止めたりした時に、そのことに気付いてしまうと叫び出したくなる。まさに、ずっと長い間、この瞬間を恐れて来たのだ。蓮音は、ようやく悟ったのだった。私は、自分自身と向き合うための余白の時間をなかったことにしたかった。そのために日々を愚かな行動で埋め尽くし続けたのだと。

まるで、回り続けていた洗濯機の電源が、突然切られてしまったようだ、と蓮音は思う。あんなに渦に巻き込まれ続けていたのに、洗濯物は、まだ汚れたままなのだ。

おばあさんは、川に洗濯に行きました。小さな子供たちに読み聞かせていた絵本を思い出す。私も、のんびり川で洗ってりゃ良かったんだ。その思いつきは、何だか気の利いたもののようで、蓮音は、くすりと笑みを洩《も》らしかけるが、唇は悲し気《げ》に歪《ゆが》むだけだ。

この先、どんなふうに笑おうとも、笑みの裏側には悲しみが貼り付いているんだろうなあ、と、ぼんやりと考える。あんなに小さな内に命を断たれてしまった桃太と萌音。私の子供たち。なんていたいけで憐《あわ》れなんだろう。

蓮音には、灼熱地獄と化したマンションの一室に置き去りにされて死んで行った幼な子たちの悲劇と、自身を結び付けることが、いまだ出来ない。本当に、私は、あんな残酷なことをしでかしてしまったのか。それが出来るような人間だったのか。

思い詰めると、頭の中が文字通り真っ白になってしまう。けれども、それは、ようやく向かい合うしかなくなった余白だ。これから、そこを埋めて行くべきものは何だ。語り直すべき自分自身の物語ではないのか。

　コンビニエンスストアの駐車場で、自首するべく警察の人たちを待っていた、あの時に、蓮音の愚かな逃避行は終わりを告げた。ランニング・オン・エンプティ。英語のフレーズが思わず口をついて出た。その言葉を使ったのは子供たちの父親だった。空っぽの上を走ってる。飼っていたハムスターのケージを覗いて呟いたのだ。どういう意味？　英語、解んない、と言った彼女に、馬鹿だな、と彼は笑った。馬鹿が、まだ愛の用語だった頃だ。

　ここに来て何度となく、すれ違った受刑者に囁《ささや》くような声で、「人殺し」と言われた。そのたびに蓮音は、そうなんだ？……と、どこか他人事《ひとごと》のように思う。殺人を犯したという実感が、どうしても湧かない。

　だって、あの子たちは、まだ、人じゃなかった。そんなふうにすら感じてしまうのだった。けれど、大事に思わなかった訳ではなかった。むしろ、人、よりもはるかに大切な宝物だった。殺したいという衝動を覚えたことなど一度だってなかった。殺したい奴らなら他に山ほどいた。彼らこそが、人。人間たち。

　桃太と萌音は、それこそ「食べちゃいたい」くらいに、可愛かった。だって、自分の体から出て来たんだもの。食べちゃってから、また産み直したって良いくらいだ。そう言って、メビウスの子供たちだねと地元の友達に笑われた。

　蓮音には、友達が沢山いた。ＳＮＳで頻繁に連絡を取り、それぞれの幸せを確認し合った。そうだ。皆、自分たちの幸福感を強調するばかりで、不幸に関する近況報告などなかった。そんな要素が少しでも混じれば、グループからははじき出された。そういう暗黙のルールの上に、彼女たちの友情らしきものは成り立っていたのだ。

そんな状況になっていたとは全然知らなかった、と蓮音を知る人々は、事件後のインタヴューで困惑したように語った。父も、死んだ子供たちの父親である元夫も、友人たちも。そのことを接見した弁護士から聞かされた彼女は、吐き捨てるように言った。

「当り前じゃないですか。幸せじゃない自分を知られるなんて死んだ方がましですよ」

その自分の発言を、後々、思い出すたびに、蓮音は、苦しさのあまりに胸を掻《か》きむしりたくなる。そして、呟かざるを得ない。死んだ方がましなのは、今、まさにこの時だ、と。

不幸を呼び寄せるような不吉な女と、別れた夫の母にののしられた。おまえとなんか結婚したおかげで幸せをつかみそこねた、と別れるまで責められ続けた。行くとこ行くとこで皆を不幸に陥れる、と父には匙《さじ》を投げられた。実の母は、と言えば、不幸になる前にとっとと逃げた（たぶん）。友達の前でくらいは、幸せなお気楽女でいたいじゃないか。

離婚後、蓮音が誓ったのは、このことだった筈だ。私は、これから、誰もが羨むくらい幸せになってやる。

でも、そんな決意は空回りに終わった。子供たちを死なすくらいなら、その前に殺しても良い奴がいくらでもいたというのに。

桃太がおなかにいると解り、結婚を申し込まれた瞬間は、蓮音の幸福の絶頂だった。そこには何の曇りもないようで、初めて感じるその晴れやかさが信じられなかった。

思えば、もの心付いた時から曇ることばかりの毎日だった、と彼女は振り返ってみる。自分次第で輝かしい日々はやって来る。そう信じて、めげずに、立ちはだかる曇ったものを払拭《ふっしょく》しようと必死になったりもしたが、その側から、誰かしら汚してしまう人間が現われた。もう立ち直れない、と何度思ったか解らない。きっと、そういう星の許に生まれちゃったんだなあ、私って奴は。そんなふうに諦《あきら》めていたのだ。

ところが、もしかしたらそうではないのかもしれない、私の人生、まんざら悪いものでもないのかも、と思い直したのは、どうにかこうにか高校を卒業して、隣の市にあるファミリーレストランで働き始めてからだ。

蓮音は、同じ店で働くアルバイト学生と恋に落ちたのだった。幸せは、いつのまにか彼女に近寄って来ていたのだ。

学生の名は、松山音吉《おときち》といった。東京の私立大学に通っていて、春休みのため帰省中だった。

自己紹介されて、フルネームを聞いた時、蓮音は、勝手に運命のようなものを感じてしまったのだった。

「あの、変わった名前ですね、音吉って」

ああ、というように音吉は肩をすくめた。

「よく言われます。祖父が付けたんです。趣味でギターとかやってて」

「ギター⁉ バンドとかですか？」

「あ、いや、クラッシックギター」

家の中に楽器を奏でる人がいるって、どういう感じなんだろう、と蓮音は思った。彼女には、とても想像がつかない。

蓮音がぼんやりと立ち尽くしたままなので音吉は、彼女を残して持ち場に戻るべく背を向けた。

あのっ、と蓮音は慌てて呼び止めた。

「私の名前、笹谷蓮音っていうんです。私の名にも音っていう字が付くの。すごい偶然の一致だと思いませんか？」

へえ？ と言って、音吉は蓮音をまじまじと見た。ようやく関心を持ったようだった。

「綺麗な名前ですね」

「音つながりですよっ！」

思わず笑った音吉を見て、とりあえずつながった、と蓮音は喜び、殺人者への第一歩を踏み出した。

音吉との出会いが、人の命を奪う罪への第一歩になろうとは、もちろん蓮音に予想出来る筈もなかった。彼は、自分の味わったことのない幸せの気配を漂わせる人だった。そのお裾分けに、少しでも与《あずか》りたい、と彼女は切望した。あの清潔で満ち足りた感じ。あらかじめ色々なものを与えられているが故《ゆえ》に、自分は一歩引いて人を優先する術《すべ》を知っている。そんな人間は、これまでの彼女の人生には存在しなかった。

「要するに、それ、ただの親切な男ってことじゃねえ？」

口の悪い女友達の真子《まこ》は、そう言って呆《あき》れたけれども、蓮音は、この女、何も解ってない、と心の内で嘲った。私たちなんかと育ちの違う品の良い人なのに。言葉だって乱暴じゃない。年下の自分にも、丁寧な話し方で接してくれる。仕事中、こちらのうっかりしたミスも、こっそりとカバーしてくれる。東京にいる大学生なんて、親の金を無駄にするだけのどうしようもない甘ったればかりだと思っていたけれども、バイト代は学費の足しにすると言っていた。偉いですね、と言ったら、はにかんだように笑った。

「蓮音ちゃんのが、よっぽど偉いよ。この間話してくれたじゃない。弟たちの面倒を見て来たって」

蓮音ちゃんと呼ばれて、体が浮き上がるような楽しさを感じた。いつのまにか、音吉は、彼女をそう呼ぶようになったのだ。わくわくとは、こういう気分か。彼女は異性にそんな気持にしてもらったことは一度もない。

音吉は、会話のはしばしに、いつも思いやりを滲《にじ》ませた。そういう習慣が身に付いていているだけで、自分に対してとりわけ気をつかっている訳ではない、と蓮音は勘付いていたが、それでも良かった。

ただの親切な男、と真子は言った。それの何が悪いというのだ。いや、むしろ素晴しいではないか。自分たちの周囲を見渡してごらんよ、と蓮音は心の内で毒づいたものだ。ただの親切、上等じゃないか。下心なしに寄って来る男なんて、会ったこともない。いつも、どうやったら制服を脱がさないままやれるか、と考えている男ばかりだった。だから、こちらも、スカートの襞《ひだ》を壊さないようにしてパンツを下ろし素早く事をすませた。その速度次第で男たちが優しくなるというのを知ったからだ。

でも、そんなことにかまけていたから、蓮音は優しい制服の脱がされ方を知らないで来てしまった。

音吉と初めて体を重ねたのは、夏休みに入り再び彼が帰省した時だ。バイト先にまたもや蓮音の働くファミリーレストランを選んだ彼は、臆することなく気持を伝えた。

「おれ、あっちに戻ってからも、ずっと蓮音ちゃんのこと考えてた。前の時、あんなふうにしたままだったから、すごく責任感じちゃって……。逃げたんじゃないって知らせたくてたまんなかったんだけど……」

「けど？」

「勇気なくって」

蓮音は呆気《あっけ》に取られて音吉を見詰めた。いったい、この人、いくつだっけ？　と思った。自分より二つ年上だから、二十歳だ。もう大人。それなのに、女に対する、こんな中学生みたいな言い草と来たらどうだろう。テレビドラマとかにある初恋の場面みたいなこと言ってる。

前の時、あんなふうにしたまま、というのは、二人が口づけを交わしてそれきりになっていたのを意味しているらしかった。音吉の春休み中のバイト最終日のことだ。マネージャーや同じシフトの仲間たちに、ねぎらいの言葉をかけられて立ち去ろうとした彼を、蓮音が追いかけて呼び止めた。

「このまま会えなくなっちゃうの？」

蓮音の言葉に不意をつかれたような表情を浮かべた後、音吉は彼女の腕をつかみ、駐車場の隅に引っ張って行った。そして、停車していたトラックの陰で抱き寄せたのである。それは、とても静かな、けれども長いキスだった。音吉は、何度も唇を離しかけたが、名残《なご》り惜しさのあまりか、ついばむようにして蓮音のそれに戻って行くのだった。

小雨が降り始めていた。春の雨が相手の唇をしっとりと湿らせて行くのを感じながら蓮音はひどく驚いていた。男が、こんなにも静かに女を抱擁するのを、彼女は知らなかった。音吉の腕には力が込められていたが、それは、蓮音の体を守る枠組みを作るためのように感じられる。その内側で、彼女は、好きなだけ力を抜いて、キスの甘みを舌に広げることが出来た。ああ、そうか、と思った。キスの味ってこのことなんだ。彼女は、古今東西、さまざまなところで語り継がれて来たロマンスという代物を、生まれて初めて実感していたのである。

唇と唇のことなんて、いつだってスキップして来た。その年にして既に蓮音は、男なんて性欲からしか始めない種族じゃないか、と見くびっていたのだ。

口づけの余韻は、音吉に再会するまで続いていた。ふと気が付くと蓮音は、あの春の雨の夕暮れを思い出しているのだった。事細かに反芻《はんすう》していると胸の中に幸せが満ちた。と、同時に、訳の解らないもの哀しさもひたひたと押し寄せて来る。自分の中にそれまでなかった「せつない」という語彙《ごい》が増えて、深く頷かずにはいられない。これ以上相応《ふさわ》しい言葉は、ないな、と。

同時に、自分をせせら笑いたい気持もあった。私としたことが、まさか、今さら男に期待を持とうというの？　散々、手ひどい仕打ちを受けて来たのに。踏みにじっても許される存在として扱われ続けたのに。許される……でも……でも、誰がそれを許したというの？

散々、男の捌《は》け口にされることに甘んじて来た。母が浮気をくり返した揚句《あげく》に家を出て行った後の父の怒り。田舎町でくすぶる、うだつの上がらない近所のおっさんたちの怒り。自分の強さを誇示したくとも叶《かな》わない若者たちの怒り。この土地には、さまざまな怒りが渦を巻いていて出口を捜しているのだ。それが男によるものなら、その発露として、暴力や性が利用されるのなんて日常茶飯事。蓮音は、そのために自分の身を何度差し出したかも覚えていない。幾度かは、自分も楽しんだのは事実だけれど。

本当は土地の問題ではないんだ。それは、自分の問題。生まれた家、取り巻く人々、受け継がれて来た因襲、あるいは、血。そういったものが絡み合って、自分の人生のレールを走らせている。それに沿って生きて行くしかないんだ。蓮音は、そう自分に言い聞かせて諦めた。この土地、と彼女が限定する時、それは自分の目に入る範囲でしかなかった。だって、そこが彼女の世界なのだから。高圧的な父親と、助平な中年と、その日楽しければ良しと遊ぶ男友達と、いつか犯してやると目論《もくろ》むチンピラ共が住む世界。輪姦《りんかん》されたのは何回だっけ？　あ、三回か。

それなのに、たった一度の口づけで、音吉は夢を見せてくれたのだった。その上、蓮音がなかば期待していなかった再会で、初心《うぶ》な少年のようなことを言う。

顔を真っ赤にして、しどろもどろになってしまった音吉を見て、この人と等式で結ばれるような女になりたい、と心から思った。どうして私がそれを願っちゃいけないっていうの？

「もう一回、キスして下さい」

頼んでみた。唇ではないところにも、という言葉は、飲み込んだけれども。

「今度、同じ日に休み取って、一緒に東京行かない？　おれ、案内するから……」

照れ臭いのか、聞き取りにくい小さな声で、そう言う音吉を見て、蓮音は思った。再びのキスをせがんだら、この答えだ。いったい、どういうつもりなのか。地元の目が届かないところで、心置きなく、好きなだけ好きなことをしようというのか。もちろん、自分としては、断る理由なんかない。そういう成り行きには慣れているし、音吉が相手なら大歓迎だ。でも、彼の提案は、蓮音が守ろうとしていた何か小さなものを壊したようにも感じる。

蓮音は、何故か、少し落胆しているのだった。初めて経験する心のどこかを熱っぽく膿《う》ませている想いだというのに、何だかつまらないものになりかけている。

「それって、東京に行って泊まるってことなんですか？　私とやるために、ちっちゃい旅行を持ちかけてるんですか？」

「……どうして、そんな言い方するの？」

その困惑しきった声音が、蓮音を苛立《いらだ》たせた。男のくせに可愛こぶってんじゃねえよ！　理不尽にも、彼女は、忘れられずにいた男の誘いに、心の中で毒づいているのだった。私とやりたいんでしょ⁉　やりやすいように、こっちから先回りしてあげてるんだよ、馬鹿っ！　と、そんなふうに。

「……どうして、そんな言い方しか出来ないの？」

音吉は、もう一度、尋ねた。それが、とても労りに満ちた調子だったので、思わず涙がこみ上げてしまい、蓮音は慌てて唇を噛んだ。いい人なんだ、この人。本当にいい人なんだ。それなのに、私ったら、うんと憎ったらしいことを言って、わざわざ嫌な思いをさせようとしている。でも、仕方ないじゃないか。いい人を知らないんじゃ、いい人にどう接して良いのか解らない。

蓮音の目から涙がこぼれ落ち、その自分の反応が信じられなくて、拭うことすらせずに呆然《ぼうぜん》としていた。親切な人。せっかく自分の前に現われてくれた、ただ親切な人。でも、それが男だと、私は素直に受け取ることが出来ない。だって、誰もそのやり方を学ぶ機会を与えてくれなかったから。

ホールから呼ばれて返事をしながら、音吉は、素早く蓮音の手を握った。そしてはっとしたように顔を上げた彼女に向かって、こう言った。

「正直、見抜かれたって思った。でも、おれの下心、その辺の奴らと違って、すげえ真面目だから。たぶん世界で一番！」

真面目な下心って、いったい、どういう意味？　と、ひとり休憩室に残された蓮音は思った。それは、相手のすべてを真剣に欲しいと願うことだよ。そう後に告げられるのだが、その時は学生さんが洒落臭《しゃらくさ》いことを言っている、と感じた。格好付けちゃって、と。それなのに不思議な喜びがこみ上げる。あからさまな欲情ぶりを見せつけられるよりは、ずっと。

　蓮音は、自分で認識しているよりは、実は、もっとずっと幼なかったのだ。男の中のけだものの要素を、早々に叩《たた》き込まれたせいで、彼女の純情は花開く間もなかった。日常的な性暴力から無意識に自分を守るべく、もの慣れた年増《としま》のように振る舞っていた。本当は、まだ、性愛をオブラートにくるんだまま与えられなくてはいけない年頃だったというのに。

　そんな蓮音の純情は、音吉に出会って以来、解凍されたかのように、ゆるゆると外に染み出して行った。それと同時に、ようやく彼女は、少女の時代をやり直すことが出来たのだった。何人もの男たちの欲望の捌け口に甘んじ、そして自分も、持て余したエネルギーの発散のために、彼らを利用させてもらった。その彼女が、男のための真新しい純情を差し出して愛《め》でているもの。それは、初恋。

　恋は、レクチャーなどなしに、さまざまなことを学ばせる。蓮音は、それまで知らなかったいくつもの感情が自分の内側から滲み出して来るのを感じた。

　たとえば、恥ずかしいと思うこと。

　子供の頃、母が家を出てしまった後、蓮音と弟たちは、いつも汚れた服を着ていた。父ひとりでは手が回らなかったのだ。自分で何とかしようと思っても無理だった。優先すべきは食べることだったから、そちらに必死になった。まだ火を使った煮炊きの出来ない年齢だったため、冷蔵庫の中のハムや野菜をどうにか刻んで、幼ない弟と妹が食べられるようにした。母の置いて行った猫の面倒も見なくてはならなかった。自分のことなど後回しになり、部屋も汚れ放題だった。

担任の教師が不審に感じて家庭訪問を行った。そして家の惨状に驚愕《きょうがく》して、学校に呼んだ父を責め立てた。日頃の自信に満ちた様子が嘘《うそ》のように、父は、ただうなだれていた。その姿が恥ずかしくてならなかった。

そうだ、その昔、笹谷家は、恥ずかしいものや事柄に満ちていたのだ。それなのに、いつのまにか麻痺《まひ》してしまい、皆、恥ずかしさ、の意味を忘れた。そして、そのまま成長してしまった。

ようやく甦った恥じらいという代物を意識して、蓮音はうろたえている。そんなことを気にしては生きて行けなかった子供時代と違って、今、彼女は、汚れた下着や衣類を身に着けている自分を想像するといたたまれなくなる。もしもそれらが音吉の目に触れてしまったらと想像しただけで頬が熱くなって来る。彼と接するたびに見られたくないものが増えて行く。それはそのまま、見てもらいたいものを増やしたい、という想いにつながる。

清潔で可愛い衣類と下着。そして、隅々まで洗って磨いた体。音吉の前に、恥ずかしいものをさらしたくない。そう思うからこそ、まだお見せ出来ない自分のせいで顔が赤くなる。これが男に対しての恥じらいってやつなのか。知る術《すべ》なんかなかったのは当然だ。だって、子供の頃、既にそれを感じる回路を断ち切られていたのだから。

　音吉が自分の体に触れるようになるまでは、他人の目を引く部分だけに気をつかっていれば良かった。綺麗を保つという概念はなく、あるのは、着飾るという仲間内のルールのみ。派手なネイルアートも重ね付けした付け睫《まつげ》も、グループに入るライセンスのようなもの。男たちに見せて評価されようなんて企《たくら》みは、はなからなかった。だって、奴らと来たら、こちらのむき出しになった下半身の扱いやすさにしか優劣を付けられないんだもの。蓮音は、そんなふうに、自分が見下されて来た以上に男たちを軽んじて来た。力ずくで来られさえしなければ、いくらでもあいつらは馬鹿に出来る、と。

　でも、私は、もう気付いてしまった、と蓮音は胸の鼓動を激しくしながら考える。人の目に触れない場所、人の視線が素通りしてしまう箇所に恥じらいという代物を使いたくなるのが、恋ではないのか。そして、その男にだけさらけ出しても良いと思うことが。彼女は、もう手の爪にラインストーンを置いたりはしない。けれど、足の指の爪はとことん清潔にして、海辺に散らばる桜貝のように仕立てている。何故なら、口に入るかもしれないものだから。そんなことも、知った。

　東京から戻って来て、仕分けした土産物を友達に届けに行った帰り、蓮音は、暗闇の中、乗っていた自転車を蹴り飛ばされ、農道に転がった。顔を上げると、そこには幼な馴染《なじ》みの男の顔があった。何度も彼女の体をいいようにした奴だった。彼が笑って、言った。

「おめえ、ちょっと調子に乗り過ぎだっぺ？」

またか、と蓮音は思った。ちぇっ、またかよ。
蓮音は、強引に男の車に引き摺り込まれた訳ではなかった。乗れよ、という命令に従ったのだった。力なくとぼとぼと助手席に促される自分は惨《みじ》めだなあ、と思った。まるで、「ドナドナ」の歌詞中の牛みたい。彼女は、荷馬車に乗せられ市場に連れて行かれる哀しい仔牛《こうし》の歌を思い出す。
もしも　つばさが　あったならば
楽しい牧場に帰れるものを
いつだって、いつだって、こうなんだ。私の新しい人生が始まるのを、誰かが必ず邪魔しようとする。もう、やんなった。そう何度呟いたか解らない。でも、誰もどうにもしてくれない。私、いつだって、殺される寸前の仔牛みたいだ。ドナドナドーナー、ドーナー。
蓮音は、いつも自分の身に降り掛かる災難を、どうにかしてやり過ごそうとして来た。今のように頭の中に歌を流すこともある。目を閉じて何も見ないようにすることもある。ただ記憶を想像のペンキで塗りつぶしてしまうことも。でも、一番効くのは、自分の魂をどこかに飛ばしてしまうことだ。そうすれば、残るのは、空っぽの体だけ。脱《ぬ》け殻になってしまえば大丈夫。だって、脱皮の後に置き去りにされた蛇の脱け殻が、怒りのとぐろを巻いていたなんてこと、ある？
蓮音は、自分の体の上を物理的に行き来する男の肩越しに星を見ている。ルーフが開いていたのは、せめてものはからいか。田舎の星空は、すごいな、と東京から戻って来たばかりの彼女は感心している。

けれども、私にとっての一番の星空は池袋にあったんだ、と蓮音は昨夜行ったばかりのプラネタリウムを思い出している。偽物《にせもの》の星だったけれども、好きな人とながめられれば、その方が本物だ。どちらを選んでも良い。そんな選択肢があるなんて、全然、知らなかった。あのビル、何といったっけ。ああ、そうだ、サンシャインシティだ。陽が当たる街？いいなあ、いいなあ、名のったもん勝ちだ。私の名前だってすごいんだ。音吉ともつながっているし。でも、私の名前は、名のっても名のっても勝ち目がないような気がするよ。

まばたきもせずに見開いたままの蓮音の目からは涙が流れ続けている。それは、唇のはしから口に入り込んで来て、しょっぱい。これは生理的反応だ、と彼女は受け止める。楽しかったこのお休み、そしてこの先きっとあるに違いない楽しいことを思い描いてみよう。そうしていれば、通り過ぎる。ドナドナドーナー、ドーナー。彼女は、この歌を心の内で口ずさみながら、いつまでもいつまでも犯されている。

第二章

〈母・琴音〉

私は、一九六六年、北関東の木田沼《きだぬま》市という所に生まれた。市の中心部から車で二十分も行けば農村地帯に出て、そこには見渡す限りの田畑が広がっていた。そして、その向こうには山並が続いている。美しい自然に恵まれたのどかな土地とも言えたが、反面、よそ者をなかなか受け入れようとしない因襲めいた暗さも漂っていた。

母は、元々、この土地の人間だったが、父は東京の生まれだった。高校卒業後、繊維関係の会社に就職し、ここ木田沼の工場に配属されたのだった。そして、母と出会い、結婚。その後、何度かの転勤を経て、再び、この地に戻って来た。

それは、上の兄が五歳の頃で、当時は、母の両親、つまり私の祖父母も健在だった。彼らと父との折合いは相当悪かったという。私が生まれたのは、祖父母が他界した後で、どのような状態かは知り得なかったのだが、母と叔母の類子《るいこ》さんがしんみりと話していたのを小耳にはさんだことがある。

「正《まさし》さんも変わっちゃったねえ」

正というのは、私の父のことだ。

「昔から、ああいうとこあったのよ。プライド高くて、それつぶされると、かっとして、後先見えなくなるのね。社宅にいた頃も、しょっちゅういざこざ起こしてたし」

「それじゃあねえ……あの気位の高い、父さんや母さんと上手《うま》く行く訳ないよねえ」

「正さんは、何が旧家だ、田舎者のくせにって調子だし、お父さんたちは、どこの馬の骨かも解らない東京もんが、うちに入り込んでのっ取ろうとしてるなんて言って……」

「のっ取るって……」

「おかしいよね。財産なんてこの古い家しかなかったのに」

「このあたりの人は、新入りやよそ者に対して警戒心が強いからね。少しでも異質なものが入って来ると拒否反応が起きる。私だって、もう大変だったんだから」

類子さんは、高校卒業後、東京に出て調理師免許を取得し、都心の飲食店で長らく働いていた。都会から田舎に来ることになった父とは逆の道筋を行った訳だ。けれども、どういう理由かは知らないが木田沼に戻って来て、小さな喫茶店を開いたのだった。

「父さんたら、おまえを酒場の女給にするつもりはないって怒鳴ったんだから！」

そう今さらいきり立つ妹を見て、母は、あやふやに笑うばかりだった。その様子は何だか悲し気《げ》に見え、子供の私は不安に駆られた。

「うちは、バーじゃなくて健全な喫茶店なのにさ。そりゃ、お酒も置いてるけど」

「まあ、良いじゃないの。もう、お父さんもお母さんもいないんだし」

あれこれと思い出しては、昔の怒りを増幅させているらしい類子さんをなだめるように母が言った。

「呆気《あっけ》なく二人共死んじゃったね。母さんたら、後をすぐ追いかけるほど父さんのこと好きじゃなかったと思うけど」

「ほら、お父さん、身の回りのこと何も出来なかったから、お母さんを連れて行かなきゃならなかったんさ」

「あー、やだやだ、母さん、死んでからも女中やるんだ？　可哀相！」

「類ちゃんたら、そんな言い方して……」

「でも、せっかくうるさい義理の親がいなくなったってのに、正さん、まだ何かに怒ってるのね。いったい、何がそんなに気に入らないっていうの？」

「だから……前からそういう人なんでしょうに」

「あー、やだやだ。私、絶対に結婚なんかしなーい！　あんだけうるさく言ってた親たちも、もういないしさ。好きに生きるよ」

母は、困った妹だ、というように類子さんをたしなめていた。二人は、まるで異なる雰囲気を持った姉妹だったが、仲は良かった。類子さんがふらりと家にやって来ると、母は、何時間もとりとめのない話をして相手になってやるのだった。けれども、父の帰宅時間が近付くと、その話し好きの妹を追い立てるようにする。

そんな時、類子さんは類子さんで、慌てて腰を上げるのだった。もちろん、嫌みを言い残すことは忘れない。

「弱い者にだけいばる男って、ぜーんぜん、そそられない！」

物陰で興味津々な様子でいる私に気付いた母が慌てて言う。

「類ちゃん、子供たちの前で、そういう言い方は駄目でしょうな」

類子さんは、私に目を留め、へへっと笑いかけて言った。

「琴音ちゃん、叔母ちゃんの言うこと正しかんべ？」

日頃、東京帰りを強調したいのか、方言を使わないでいる類子さんだが、時々、わざと訛《なまり》を交えて喋《しゃべ》る。そういう時、この人は真実を言っている、と私は思う。何となく気後れしてしまって、近寄りがたい叔母だったが、私はこの先、彼女からさまざまな事柄を学ぶことになる。

思えば、類子さんには、昔から怪しい魔力のようなものがあった気がする。子供心にも、何か禁断の、そして、それ故に惹《ひ》き付けられる雰囲気が漂っているのが解った。親という人種とは異なる危ない匂いを発散しているように感じた。

それは、自分が大人になってみればどうということもない、自由で開放されたたたずまいとでも言い表わせるものなのだが、類子さんは、この田舎町で違和感を振り撒《ま》いて、周囲の人々の眉をひそめさせていた。そして、それは、たいそう長い間続いていたのだ。

母でさえ、言っていた。

「琴音、類ちゃんのお店には誘われても行っちゃあ駄目だかんね」

どうして？　と子供らしく素朴に尋ねてみたが、内心、母の気持は解っていた。類子さんが我家を訪れて、自分の目の届くところで、娘と話すのは何の問題もない。けれども、彼女のテリトリーに連れて行かれたら、娘に少なからぬ悪影響があるやもしれぬ、と危惧《きぐ》しているのだ。いや、ある、とほとんど確信していた。

たぶん、このあたりの人々は、皆、同じように思っていたに違いない。まるで、ひとたび感染してしまったら、もう治らない病の温床のように、類子さんと彼女の店を認識していた。

いつだったか、父が吐き捨てるように言っていた。

「おまえの妹は、あの店に若い連中集めて何企んでるんだ。今日も工場で、たっぷり嫌みを言われたよ。都会で色々仕入れて来て得意になってるってさ。子供らを小賢《こざか》しく洗脳するのはまずいんじゃないかってね」

「……ただの喫茶店じゃありませんか」

母の言葉に、そうだよ、と心の中で同意した。お茶とかジュースを飲んで、お喋りするだけだって類子さんは言ってた。でも、そこには、とてつもなく、わくわくする時間が流れている、きっと。

それを肯定してくれたのは、信次郎さんだった。彼は、高校生の頃から類子さんの店に通っていた。恋をしていたよ、と聞いたのは、ずい分と後になるけれども、すごく好きなんだ、というのは子供でも解った。

「ああいう叔母さんがいて、琴音ちゃんはラッキーだよ」

「でも、お母ちゃんが、うちでしか会っちゃいけないって。お父ちゃんもひどいこと言う」

「類子さん、男にとって便利な女じゃないからなあ。そういう女は、田舎の女たちにとっても不都合な存在なんだ」

でも、とてものびのびして見える、と私は思った。

信次郎さんは、類子さんについて話す時、頰を紅潮させていた。声も少し上ずっていたように思う。そして、今まさに、どこかに冒険に出発する男の子のように、目がきらきらと輝いていた。

恋をすると瞳に星が宿るからなあ、と教えてくれたのは、遠回りに遠回りを重ねて再会した三十年ほども経った後のことだ。それを聞いてそうだったのか、と腑《ふ》に落ちた。目の中の星をまたたかせて、心ここにあらずな様子の人間を、私は、これまで何人も見て来た。あの人たちは、誰かに恋をしていたのか。私の目の中にいた星たちは、どうなったんだろう。こんな私だって、何度も恋をした。いくつかは、涙と共に流れ星になってしまったけれども。

小学校に上がったばかりの私が、大学生の信次郎さんと親しく話すようになったのは、類子さんの存在があったからなのは間違いない。それまでも、近所のパン屋さんのお兄さんだというのは知っていた。彼は、たまに店番をしていたから。ただ、いつも仕方なくやらされているという雰囲気を漂わせていて、つまらなそうだった。

母と一緒にパンを買いに行った時、あれこれと品物を選ぶ彼女の陰に隠れて、私は、信次郎さんを盗み見ていた。こんなにパンの焼ける良い匂いの中にいるのに嬉しくないのかなあ、と思った。

「フジタパンの三男坊は無愛想でやんなっちゃうね」

そう、母は文句を言っていた。すると、口さがない奥さん連中は同調し、でも、おいしいから仕方がないだの、後継ぎは他の兄弟の誰かがなるらしいだのと、しきりに噂した。自分たちの住む町内に関することは、常に重大事項なのだった。

その無愛想で通っていた信次郎さんが、どういう訳か、私たち下田《しもだ》家の人々に対して、突然、感じ良くなったのだった。買い物をする母に対してはもちろんのこと、兄や私に対してまで。特に母の背後から顔だけ出している私には、回り込むようにして手を伸ばして、小さな餡《あん》ドーナッツをおまけしてくれた。

私は、急に優しくしてくれるようになったパン屋さんのお兄さんに、すっかりなつき、ひとりで店に立ち寄るようになった。そして、店番をする彼のかたわらで、色々なことを話す。何かの拍子に、我家と類子さんが親戚であるのを知ったのだろう。そして、私をだしにしようと、この学生は企んだのだった。

私を通して、憧れの喫茶店の女店主との距離を縮める。信次郎さんは、そう画策したらしかったが、上手く行かないとすぐに悟ったそうだ。すっかり気を許した私は、子供なりの親切心で、我家の内情をつたない言葉を駆使して出来るだけ正確に伝えたのだった。

「お父ちゃんはねえ、類子叔母ちゃんのこと大嫌いなんだって。叔母ちゃんは、東京でトッポい人たちと遊んでばかりいて、駄目な女の人になっちゃったんだって。ねえ、トッポいって、どういう意味?」

「うーん、イカス人?」

「えー? イカスって格好良いことじゃないの? お父ちゃんは悪い人みたいに言ってたよ」

「あー、おれも良く解んねえべよ。昔、トッポ・ジージョっていうねずみの人形がいたけど。でもさ、琴音ちゃんのお父さん、そんなに類子さんのこと嫌いなんかい？」

「うん。絶対に叔母ちゃんのお店の方には近付くなって言っていた。だから私も、叔母ちゃんがお母ちゃんに会いにうちに来る時しか会えないの」

そうか、と言って、信次郎さんはうなだれた。まるで、お菓子を禁止された小さな男の子のように気落ちしている。もう、大人なのに。

類子さんの店は、町の中心部から少し離れた一画にあった。そこは、夜開く店がずらりと並んでいるエリアで、子供が気楽に立ち寄れる感じではなかった。でも、だからこそ、大人になりかけた少年少女たちは、その界隈《かいわい》を歩いてみたいという怪しい誘惑に駆られるのだった。

地元の男たちでにぎわうバーやスナックに混じって、喫茶店「ルイ」の看板はあった。昼から営業している健全な店、と言えるのだが、場所のせいもあり、高校生の出入りがないか学校側がいつも目を光らせていて、それは私が高校に上がっても変わらなかった。

「どうせなら、スーパーの脇とかにすれば良かったのに」

母は、何事も起きていない内から、耳に入って来る苦情めいたものを聞きつけるたびに、そう言って心配した。このあたりは、昔からいる住民の受ける印象の良し悪しで、幸せも不幸せも運ばれて来るのだ。

しかし、類子さんは一向に意に介さない。

「大丈夫！　しがらみでがんじがらめになったら、また逃げ出せば良いだけの話」

逃げればいい、逃げたのよ、逃げちゃえば良かったんだ……類子さんは「逃げる」という言葉を、さまざまな場面に当てはめてよく使った。そのたびに、母は呆れたように、またそんなこと言って……と、彼女に注意を促すのだった。子供に良い影響を与えないよ、と言って。

私は、類子さんの言うことを聞き流すのが常だった。大人同士の会話には興味がなかったし、そのほとんどが理解出来なかった。しかし、時折、私の心を不意につかんで離さない言い回しや話の種などがあり、私は耳をそばだてた。

「逃げる」に関してはどうだったか。

具体的には覚えていないのだが、類子さんの使うその言葉は、あらゆる角度から私の内部に入り込んでいたのだと思う。でなければ、七歳で家出を敢行《かんこう》したりはしなかっただろう。自分が家から逃げ出したという自覚はなかったけれども。

あの時は、ただ遠い所に行きたかったのだ。どこでも良かった。けれど、人のいない方角を目指した方が上手く行くというのは、小さくても本能的に知っていた。

父の暴力から逃げ出したかった、というのとは少し違っていた。もちろん常軌を逸した時の彼には恐怖を覚えていたし、家族の誰かがいつかは死んでしまうのではないか、という強い不安も絶えずあった。でも、それは、この家に生まれてしまった不運と受け止めていた部分もあったし、何しろ、いちいち怖いと訴えていられない習慣と化してもいた。習慣としての暴力は、人を麻痺させてしまうものなのだ。

無になりたい衝動。大人になって、どうにか自分自身の心理について分析しようとした時、そうとしか言いようがないのだ、と思った。私のすべてが、それによって支配されている。

父の暴力そのものというより、それが浸透した世界から自分を消し去りたかったのだ。後にその思いは幾度となく私を襲い、くり返しくり返し同じ衝動に突き動かされることになる。七歳の時の家出は、私のそんな人生の幕開けを意味していた。

警察や土地の人々によって捜し出され、連れ戻された時の騒ぎの中で、私は、ぼんやりと考えていた。

お父ちゃん、死んでないかなー。死んでないなら、おうちに帰っても意味ないよ。

もちろん、父は、都合良く死んでいてくれたりはしなかった。そして、私が無事に戻って来たことに涙を流して喜んでいたのもつかの間、再び暴力の発作は始まった。

髪をつかまれて引き摺られる母をながめながら、私は家出した時の夜の闇を思い出していた。あの、自分ひとりしか世界に存在していないかと錯覚するほどの静寂の中、私は、哀しい幸せとでも呼ぶべき感情を存分に味わっていた。あるいは、幸せな哀しみというものを。

たったひとりで行うことの出来た夜の旅のイメージに自身を滑り込ませていた私は、ほとんど笑顔だったのだろう。兄の勝が、ぎょっとしたように、私を見て言った。

「なんだよう。おまえ、お母ちゃんが苛《いじ》められておもしろいんかよう」

私は、我に返って愕然とした。現実に引き戻される感覚は、納屋で見つけ出された時と同じだ。

母は、悲鳴も上げずに耐えていた。奥歯が割れちゃったのよ、歯医者に行かなきゃないよと、この間、類子さんに言っていたっけ。きっと、食い縛り過ぎたのだ、と私は思った。近所の人々に夫の行状を知られたくなくて、声を上げることすら出来ないのだ。

お母ちゃーん！　と呼んで、兄が泣き出した。母に取りすがったり、父を止めようとすれば、自分が叩きのめされるから何も出来ないのだ。そして、母は、さらにひどい目に遭う。

「お母ちゃーん、だいじけ？　だいじけ？」

だいじって、ここの言葉なのよ。東京の人は大丈夫って言うもの。

私は、いつだったか類子さんが、そう教えてくれたのを思い出している。だいじ？　少しでも具合が悪いと、母は、そう何度も尋ねて私の背を撫で続けてくれた。思いやりのこもった温かな問いかけ。だいじ？　だいじけ？

その瞬間、自分が何故、そんな行動に出たのか解らない。何かに導かれたかのように立ち上がり、ふらふらと台所に行って戻って来た私は、手にフォークを持っていた。

「琴音！　おめ、何してんだよ！」

「お父ちゃん、刺す」

「そ、それ、フォークだんべよ」

兄が困惑したように言った。

「刺す時はフォークでしょうな！」

私は、その時、どうしたかったというのだろう。父を殺したかったのか。いいえ、そうじゃない。

子供たちが言い争っていると思ったらしく、父は振り返ってこちらを見た。その瞬間、兄は、持っているフォークごと私の手をつかみ、自分の背後に隠した。

父は、震えながら立ち尽くす私たちをしばらくの間にらみつけていたが、再び、母を痛めつけるという行為に集中し始めた。途中で止《や》められないみたいだった。いったい、彼にとっての暴力とは、どんな意味を持っていたのか。楽しみなのか、欲望の発露なのか、それとも惰性《だせい》なのか。

私は、年を取った今でも解らない。解るのは、そういう人間がいるということだけだ。酒や薬などが原因でなくても、人であれば常軌を逸することがあり、その場合に、ある種の人間は暴力に支配されるということ。そして、暴力にもさまざまな種類があり、私のその父は、家族の肉体に痛みを与えることにとり憑かれていた。外では、もの静かで生真面目な人で通っていたようだが。

実の父をその父などと呼ぶのはおかしな話だが、やがて私は、継父を保護者として受け入れなくてはならなくなるのだ。こちらの父は、私に別な暴力をふるうようになるのだが、それは数年後の話になる。

「絶対に逆らったりしたら駄目だ」

兄はフォークの先で自分の手を傷付けてしまうくらいに強く握っていた。その熱がステンレスの柄を伝って来て、私の手も熱くなった。

しばらくして、ようやく父が力尽きたように畳の上に崩れ落ちた。四つん這《ば》いになって、苦し気《げ》に呼吸している。自分を疲れさせてまで、何のための暴力だ。

みっともない、と思った。野良犬に追いかけられて、フジタパンに逃げ込もうとした時、ちょうど店番をしていた信次郎さんが外に出て来て、その犬を追い払ってくれたことがあった。怖くて半分べそをかいていた私の頭を撫でながら、彼は言ったっけ。

「もう大丈夫だよ。また追いかけられたら、いつでも、ここに逃げて来れば良かんべ」

「怖かったよお。遠くの方から、わんわん吠《ほ》えながら走って追いかけて来るんだもん。絶対に嚙まれるって思った」

大丈夫、と言って信次郎さんは、かがみ込んで私と目の高さを合わせて言った。

「弱い犬ほどよく吠えるんだ。そして、そういう犬は最初にこちらの強さを見せると、絶対に噛んだりしない。琴音ちゃんが犬を噛んでやればいい」

信次郎さんの言葉に、思わず声を上げて笑った。犬に噛まれる前に、その犬を噛んでしまえばいい、なんて発想は聞いたこともなかった。確かに犬は、さぞかし驚いて走って逃げて行くだろう。

畳に伏せて、はあはあ、と呼吸を荒くしている父を見詰めながら、私は、あの時の会話を思い出している。そして、心の中で呟いている。

――この人は、弱い犬だ――

恐怖を感じたり、憤りを覚えたり、憎しみをたぎらせたりしたことはあっても、蔑《さげす》んだことはなかった。しかし私は、その時初めて実の父親を軽蔑したのだった。しかも、とても激しく。

軽蔑することを覚えて、私は学んだ。この方法は、自分を落ち着かせるには良い方法である、と。胸の中でふつふつと沸き上がる嫌なものをたちまちなだめてくれる。まるで胸焼けに効く薬のようだ。便利だ、と思った。とりわけ自分のような境遇にいる子供には。

私は、まだ知らなかった。軽蔑という方法で、さまざまな困難をクリアして行く時、自身もまた誰かしらにその方法を使われる身になることを。

父は、いつまでも呻《うめ》いていた。母も倒されたままでいる。空気は澱《よど》んでいる。この家には気持を前向きにさせる要素が何もない。ふと横を見ると、兄の頰には、涙と一緒に拭った鼻水の跡が付いている。たむしのせいで、皮膚の色が何箇所か小さく白く抜けている。それを認めた途端、泣けて来た。先ほどまでとは、全然違う種類の涙があふれて止まらない。

――私たち、まるで、大昔の貧乏な子供たちみたいだ――

昔話の絵本とか、テレビの時代劇などに登場する貧しい子供と自分たちが同じだなんて！　何故だろう。学校には、もっとお金に困っている子たちがいる。給食費も払えないほどだ。それなのに、その子たちと来たら楽し気《げ》に笑っている。ただでお昼ごはんを食べているのに、これっぽっちも卑屈になっていないのだ。

「勝兄ちゃん、私たちって、可哀相な子なの？」

「違う！　そんなこと言うな」

「でも、私、楽しくないよ。毎日、全然楽しくないよ。遊んでても、おやつ食べてても楽しくなんないよおっ」

私は、兄の手を振り払って、奪ったフォークを畳に突き刺し、大声を上げて泣き出した。

「うるさい！　黙れ！」

父は、今度は、泣いている私に矛先を向けた。思わず顔を上げると、ふらりふらりと不安定な様子で歩いて来る姿が見えた。その不気味な動きに、私は、すっかり恐れをなしてしまい、しゃくり上げるのが止まらない。

この人、まるで妖怪みたいだ、と思った途端、兄が私の体に覆い被さった。そして、どけ！　という父に逆らい足蹴《あしげ》にされ続ける。すると、突然、やめて！　と母が叫んだのが聞こえ、私の上の重みがいっきに増した。

私の体を兄が守り、その上に母が覆い被さるような形になった。親子が層を成したまま、団子のように転がっている。なんて馬鹿みたいな光景だろう。しかも、そのひと塊の母と子を、まるで、どうにか解体しようとするかのように、父は蹴り続けているのだ。

ああ、と私は絶望的な気持になった。一瞬だけでも弱い犬と蔑むことの出来た父だったのに。私は、まだ、その弱い犬に立ち向かうことすら出来ない。私だけじゃない。兄も、そして、母も、だ。

この世は、弱い犬のためにあるのか。

飽きてしまったのか、体力の限界を迎えたのか、父は、息をいっそう荒くして外に出て行った。悪夢のようなひとときが唐突に終わるのもいつものことだった。

「あんたたち、だいじだったけ？」

母は、兄の背中から、やっとの思いで自分の体を引き剝《は》がすかのように起き上がった。続いて、兄も顔を上げた。二人共、ひどく痛めつけられていた。とりわけ母の顔は取り繕《つくろ》いようのないほど腫れ上がっていた。数日間は近所の人に出くわさないよう、ひっそりと暮らすことになるのだ。

「こんな生活、ずっと続けて行くの？」

母の代わりに買い物をして来てくれた類子さんが呆れたように言った。

「そりゃ、類ちゃんにいつも迷惑かけて悪いとは思ってるけど仕方ないよ」

類子さんは、深い溜息をついた。

「お姉ちゃん、こんなにされても正さんから離れられないんだね。そんなに好きなんだ。それとも世間体？　だったらくだんない」

「類ちゃんみたいな人には解んないよ」

「そうかもしんないけどさ、我慢するのが偉いとは全然思わない。どうにもならないことからは逃げるが勝ちだんべな」

あ、と思った。また、言った。


〈小さき者たち〉


夢の中で、桃太は、冷たい水を思う存分ごくごくと飲んでいるのでした。そこは飲んでも飲んでも枯れることのない泉で、嬉しいことに、時々、真水がジュースやヤクルトに変わることもあるのです。

ヤクルト。それは、桃太も萌音も大好きな飲み物でした。母がスーパーに行くたびに買ってくれたのです。

「なんか、子供の味方って感じがするじゃん。私もちっちゃい頃飲んでたんだよね。パックに入ってるのを、いつも弟たちに配ってやってた」

「魔法の薬みたいな感じ、しなかった？　小さい容器で、これ以上飲んじゃ駄目ですよ、って感じでもったいぶっててさ」

　したした、と言って、母は真子ちゃんと笑い合うのでした。

　真子ちゃんは母の昔からの友達で、やはり小さな子供がいます。桃太は、その親子に何度か会ったことがあります。とても明るい母親とすぐ泣く赤ん坊でした。でも、真子ちゃんは、その泣き声すら楽しいらしく、おどけてあやして笑わせてしまうのです。

　桃太は、そんな真子ちゃんがすぐさま好きになり、会える日が待ち遠しくてたまりませんでした。けれども、いつ頃からか、母は、自分たちきょうだいを真子ちゃんに会わせなくなってしまったのです。

「今日は、子供抜きだからさ、ごめんよ、モモ」

　そう言って、ひとりで出て行くことが多くなってしまったのです。

「モネもー。モネも行くー」

「あー、駄目駄目。モモ！　ちょっと、この子、ちゃんと見ててよね」

　後を追おうとする萌音を桃太がつかまえた途端に、玄関のドアは閉まって、二人は、お留守番という役目を与えられるのでした。鍵の掛かる音がその合図です。何か色々なことを諦めさせる音のようでもありました。それは、やがて、ほとんど習慣のようになり、カシャンと聞こえると同時に、二人は無駄な抵抗を止《や》めるのでした。そして、すごすごと部屋に戻るのです。

部屋には、母が置いて行ってくれた菓子パンやおにぎりがあります。飲み物のペットボトルの蓋は、母の気づかいを証明するかのように開けられています。ママ、優しいママ。ヤクルトだって、ちゃんとある。桃太は気を取り直して、萌音に本を読んでやろうとするのです。まだ字も読めないというのに。

さまざまな思い出が、小さな桃太の中に浮かんでは消えて行きます。隣で目を閉じている萌音はどうなのでしょう。彼よりも、もっとずっと小さな頭の中で、圧倒的に短い、これまでの時の流れに浮かぶ、いくつかの記憶に思いを巡らせているのでしょうか。

二人には未来という名の希望を溜め込むための、大きな大きな袋があった筈ですのに。いったい、どこで、誰に奪われてしまったのでしょうか。そして、それは取り返せるものなのでしょうか。

桃太が話をしたことのある大人は、さほど多くはありません。今、思い出すと、ひとりひとりが、とても温かなやり方で、自分に良くしてくれた気がしています。でも、不思議な人もいました。

琴音という母方の祖母もそうでした。たった一度しか会ったことのないその人は、桃太を抱き締めて何度も頰ずりをしたかと思うと、いきなり彼を突き飛ばして言ったのです。

「駄目だあ！　やっぱ、私、子供、駄目だあ！」

悲痛な叫びとでも言えそうな言葉を発した後、うずくまってしまったのです。そして、こうくり返していました。

「ごめんねー、蓮音、ごめんねー」

母は、自分の母親に何度も謝られながら、顔色も変えずに立ち尽くしていました。

それから、どのくらいの時間が経ったのか、ベビーカーに乗せている萌音がむずかったので、ようやく母は我に返ったようでした。

「あんたには、元々、何も期待してないよ」

母は、そう言い残して、その場を立ち去りました。背後からまだ声が聞こえています。

ごめんねー、ごめんねー、私、子供、駄目だー。まるで、そういう歌があるかのように、祖母は同じフレーズをくり返しているのでした。

「あの人、ぼくのおばあちゃんなんでしょ？」

「そうだよ」

「そしたら、ママのママなんでしょ？」

「そうだよ」

何だか変だ、と桃太は感じました。

「ママは、あの人のおなかの中にいたんでしょう?」

「らしいね」

「知らないの⁉」

母は笑いながらかがみ込み、自分の腹に手を当て、桃太と目を合わせました。

「モモは、ママのおなかにいたんだよ。それは、絶対、ほんと。ここ、モモの一番初めのおうちだったんだよ」

そのおうちに戻りたい、と今の桃太にとっては叶わぬ夢を見るのでした。

母は、大きなバッグを斜め掛けにして、ベビーカーを押しながら移動していることが多かった、と桃太は思い出しています。ベビーカーは萌音の居場所でしたが、たいていの場合、そこにも荷物が載っていました。窮屈そうに身を縮める妹を見るにつけ、早く大きくなって、おんぶしてやりたいものだと口惜《くや》しくなるのでした。

どうして、ぼくは、こんなに小さいままなんだろう。

桃太は、いつも、もどかしくてたまらないのでした。ベビーカーを押して行く母の後ろをぽくぽくと歩いている時など、特に。彼女の痩せた背中に大きなバッグが載っているさまは、絵本で見たことのある甲羅を背負った河童《かっぱ》のように異様です。そして、短いスカートから覗く素足は枝のように細い。

折れてしまったらどうしよう、と桃太は気が気ではありません。たまにすれ違う小さな子を連れた母親たちの足は、どれも太くたくましい。それなのに、たいした荷物も持たずに子供を軽々と抱き上げていたりする。

桃太には、彼女らがずるをしているように思えてしまうのでした。がんばってるのに。ぼくのママは、あの人たちよりも、ずっとずっと、がんばってるのに、と。

がんばる。それは、母の口癖でした。何かにつけて、彼女は、こう言うのです。

「ようし！　ママ、もっとがんばるよ！」

大きく頷く桃太に母は命じました。

「じゃ、ママががんばれるように、モモは、フレーフレーって言わなきゃいけないよ」

「それ、どういう意味？」

「運動会とかで、駆けっこやるじゃない？　その応援でおっきい声で叫ぶんだよ。フレー！　フレー！　負けんなーって」

桃太は、まだ運動会というところに行ったことがありません。でも駆けっこは知っています。ヨーイドンで走るのです。母と二人でやりました。げらげら笑いながらやって、仕舞いには野原に倒れ込んだ。そして、ごろごろと転がったのです。

「ママとモモ、二人共、一等賞！」

母は、そう言って息を切らせながら、しばらくの間、草の上に大の字になっていました。

「そうだよ。私だって一等賞になれるんだ」

桃太は、草いきれの中、母にきつく抱き締められました。あの時、彼女が泣いていたように見えたのは錯覚でしょうか。

狭いマンションの一室で、桃太は歌うように口ずさんでみます。フレー、フレー。

地元の友達がさあ、と母は東京で知り合った人々に、よく話していました。桃太が聞くともなしに聞いていたところ、どの友達も温かくて良い人たちばかりだったように喋っているのです。仲間の団結心はすごかった、などと言って。

「やっぱ、地元愛っていうの？　そういうのってあるよねー」

嘘だ、と桃太は思いました。確かに、真子ちゃんのような気の合う友達もいたようですが、母は、地元のほとんどの人々を嫌っていました。そして、たぶん、ほとんどの人々から嫌われていた。

桃太には、母が地元で、どういう立場に立たされていたのかは知る由もありませんでしたが、彼の祖父になじられていたのをかろうじて思い出すことが出来ます。

「もういい、おまえは帰ってくんな」

吐き捨てるように言う祖父の顔を、表情を変えることなくただながめていた母。非難されたり叱《しか》り付けられたりすると、母は、いつも心ここにあらずという感じになってしまうようでした。すると、相手は、ますます怒りをあらわにするのです。

「こっちの言うこと、聞こえているのか⁉」

母は、石みたいに固まったままです。まるで心をどこかに飛ばしてしまったみたいな様子です。

「どうして、そうなんだ⁉　どうして、普通の人間みたいになれない？」

母は反応しません。ついに、祖父は怒鳴り始めてしまいます。

「いったい、どれだけおれに恥をかかせたらすむんだ⁉　おまえは、ほんと母親そっくりだよっ」

その瞬間、母は、ようやく口を開きました。

「そっくりなんかじゃねえよ。全然、違う。私は、あんたみたいな男と絶対に結婚したりしないしね」

「……その通りだ……。結局、親の言いなりにしかならない音吉みたいな情けない男とくっ付いたものな。しかも、そんな奴にも捨てられて、みっともないったらありゃしない」

それが何度目になるのかは、もう数え切れなくて覚えてはいませんが、母は、祖父の言葉を最後まで聞くことなく、その場を立ち去りました。

「ママ、また、おじいちゃん怒ったね」

うん、と母は、一向に意に介していないかのように頷きました。そして、駄目だなあ、私の人生、と呟くのです。

〈娘・蓮音〉


母の琴音が最初に姿を消したのは、蓮音が、まだ小学校の低学年の頃だった。前日、父と母が激しく争っていたのは知っていた。深夜、眠っている弟と妹の横で、蓮音ひとりが布団の上に座り、身じろぎもせずに隣の部屋で延々と続く両親のやり取りを聞いていた。それは、激昂《げきこう》する自分をどうにか抑えようとしながらも、ののしるのを止《や》められない父と、まるで開き直ったかのように憮然《ぶぜん》と受け応《こた》えする母との終わりのない応酬だった。

「なんて情けないことをしてくれたんだ」

父は仕舞いには涙声になっていた。

「世間様に顔向け出来ないことしやがって」

くり返される父の叱咤と嘆きを、適当な詫《わ》びの言葉で受け流していたような母だったが、しばらく黙った後で、こう言った。

「情けないとか、顔向け出来ないとか、あんた、ほんと、自分の面子《メンツ》しか考えてないんだよね。いつだってそうなんだ。気にしてんのは、そこばっか」

「だから、あんなことしたって言うのか」

「それもあるけど、それだけじゃない。あんたといて息が詰まりそうになっちゃったんだよ。もう、どうしようもないんだよ」

「ふざけるな!!」

父の怒鳴り声に、隣室の蓮音は動転して身を震わせた。母は、口をつぐんでしまったようだ。

蓮音は、長いこと耳をそばだてていたが、それきり両親が沈黙したままだったので、仲直りしたと安堵し、ようやく横になり眠りについた。

それまでにも、小さな夫婦喧嘩《げんか》はたびたびあった。そして、後を引くこともなくいつのまにか仲直りしているのが常だった。だから今回もそうなるのだろうと、蓮音は、不穏な空気を感じながらも、無理矢理そう思い込んだのだった。

ところが、翌日、学校から帰ると、母の姿はなかった。一緒にいる筈の弟と妹もいない。買い物などのちょっとした外出ではない、と直感した。慌てて母の持ち物を調べてみると、旅行用のボストンバッグがなくなっていた。洋服ダンスや下着の引き出しにも空間が出来ている。

置いて行かれちゃった。そこに思い至って蓮音は愕然とした。いったい、どうなってるの？　と思った。不意に、子供ひとりを置いた身軽な感じで、家を出て行く女がいるというのを知った初めての体験だった。ママ、蓮音はママに捨てられちゃったの？　まるで、多過ぎる荷物をひとつだけ置いて行くような調子で、蓮音は、ひとり家に残されてしまったのだった。

今朝の母の様子を思い出してみた。朝食は、いつもと同じハムと炒《い》り玉子、そして、トースト。父のためだけに和食が並ぶのも、何ら変わりはなかった。昨夜は、長い間、嫌な感じに言い争っていたから起きても不安だったが、テーブルの上に形の良い出汁《だし》巻き玉子と海苔《のり》が出ていたので、ほっとした。出汁巻き玉子のうず巻きは、蓮音にとっての朝の幸せな気持の象徴なのだった。

しんとした家にいるのが急につらくなり、蓮音は、しゃくり上げた。でも、泣いてもどうにもならない。彼女は、電話で父に知らせなくては、と思った。そんなことをしたら、母は昨日以上に父を怒らせてしまうかもしれないと一瞬気に掛かったが背に腹は替えられなかった。

壁に貼られた「きんきゅう」というメモにある短縮ダイヤルを押して、蓮音は父に連絡を取ることが出来た。

ママがいないよ、と啜《すす》り上げながら告げると、父は、腹立たし気《げ》に大きな溜息をつき、そこでじっとしていろ、とだけ言った。蓮音は、命じられた通りに、二時間ほどじっとしたままでいた。

働いている建設会社から父が戻って来た時、蓮音は空腹と渇きで動くことが出来ず、石のように固まっていた。慌てた父が急いでジュースを飲ませると、彼女の体は、ようやくほぐれて床に力なく倒れ込んだ。

父は、怒りのあまり何度もテーブルに拳を叩き付け、大声で母をののしった。それは、蓮音には、ほとんど意味の解らない罵詈雑言《ばりぞうごん》の数々ではあったけれども、ここまで言われる母は、もうこの家には戻らないかもしれないと予感して途方に暮れた。あんな女は、もう帰って来なくていい、と父はくり返し吐き捨てるように言った。

ところが、母は、それから二、三日して、まるで何事もなかったかのように帰って来た。迎えに行った父も、事を蒸し返したりはしなかった。ただ淡々と母に変わりなく接していた。弟と妹は何が起こったのかはまったく理解していなかった。おばあちゃんのおうちに行って、おもちゃを買ってもらったの、と喜んでいた。

再び戻って来た平和な日々。けれど、蓮音は、父が言った「あんな女」という言葉を忘れることはなかった。偽《いつわ》りの平和の匂いを嗅ぎ取っていたのだ。

蓮音の不吉な予感は当たり、それから母は何年間かにわたり何度も姿を消した。弟と妹を連れて出ることもあったし、ひとりきりでいなくなる場合もあった。しかし、そのたびに父に連れ戻された。あるいは、祖母やその妹である大叔母に説得され、ひとりで帰って来た。

家出しても、行く場所は一箇所しかないらしかった。

「惨めな女だな。結局、嫌で嫌で逃げ出した実家しか帰るとこなんかないくせに」

膝を抱えて座り込んだままの母を見降ろして父が言った。

「蓮音に謝れ。おまえがいない間、勇太《ゆうた》と彩花《あやか》の面倒をずっと見てくれてたんだから」

母は、何も言わず自分の膝に顔を伏せた。

弟と妹を残したまま母がいなくなると、蓮音は必死になった。途方に暮れる暇もなかった。幼児の世話には限りがなく、見かねた近所の人が妹を預ってくれるまでは、学校も休まねばならなかった。自分だって、まだまだ人の手を必要とする年齢《とし》なのである。何もかもが思い通りに出来ずに、手放しで泣きわめいてしまうこともあった。そんな時でも、弟は空腹を訴え、妹は粗相をして床を濡《ぬ》らす。

もう無理だ、と何度思ったか解らない。しかし、そういう時に、母は、戻って来るのだ。まるで、この笹谷家という共同体が保たれる限界を探るかのように。

「ママ、蓮音、もう出来ないよ。お母さんじゃないから、勇太たち育てられないよ」

その当時の蓮音は、布の財布の中に、いつも「子供一一〇番」のカードを入れていた。そこには、こう書かれている。

「こまったことがあったら、このばんごうにでんわをしてみましょう」

結局、一度も電話をすることはなかった。いよいよ耐えられなくなり、助けを求めようとする直前に、父の再婚相手になる女が家に出入りし始めたからである。馴染めない云々《うんぬん》と言っている余裕すらなく、蓮音は、彼女の差し出した手にすがり付くこととなる。

母が帰って来た翌朝には、父の膳にいつもの出汁巻き玉子が並ぶ。それ、食べたい。そうねだると、父は、まるで何事もなかったような笑顔で、蓮音の口許に玉子焼を運んでくれる。

「子供は甘い方がいいんじゃないのか？」

父のその言葉を聞きながら、口の中に広がる汁気を味わい、蓮音は涙ぐみながら、おうちでじっと我慢していて良かったなあ、とつくづく思うのだ。

母の家出が何度くり返されたかは覚えていない。彼女のその行動は、蓮音に大変な負担を強いて来たが、つらいなりに少しずつ慣れた。またか、と思えるようになったのである。きっと帰って来るのだ、と希望を消さずにいることを覚えたのだった。

ところが、ある日、本当に母は出て行ったきりの人となった。

何日も何日も、蓮音は待った。待ち続けた。弟と妹の世話を出来ないなりにも一所懸命やり続けていれば、母は、必ず戻って来て、ばつの悪そうな顔をして、こう言う筈だった。

「はすねー、ごめんねえ、ママ、また逃げちゃったの」

そして、蓮音は、心からほっとしながらも抗議の声を上げる。

「勇太も彩花も全然言うこと聞かないよ。ママじゃないと駄目なんだから！　ママにそういうことされると、蓮音が一番困るんだから！」

母は、蓮音の手を取り、その荒れ具合を見て、いかにも悲し気《げ》に尋ねる。

「だいじけ？　蓮音、だいじけ？」

そのすまなそうな様子を見ていると、蓮音の方が、自分勝手な母に同情してしまうのである。

「ママ、これから良いママになるから」

そのか細い声を聞いている内に、うんうんと頷かずにはいられなくなり、許すのが常だった。

でも、みーんな嘘だったんだ。

ひと月ふた月と経つにつれて、蓮音には、やっと解った。今度こそ母は帰って来ないのだ。

事の次第を知った母の叔母の類子が家にやって来て、長い間、父と話し合っていた。今回は実家にも行っていないという。

「心当たりのとこ、全部、連絡してみたんだけど知らないって言うのよ」

「……そうですか。ぼくも、ほうぼう当たってみたんですが……」

「ごめんね、隆史《たかふみ》さん。まさか、姪《めい》があそこまでだらしないとは……」

父は唇を嚙んだまま、横を向いた。

「あの……いつだったかの相手の男には連絡してみたの？」

湯呑みを叩き付けるように置く音がして、用を足しに行く途中に聞き耳を立てていた蓮音は飛び上がった。

「ええ、電話しましたよ、恥を忍んでね。で、類子さん、ぼくがなんて言われたと思います？」

父の声は怒りで震えていた。

蓮音は、しばらくその場にたたずんでいたが、父と類子の話を最後まで聞くことなく子供部屋に戻った。すぐにせがまれて弟と妹の遊び相手になってやったが、心ここにあらずという状態のままだった。

耳に入って来たばかりの言葉を、ひとつひとつ引き摺り出してみる。でも、どうしても意味が解らない。

「あの男、こう言ったんですよ。あんたが自分の女房も満足させられないからじゃないかって。いったい、琴音は、ぼくにどうして欲しかったって言うんです。ただ家族を養うために必死に働いて来ただけじゃないですか⁉」

「そうだよね、ごめん、ごめんね、隆史さん」

「他人様から羨ましがられるような家庭を築こうと自分なりにがんばって来たのに。琴音は、ぼくのことを、何から何までひとりよがりだって訴えたそうです」

「……そんな」

「抱いてやる時もそうだったらしいなって……あいつ……あんな下衆《げす》野郎に言われるなんて」

パパが自分勝手だという話なの？　蓮音は混乱しながらも、それなら解る、と思うのだった。父は、行儀や規則にとてもうるさく、母にも子供たちにも厳しかった。

「ラブホテルに踏み込んで現場を押さえた時には、絶対に許すものかと思った。でも、子供たちのことを考えたら、どうにか修復しなくてはと必死にこらえたんです。愛情がなくなったって、あの子たちがもう少しだけ大きくなるまで……せめて蓮音が中学に入るまでの後少し、割り切って一緒に暮らしてみようと」

「そんなの、駄目ね」

それまで憐れんだような口調で相槌《あいづち》を打っていた類子が、きっぱりと言った。

「愛情がなくなった、けれども割り切ってって……それ、隆史さん、あなたが、でしょ？　そんなふうに勝手に割り切られた琴音の気持はどうなるの？」

「はあ？　類子さん、もしかしたら琴音が悪くないとでも⁉」

「悪いよ。悪いけど……世の中、あなたみたいに、きちんと正しく生きて行ける人ばかりじゃない」

「やっぱり姫の味方って訳ですか。あなたの影響であんな女に育ったんじゃないですか？」

口をつぐんでしまった類子に向かって、父は容赦ない言葉をぶつける。

「あなたが、男を渡り歩いた揚句に、行き場を失くして、ここに戻って来るしかなかったのは、土地の人間なら皆知ってますよ」

　ふふ、と笑って、類子は言った。

「それは、すごい武勇伝。でも、私、古いだけが取り得のただの喫茶店の店主ですから」

　類子は、話の途中から、父と敵対しているかのような物言いになった。彼女は、もう六十を超えていたが、この土地の同年代の女たちとは、まるで違っていた。ひと言で言えば、強いのだ。老け込むには早過ぎるとばかりに、何か気に染まないことにぶつかると、途端に好戦的になる。そして、それを自ら楽しんでいるふしもある。

　類子さんはすごいなあ、と蓮音は思う。でも、やはり怖い気がする。母も、いつも言っていた。大好きだけど、緊張して上手く話せなくなるんだよねー、と。子供が苦手とも言っていたし。

「ともかく」と、父は気を取り直したように話を続けた。

「あいつには、もう母親としての資格はないんです。こっちが、何度許してやっても駄目だった。琴音は、とうとう自分の子供らを捨てたんです」

　蓮音が聞いたのは、そこまでだった。すくんでしまう足をどうにか動かしながら、その場を離れた。捨てられたって、誰が？　それ、もしかしたら、私たちのこと？

「類子さん、まだ、いるの？」

　弟の問いに、頷くのがやっとだった。

「ぼく、あのおばちゃん、嫌ーい」

「彩花も、嫌ーい」

「おっかないもんねー」

「ねー」

小さなきょうだいの他愛のないやり取りだというのに聞いている内に泣けて来た。いくら嫌いでも、今の自分たちには必要な人なんだ、と蓮音は思った。少しでも頼れる大人は、しっかりと確保して置かなくてはならない。でないと、私たちは生きて行けない。

蓮音は、長女である自分を痛いほど意識していた。私たち三人は母に捨てられたのだ。あの生真面目な父が言うのだから本当なのだろう。

どうしたらいいの？　まだガスの火だって怖いのに。蓮音の頭の中を真っ先に占領したのは、日々の煮炊きのことだった。これまで、母の不在時には、スーパーやコンビニで調達したものを電子レンジで温めてやり過ごして来た。でも、これからはそうは行かなくなる。お風呂はどうやって洗うの？　そして、洗濯は？　小さな体にどんどん重しが載せられて行くかのようだ。鈍感な父親は、そこにまったく気付かない。

蓮音の孤軍奮闘が始まった。

仕事に向かう途中、弟と妹をそれぞれ幼稚園と託児所に連れて行く父を見送った後、蓮音は、大急ぎで、朝食の後片付けをして、自分の身仕度に取り掛かる。そして、家を飛び出して集団登校のために児童が集まる広場に走るのだが、たいていは、皆、出発してしまった後である。

　高学年になった蓮音は、班の下の子供たちを統率して行かなくてはならない立場なのに、ままならない。すまない気持で、ひとり登校し、班長の男子に謝ろうとするのだが、彼は、かえって、こちらを気づかうように言うのである。

「いいって、いいって、蓮音んち、お母さん、いなくなっちゃったんだもん。しゃあないよ」

　そして、彼は、友達の輪の中に戻って行く。蓮音には、それが幸せの輪のように見える。自分が決して入れない囲い。いつのまにか、彼女の家の事情を近しい子供たち皆が知っている。大人たちの世間話や陰口から仕入れるのである。後は、伝言ゲームよろしく耳から耳へと不正確さを増しながら流れて行くだけだ。

　大人が作り出す蓮音の家のゴシップは、子供たちに、ある種の昂揚感をもたらした。台風の直撃を前に興奮するようなものである。嵐に備えなければと右往左往する楽しさと不安が交互に訪れると同時に、冒険をするかのようなわくわくする気持も湧いて来る。大変だ大変だ、と誰かは叫んだかもしれない。

　子供なりの同情心を持つ優等生たちもいた。彼らは、蓮音に、思いやりのある言葉をかけては悦に入っていたが、それは、台風による停電時に灯《とも》す蠟燭《ろうそく》と同じ程度の明るさ分しか役に立たなかっただろう。その明るさでは先は読めない。

蓮音は、そんな灯《ともしび》を、自らの息を吹きかけて消してしまいたかった。

こんなの、どうってことない。

そう自分を力付けようとする蓮音は、強情っぱりで可愛気のない子とはた目には映ったが、露骨に仲間外れにされたり、ないがしろに扱われなかったのは、地元で知られた父の存在があったからだ。

父の隆史は、中学、高校と野球部で、全国大会では、ずい分と活躍し、郷土の星のような報道をされたこともあった。それ故、大学卒業後に木田沼に戻り、建設会社に職を得ながら、ぜひにと乞《こ》われて少年野球チームのコーチに就任したのだった。

誰もが父を尊敬していた。たとえ、どうしようもない妻がいたとしても。

笹谷コーチに子供を預けて置けば間違いない、と少年野球チームの保護者たちは口をそろえて言った。練習の厳しさにめげることなく付いて行った子たちは、父にスポーツマンシップの何たるかを叩き込まれ、例外なく強くたくましく育って行ったのだった。親たちが、こうあって欲しいと思い描く少年たちが次々と誕生した。

喜ばしいことだと多くの人々が拍手と共に父を賞讃する中、母の叔母の類子だけが蓮音の耳許で囁いたことがあった。

「あー、気持悪い。あんたのパパ、まるで青春ドラマ製造機ね。自分のクローンみたいなの、いっぱい作ってるよ」

　後で、蓮音は、どういう意味かと母に尋ねた。すると、ふふっと笑って言うのである。

「類子さんらしい言い方だね。パパみたいな人、嫌いなんだよ、あの人は」

「ママは？」

「好きだった。パパは、ママのヒーローだったんだよ。パパといると、ママも青春ドラマの登場人物みたいな気持になった」

　青春ドラマって何だろう。類子さんは嫌いみたいだけど、ママは、きっと大好きだったんだ。蓮音は、意味も解らない青春という言葉に思いを馳《は》せてみる。セイシュン。パパがママの好きな人でいる場所。あの時、父をヒーローと呼んだ母は、いつのまにか消えてしまった。

　母親不在という未知の領域にすっかり怖気付《おじけ》いてしまった蓮音に父は言う。

「大丈夫だ！　これからは、パパと蓮音でタッグを組んでがんばって行こう。一緒に力を合わせて、勇太と彩花の面倒を見て行こう。一所懸命挑戦して出来ないことなんて何もない。それは、パパがよおく知っている。二人で、この試練を乗り切ろう！」

　シレンって、何だ。蓮音は、父の励ましの意味がまるで解らないのである。これまでもくり返されて来た母の家出の時だって、自分は限界までがんばったのである。

　蓮音は言いたかった。小さい子たちの面倒を見るということは、まず口に入れるものと下から出て来るものを見張らなきゃってことなんだよ。そして、それは私の年齢《とし》では大変な大変な仕事なんだよ。

たぶん父は、自分の仕事の方がはるかに重要だと思っていることだろう。でも、それは、結局のところ、人の生き死にには関係がないのだ。生きるために優先されるべきは、一番原始的な務め。後に、蓮音は、それを痛感することになる。

蓮音が世話をしなくてはならないのは、弟と妹だけではなかった。母は、自分が可愛がっていた猫も置いて出て行ったのである。空腹を訴えるのは小さな子供たちだけではない。猫もまた、疲れ果てて、うつらうつらしている蓮音の側にやって来て、餌をくれろとみゃーみゃー鳴くのである。

「マリモ……」

蓮音は猫の名を呼び、キャットフードの缶を開ける。全然使えなかった缶切りも、ずいぶん分と上手く扱えるようになった。

もしゃもしゃと餌を食べる猫をながめながら、蓮音は、母に思いを馳せる。ママは、いったい、この家の何が気に入らなかったんだろう、と。パパも私も勇太も彩花も、そして、マリモも、ママになーんにも悪いことしていないのに。誰のせいで、出て行ってしまったの？

「笹谷さんとこの奥さんは、昔っから、たまーに、気が触れたみたいになることあんだわ」

前に、同じ町内の大人たちが、立ち話でそんなふうに言っていたのを聞いたことがあった。蓮音の姿に気付いて、慌てて取り繕って、にこやかな挨拶を投げ掛けて来たけれども、母がそう言われていることなど、とうに知っていた。娘の目から見ても頷きたくなるくらい、母は、時々、変だったのである。

しょっちゅう、何かに怯《おび》えているような素振りを見せた。かと思うと、驚くほどふてぶてしい態度で他人に接し、そして、すぐ後で、そうしてしまった自分の振る舞いを気に病むのである。

安定しない気分を持て余す母に、蓮音は、いつも尋ねなくてはならなかった。ママ、だいじ？　と。しかし、そんな母以上に、もっと落ち着かない状態でいたのは、娘の蓮音だったのだ。情緒不安定の母親の手を握りながら、自分もつられてそうなってしまわないように、ずっと踏んばって来た。

がんばるもん、私、がんばるもん。

蓮音は、常に、自分にそう言い聞かせていたが、時々、がんばるという意味自体解らなくなってしまって、呆然とするのであった。あれ？　がんばるって、どんなことだっけ？と、必死に考えてみるのだが、答えが見つからない。でも、と彼女は思う。パパがいつも言っている。がんばればがんばるだけ出来るようになるんだよ、と。父の教えを反芻し続けて、後に彼女はどうなったか。

父の言う「がんばる」は、魔法の言葉だった。その威力は絶大で、彼がひと言「がんばれ」と声をかけただけで、蓮音は、駆けっこのスタートラインに立たされたような気持になった。そして、全速力以外は許されないんだ、と体に緊張が走る。

けれども、母が今度こそ本当に戻って来ない、と悟って以来、蓮音の中では受け止め方が変わり始めた。何度かに一回は、その言葉が、彼女を息苦しくさせるようになったのだ。まるで、がんばれと言われた途端、頭を押さえ込まれて、顔を無理矢理水に浸《つ》けられるような感じだ。でも、もがきたくてもそう出来ない。何故なら父の言う「がんばれ」だから。偉い偉い父。

「蓮音ちゃんは、がんばり屋さんだねー」

よその大人たちに何度も言われた。けれど、母の不在を気に掛けても、笹谷家の子供たちがどういう状態にあるかを誰も尋ねはしないのだ。仕方なしに身に着けている裾《すそ》のほつれたスカートや垢じみた衿《えり》のブラウスなどを目に留めても、その原因について言及しようとする人はいないのだ。

これに関しては、祖母や母の叔母である類子も同じようだった。父に頼まれて、気乗りしない様子でやって来ることはあっても、自分たちの方から積極的に出向いたりはしない。

父が言った。

「元々、自分勝手で冷たい人たちなんだよ。孫や姪の子供たちが困っていても、たいして気にならないんだ。でも、それならそれで良いじゃないか。そんな思いやりのない人たちにわざわざ頼らなくたってさ。こっちは、こっちで、ちゃんとやって見せる」

蓮音は溜息をついた。全然、ちゃんとやれてないじゃないか。勇太の体は、いつも臭っているし、彩花のお尻はただれていて痛がって泣く。マリモのトイレの砂もずっと替えていないというのに。

類子は、こう主張するのだ。

「隆史さん、いつも、私たちを小馬鹿にしたような態度を取るじゃない。女をなめてるのね。あんな偉ぶった男の側にいたら、おかしくなっちゃう。私も姉さんも、やっと男から解放されたのにさ。困った時だけ来られてもねえ」

困っているのは父じゃない。私たちなんだ。そう訴えたいのだが言葉にならない。子供たちが求めているものを永遠に理解しない大人たちのはざまで、蓮音は、今日もひとりでがんばっている。

第三章

〈母・琴音〉

執拗にくり返される父の暴力に、歯が割れてしまうほど食い縛って耐えていた母。その姿をただ呆然と見詰めるしかなかった私は、あまりにつらくなると、パン屋で店番をしている信次郎さんの許に駆け込んだ。アルバイト代わりに実家の商売を手伝う彼は、いつも気楽な様子で、小学生の私の話し相手にも快くなってくれた。

「もうやんなった。あんなお母ちゃん、見たくない。私、お母ちゃんのいない子になりたかったよう」

ある時、そう言って啜り上げる私を、信次郎さんは、しばらくながめていたが、やがて店の奥で働く職人さんたちにちょっと出て来ると声をかけた。

「おいで。川べりに行こう」

「いいの?」

「うん。ちょうど休憩の時間だし、琴音ちゃんの危機だもんな」

私たちは、町の真ん中を流れる木田川のほとりを歩いた。信次郎さんは、この間、友達から譲り受けたばかりだというギターのケースを手にしていた。最近、音楽サークルに入って習い始めたのだと言う。

私たちは川べりの遊歩道のベンチに腰を下ろした。信次郎さんは、少し得意気にギターを弾いて見せたが、子供の私にも、あまり上手くないと解る演奏ぶりだった。何度もつっかえては、おどけた表情を作ってこちらを見るので、私は吹き出してしまった。

「あー、琴音ちゃん、やっと笑った」

「だーって、信次郎さん、へたっぴなんだもん」

「まーだまだ、これからこれから。あ、そうだ、この歌知ってっか?……って、知る訳ないか。琴音ちゃん、まだ、よちよち歩きの頃だもんな」

え? どういう歌? と問いかけると、信次郎さんは、ギターを弾きながら歌い始めた。

「時には母のない子のように、だまって海をみつめていたい……」

どきりとした。信次郎さんは、な? と目で問いかけながら、続きを歌う。

「時には母のない子のように、ひとりで旅に出てみたい……ほら、これなんか、いつだったか家出して大騒ぎになった、どっかの小学生そのものだろう? 違う?」

本当だ。私は、ひとり家を出て歩き続けた夜を鮮明に思い出した。あの、不思議と安らかな、けれども、とても哀しい夜。私が赤ん坊の頃にはやったカルメン・マキという人の歌だそうだ。

「時には～　母のない子のよ、おおに～」

信次郎さんが口ずさむ通りに、後に続いた。彼のつまびくギターに合わせて一緒に歌っているという状況が、とても大人っぽく感じられて、私は得意になった。けれども、いい気になって張り上げた声が、次のフレーズをなぞる内に、しゅるしゅると小さくなってしまったのだった。

　だけど心は　すぐかわる
　母のない子になったなら
　だれにも愛を話せない

下を向いたきり黙ってしまった私に気付いて、信次郎さんは歌うのを止《や》めて、ギターを脇に置いた。

「どした？　悲しくなっちゃったんかい？」

頷くと、信次郎さんは私の肩に手を回した。

「琴音ちゃん、やっぱ、母のない子になんのは、やだんべ？」

うん、と答えた。

あんな惨めな母を毎日のように目の当たりにしなくてはならないのなら、いっそ母親なんかいない方が良い、と思っていた。暴力をふるう父の行状よりも、むしろ、虐《しいた》げられている母の姿の方が、私と兄の心を痛め付けて来たのである。見ないですむならどれほど楽か。何度、そう感じたかは計り知れなかった。それでも、この歌を聞いた後に、改めて信次郎さんに問われると、どうしても母に、自分の側にいて欲しいという思いが強烈にこみ上げて来る。

母は、私に、どうにも出来ない悲しみを教えた。そして、同時に、失ってはならない温もりを与えてくれた人でもあるのだ。ほとばしる熱い涙を子の上に降らせながら、何度も楯《たて》になって父の暴力から守ってくれた。それは、成功もしたし、失敗もした。けれど、母の体が温かかったのは事実なのだ。

「私のお母ちゃん、可哀相だよう。私とお兄ちゃんを守れなくって、いつも泣いているよう」

両手の甲で涙を拭く私の背を、信次郎さんは、そろりそろりと撫でていた。

「琴音ちゃんがお母さんを可哀相と思うと、お母さん、余計に可哀相になっちゃうんだから、もう泣いちゃ駄目だ」

そんなふうに言われると、ますます母が憐れで可哀相になってしまう。まだ幼な子の分際で、この時の私は、もう既に親を見くびることを知っていた。

「つらくなったら、いつでもうちのパン屋を覗いてみたらいい。おれが店番やってる時なら、いつだって琴音ちゃんの話し相手になってやるし、いなくても、パンの匂いだけ、胸いっぱい吸い込んで行くといい」

「いつもフジタパンの前を通ると良い匂いがするよね」

「うん。パンの匂いは幸せの匂いだって、みーんな言うね。琴音ちゃんも、うちのパンの焼ける匂いで幸せになんな」

実は、私は、信次郎さん本人の体からも、その香ばしい匂いがするのを知っていた。彼自身は気付いていないようだったが、何かの拍子にふわりとこちらに届いて、私の鼻をくすぐった。

幸せの匂いのする人なんだ。私は、近くにいる一番年若い大人である信次郎さんを好ましい思いで見詰めた。私を子供扱いしない、そして、自分も大人ぶらない、たったひとりの人なんだ。

「私もパン屋さんになろうかな」

ああ？　と呆れたように聞き返して、信次郎さんは私の頭をこづいた。

「やめとけ、やめとけ。あーんな大変な仕事、割に合わないよ。朝は早いし、重労働だし。パンは焼くもんじゃなく食べるもん。あ、売るもんか」

そう言って、へへっと笑うのだった。

「でも、信次郎さんは、パン屋さんになるんでしょ。お母ちゃんたちはならないって言ってたけど、私は、なるって思うよ」

「そっけー。琴音ちゃんは、そう思うんけ。なら、なってみるべか」

うん！ と、私は喜んで返事をした。私もパン屋さんになりたきゃ、そこにお嫁さんに行けばいいんだな。単純にそう思い、案外簡単に将来が決まったので、胸を撫で下ろした。子供の浅知恵だ。でも、その時は、自分を安心させる材料を子供なりに、いつも捜していたのだった。そして、それを見つけるたびに胸を撫で下ろした。救いになるのだ。もちろん、大きくなるにつれて、そのひとつひとつが消えて行く。

しかし、信次郎さんは、パン屋にはならなかった。それどころか、ある日、私が相手をしてもらおうと店を訪れたらいなくなっていた。

お盆休みあたりには帰って来ると思う、とフジタパンの奥さんは言ったけれども、私は激しい落胆と共に、信次郎さんの不在を受け入れなくてはならなかった。いて欲しい時にいない人。世界で一番つれない人種に彼はなった。そして、やがて私も同じ種類の人間になるのだ。いて欲しいと望まれていながらいなくなる。

後に再会して、私は、すっかりおじさん然となった信次郎さんに尋ねた。

「ねえ、どうして、あの頃、いつのまにか私の前から消えちゃったの？」

「消えてないよ。ただ大学卒業して就職しただけだよ。会社が埼玉だったから、そっちの寮に入ったんだよ」

　それでも突然消えたことには変わりはないと、私には、ついこの間の出来事に思えて、腹が立って来るのだった。自分でも理不尽だと解っていたが、どうにもならない。もし、信次郎さんが宇都宮あたりで就職して、そのまま実家にいたら、あの後、私は、直面するいくつもの危機を軽々と乗り越えて行けたかもしれないのに。

「あの時、埼玉なんて行っちゃわないで、ずっと側にいてくれたら、私の人生は変わってたよ？　もっと、まともな女になってたかもしんない」

　信次郎さんは、くすくすと笑って、昔のように私の頭をこづいた。

「そんなまともな女になってたら、琴音は、今、おれに会えてねえよ」

「そうかなあ」

「そうだよ。おれがずっとおまえさんの側にいたら、確かに人生は変わったかもしれないけど、運命は変わらないだろうよ。今、ここに二人でいるのが運命の一番新しいはしっこ。ここに来る運命だったたってこと」

　そうなのか。だとしたら、失敗だらけの私の人生だったけど、ここに辿り着くことになってたのか。それ、知ってりゃ良かった。先に言ってよ、神様。

　信次郎さんが目の前からいなくなった八歳の春、私は、彼に代わる大人を早急に見つけなくては、とあせった。窮地に陥っている子供は、動物的な勘を頼りに味方を捜し出そうとするものだ。

けれど、事情のある子供と悠長に過ごしながら話し相手になってやる大人など滅多にいるものではない。私は、誰にも助けを求められないまま、いつ始まるか解らない父の暴力に身構えるしかなかった。

「お父ちゃん、いったいいつになったら、暴れるのをやめるんだろう」

「やめねえべ」

兄は、私の言葉に乾いた笑い声を立てて言った。

「やめないって……やだよ、そんなの」

「やだったって、死ぬまでやめねえべ」

死ぬまで……。ならば死んだらやめるのか。気が遠くなりそうなくらいに先のことに思えた。でも、そうじゃなかったのだ。

予想外に早く来たその日のことを、私は永遠に忘れることはないだろう。家族にとっての重大な節目となった日。私が御膳立てをした。

いつものように父の暴力の嵐が吹き荒れそうになった時のことだ。母はいなかった。類子さんの店に届け物があると言って出て行ったきりだったのだ。まさか父が、工場の機械の不具合で、いつもより仕事を早くに切り上げて帰宅するとは思わなかったのだろう。

父が帰って来た時、家には台所のテーブルで宿題をしている私しかいなかった。

「お母ちゃんはどうした」

父は作業着の下に締めているネクタイを緩《ゆる》めながら私に声をかけた。そこには既に母の姿が見えないことに対する苛立ちが滲んでいた。

「いないよ。でも、すぐに帰って来るって言ってたよ」

「どこに行った」

正直に答えたら、どのような事態になるかを熟知していたので、私は、無言で、ただ首を横に振った。

「どこに行った」

父は、もう一度尋ねたが、私が答えないので側に寄って来た。目が血走っていた。例によって、平静を保つ回路が断ち切られたのだ。私は咄嗟《とっさ》に腕を上げて交差させ防御の体勢を取ろうとしたが、父は、髪の毛をつかんで椅子から引き摺り降ろした。

不意をつかれて床に転がった私は、必死に這《は》って父から逃れようとしたが、再び髪をつかまれ、今度は無理矢理起こされた。

「どこに行ったかと聞いているんだ」

「知らない！」

「お父ちゃんに言えない所に行ってるんだな」

「違うよう。ほんとに知らないんだよう」

「類子のところか」

私が慌てて首を横に振ると、父は、あまりにも意外なひと言を口にしたのである。

「あの店に入り浸ってる男の誰かと会ってるんじゃないのか」

意味がまったく解らなかった。呆然としていると、父は、外しかけていたネクタイを首許から抜いて、私に後ろを向かせた。両手を縛られるのか、それとも首を絞めようとしているのか。逆上している彼なら何をしても不思議ではなかった。

私は四つん這いになって全速力で逃げながら叫んだ。

「ばかやろーっ、お父ちゃんのばかやろーっ、死ね、死ねっ、死んじまええええっ!!」

私は、父に向けての呪詛《じゅそ》の言葉を吐き散らした。それらは、少なからぬ子供が心の中に湧き上がらせるものだと思う。しかし、実際に声に出して親にぶつける機会はなかなかやって来はしないだろう。

でも、私は、言った。まるで、こらえ切れない反吐《へど》のように、父に向けて噴き上げた。この時のことを思い出すと、今でも漠然とした恐怖に包まれる。コントロール不能の自分。そして、コントロール不能の父。私たちが血のつながった親子であるという現実を突き付けられるような気がして。

床を這うスピードを死に物狂いで上げながら、私は何度も父の方を振り返った。彼は、獰猛《どうもう》なけもののような唸《うな》り声を上げて、私をつかまえようとするので、必死になって逃げった。しかし、突然、父の動作は止まり、「琴音」とひと言、私の名を呼んだ。私は居竦《すく》まったまま、彼を見た。

「琴音……待ってくれ、琴音」

父は、うつぶせのまま、こちらに手を伸ばしたかと思うと、二、三度転がって仰向けになり両手で胸のあたりを掻きむしるようにした。そして、のけぞったまま血走った目を剝《む》き、ものすごい形相で私を見て、声を振り絞るように訴えるのだった。

「琴音、早く早く……お母ちゃんを……」

私は、すっかり腰を抜かしたようになってしまい、しばらくの間、後ろ手に尻餅をついたままだった。

父は、なおも私の名を呼び続け、母を求めた。その苦しむ姿をながめている内に、私は、次第に冷静さを取り戻した。父の体に何か異変が起こっている、というのは解った。誰か大人を呼びに行かなくてはならないのも知っていた。しかし、私の体は、どうしても動こうとしないのだった。ただ父を見詰めるだけの私を、彼もまた歪《ゆが》んだ表情のまま見ていた。早く、早く、と彼は呻《うめ》いていたが、私が何も行動に移そうとしないのを悟ったのか、今度は、なんでだーなんでだー、と悲痛な声を洩らした。

どのくらいの時間が経ったのかは解らなかった。学校から帰って来た兄が、乱暴な音を立てて、縁側から家に上がって来た。

「どうしたんだ！　どうしたんだよ、これ⁉」

兄は、父がピンク色の泡を吹いているのに仰天して、玄関にある電話に向かって走ろうとした。けれども、その瞬間、私は兄のズボンの裾をつかんで制したのだった。ぎょっとする兄の目を見ながら、私は首を横に振った。兄は、困惑しきったように、しばらくの間、私を凝視していたが、我に返ると、ズボンをつかんだままの私の手を振り払うべく足を揺らした。

私は、離さないようにしがみ付いた。そして、兄を見上げて懇願した。

「勝兄ちゃん、このままでいよう？　お願い！」

「琴音、救急車を呼ばないとお父ちゃんが！」

「うん、うん、でも、このままでいよう？　お母ちゃんのために、このままにしよう？」

兄は、脱力したようにしゃがみ込んだ。そして、父の顔を覗き込んで呟いた。

「薄目開けたまんまになってっから、はあ〜死んだんだわ」

私たちは、父の両脇にぺたんと座ったまま、母を待った。夫が帰るまで、ずい分と時間があると油断しているのだろう。彼女は、なかなか戻って来ない。私と兄は夕暮れの部屋の中、無言で待ち続けた。静寂があたりを包み西日に少しずつ闇が忍び寄って来ていた。もうじき死者に相応しい夜が来る。

途中、兄は、何度かしゃくり上げた。私ももらい泣きしたが、その涙は決して父のために流したのではないと思った。

　やがて、近所の人と挨拶を交わす母の声が聞こえ、裏木戸が開いた。そして、息を切らすようにして、兄と私の名を呼んだ。

「宮本さんとこで栗いただいたよ。今日の内にゆでとくから手伝って……」

　そこまで言って息を呑んだ。言葉を失っている母に、口ごもりながら兄が伝えた。

「今さっき、おれと琴音が帰って来たら、お父ちゃん倒れてて……」

　母は、慌てて父を抱き起こした。

「あんたたち、何やってんのよ‼　早く救急車を呼ばなきゃ！」

　兄がはじかれたように立ち上がり電話をかけに行こうとしたが、ふと立ち止まって母を見た。そして、急にぼんやりとして告げる。

「おれ、救急車、どうやって呼んでいいのか解んない」

　馬鹿！　と怒鳴って、母は兄を突き飛ばし電話台に走った。

　兄は、父の口許に付いている泡を自分のシャツの裾で拭いながら、お父ちゃん、と呼んだ。

「ばち当たっちったね。でも、おれら、いい気味っとか思ってない。可哀相だね。可哀相だね、お父ちゃん」

　ぶちまけられた栗があたりに散らばっていた。

母が救急車を呼ぶ声が聞こえて来た。金切り声で、しかも動揺しているせいで要領を得ない説明をしている。何度も聞き返されているらしく、母の苛立ちは頂点に達しようとしていた。

「早く来てくれないと死んじゃうでしょうに‼ そしたら、あんたたち、人殺しだかんねっ！」

電話の向こう側の人間に怒鳴る母の声を聞いて、兄がぽつりと言った。

「もう、死んでんのにな」

そして、私を気づかうように続ける。

「琴音のせいじゃないから。人間、誰でも死ぬんだから」

そんなの知ってる。でも、父が死んだのは、私のせいでもある。と、同時に、私が悪いんじゃない、とも思う。

「死んで良かったもん。私、お父ちゃん、死んで良かったと思うもん」

突然、後頭部に衝撃が走り、つんのめった私は顔面を床にしたたかに打ち付けた。電話を終えて戻って来た母に張り飛ばされたのだった。

「この子って子は……この子って子は……」

母は怒りに震えながら、今度は、私の髪をわしづかみにして床を引き摺って行った。そうされながら薄目を開けると、ぶつけた鼻から流れる大量の血が床を汚していた。

あれ？　と思った。私、お父ちゃんにされたのと同じようなことを、お母ちゃんにもされているよ？　どうしてなのかなー、と私は呑気《のんき》に考えた。そっか、体が小さいから引き摺りやすいんだ。お母ちゃんがそうしたい時に出来る相手は、この私しかいないんだ。

兄が泣きながら母を必死に止めていた。可哀相な勝兄ちゃん。父が死んだら、今度は母。彼は、いつも誰かの暴力を止めようと一所懸命になっている。そんなふうに生まれついてしまったのか。

父が言葉にならない命乞いをしていた時、私は、恐ろしいほど冷静になれた。飛び出しそうなくらいに見開かれた目の中で、赤い蜘蛛《くも》の巣を張ったみたいに白目を充血させていた父の眼球。目の縁がびっしょりと濡れていたのは、汗のせいか。それとも、この世への未練の涙か。眉と眉の間に彫刻刀で彫ったような深い筋が何本も入っていた。苦しかったんだね、お父ちゃん。私は、ようやく同情し始めた。楽しい時間を過ごしたことだってあった筈なのに。

でも、私は、吠え続けた弱い犬を、ついに、自分の方から嚙んでしまった。

「勝兄ちゃん、弱い犬ほどよく吠えるって言葉、知ってる？」

息も絶え絶えになっていると思われた妹が、抱き起こした途端にそんなことを言うので、兄は呆れたようだった。

「ほら、これで鼻血、さっさと拭け。救急車来たら、お父ちゃんじゃなく、おまえのこと連れてこうってすっから」

うん、と言って、私は濡れたタオルで顔をこすった。母は、と見回すと、父の側にぺたりとへばり付くようにして、何やら呟いている。

「お母ちゃん、何を話してんの？」

「わかんね」

「気がどうにかなっちゃったの？」

兄と二人で、そっと近寄ってみると、父に息を吹き込むようにして、恨みごとを延々と言い続けているのである。

「せっかく栗もらって来たのに、まだ栗ごはんも作ってないでしょうな。取りあえず、ゆで栗だけ、先にやっとこうと思ってたのに、それも、まだ食べてないでしょうが。栗きんとんも仕込むつもりだったのに、怒んない内にやっとこうと思ってたのに、これじゃあ、意味なかんべな、このでれすけが……この、でれすけが……ひゃくもしねえ……でれすけがーっ」

東京出身の父に対して、日頃、母は無理に標準語の言い回しやアクセントで話していた。時に、それは不自然に聞こえるらしく、父が笑い出すこともあった。

その笑いには、いくつもの種類があるのを、私は、子供でありながら、もう知っていた。それは、田舎者への嘲りを含む場合も、自然に出てしまう苦笑の場合も、無理するなとたしなめる場合もあった。

でも、たまに、ほんのたまにのことだが、微笑ましさをこらえられない、というような表情を子供たちの前で見せることがあった。それに気付いた私と兄は、目配せを交わしながら幸せな家庭の一員になる稀な瞬間を味わった。それは、滅多に与えられない極上のキャンディを口に放り込んでもらえることに似ていた。

そして今、母は臆面《おくめん》もなく、この土地の言葉とイントネーションで、恨みごとをたれ流しているのである。まるで、父のあらゆる種類の笑いを再び誘い出そうとするかのように続いている。

好きだったんだ。私は、ようやくそこに思い至って、うろたえた。あんなにひどい目に遭って来たのに、お母ちゃんはお父ちゃんが好きだったんだ。

好きだからこその恨みごと。そういうもの、があるというのを初めて知って、私は、母を庇うように、その背中に覆い被さった。

「琴音、栗拾うの、手伝え」

母の背中に顔を押し当てたまま動かない私に、兄が言った。私は、のろのろと母から体を離し、散らばっている栗を拾い集めた。その間じゅう、既に死んでいるらしい父の顔を見ないよう目をそらせた。

母は、むせび泣きながら、ひたすら父をなじっていたが、救急隊員の到着と共に、どうにか気丈さを取り戻した。そして、父と共に救急車に乗り込んで病院に行ってしまった。

「もしかしたら、お父ちゃん、まだ死んでないんじゃない？」

「死んでるよ。おれ、口に手え当ててみたもん。お父ちゃん、息してなかったもん」

「勝兄ちゃん、私が、お父ちゃん殺したの？」

「そうかもしんねな」

兄の言葉を聞いて、私は、ようやく怖くなって震え出した。

「どうしよう……」

兄は、突然怖気付いた私の両肩をつかんで言った。

「でも、琴音は悪くない。あれは、殺したのは殺したのでも、見殺しってやつだから」

「……見殺し」

「そうだよ！　見殺しは仕方のないことなんだよ。力のない、弱い人間のやることなんだから。琴音がそうだんべ。弱い弱い子供だもん」

見殺し。それは、罪に問われない人殺しなのか……。私は、この時に芽生えた、まだ命題とも言えない命題を、良く理解出来ないまま嚙み締めた。それに少しずつ具体性が与えられて行くのは、これから先のことになる。

父の直接の死因は、急性心筋梗塞だった。私と兄には知らされていなかったが、ずい分前から体のあちこちに持病を抱えていた、と母が言った。

「いつも体がこわく（つらく）ってねえ、もどかしくってねえ、苛々《いらいら》してどうしようもなかったんだわ」

葬儀で涙ながらにそう語る母に呆れて、類子さんが言った。

「死ぬと全部が許されちゃうんだね。それとも、お姉ちゃんは、最初っから正さんのことを許していたのかな？」

兄は、それを聞きながら、たぶん私と同じことを思っていたに違いない。自分たちは許すなんて出来ない、と。父親に死んじまえという思いのたけをぶつけて来た子供たちには、憎しみに対するそれなりの矜恃《きょうじ》がある。許すものかと足を踏ん張り続けた自分たちを裏切ることは出来ないのだ。


〈小さき者たち〉


ふーう、ふーうという苦し気な萌音の呼吸は止《や》むことがありません。桃太は、やっとの思いで彼女の側まで行き、床に落ちていた厚目の紙を団扇《うちわ》代わりにしてあおいでやりました。少しの風しか起きませんでしたが、ちもちーいーよお、と薄目を開けて言ってくれた妹。可愛いなーと思います。絶対に守ってやらなくてはならない。

団扇代わりにした紙は、出前のメニューでした。母は、さ、出前取るよーっ、と大声で言って、てんでに遊んでいる子供たちを自分の許に来させるのでした。出前というのが、おいしいごはんを意味しているのをとうに知っていた桃太も萌音も、はしゃぎながら駆け寄ります。

「モモは何がいいのかな？」

「ぼく、たぬきうどん」

「ばーか、もっと豪華なもん選べよ。今日は金あるんだ。ママは、カツ丼にするよ」

「モネも、かちゅどん」

「ばーか、モネは、まだ、カツとか食えねえっつーの。カツ丼にミニ玉子とじうどんを付けるから、それにしな。好きだよね」

「ミニたま！　すゅき！」

決まらない桃太に、母は、メニューのはしからはしまで読んでくれるのでした。

「温かい部、かけそば、うどん。きつねそば、うどん。たぬきそば、うどん……」

そこまで来ると、桃太の顔は、笑いでくしゃくしゃになる寸前になってしまいます。何故なら、次に、母は、必ずこう言うのです。

「おかめ、そば！　あ、これ、ママだわ」

そうして、変な表情を無理矢理作って、子供たちに顔を近付けておどけて見せるのです。

「こらっ、笑うんじゃねえ！」

と、言葉は乱暴ですが、ふざけているのが解るので、桃太も萌音も笑い声が止まりません。母のお道化《どけ》具合も、どんどんエスカレートして、なかなかメニューを読み終えることが出来ません。

楽しいなあ。楽しくて仕方ない。桃太は、こういうひとときが好きでたまりません。その内、お金持ちになってやるからね、というのは母の口癖でしたが、もうなってるよ？と思うのでした。だって、お金持ちと幸せが同じであるように彼女はいつも語っていたからです。

親と子の間に、ふざけられるゆとりがはさまっているとは、なんと幸せなことでしょう。桃太は、お金がなくても幸せな子供だった筈なのです。それなのに、今、どうして、熱にうかされながら、小さな部屋で、帰らぬ母を、待ち続けているのでしょう。

きつね、たぬき、おかめ……出前のメニューは、動物や人が出て来て、とっても楽しいんだ、と桃太は思い出しています。おまけに指を差せばやがては食べられるのですから、魔法の紙のようなものです。けれども、今、それは、萌音の顔にわずかな風を送るばかりです。

エアコンを点けてみるというアイディアは、とうに桃太の頭に浮かんだのですが、リモコンが見つかりません。前に暑くてたまらない時、片っぱしからボタンを押して、ようやく作動させたのですが、電気代が無駄になる、と母に取り上げられてしまったのです。

「それに、消し方も知らないで点けっ放しにしてたら、凍えちゃうだろ⁉」

確かに、桃太も萌音も震えていました。ママ、ごめんなさい、と謝りました。

「もう！　これ以上、ママに面倒かけないでよっ！」

母は、ほとんど悲鳴を上げるようにして桃太を叱りました。ええ、それは、確かに悲鳴のようでした。でも、いったい、何に対して上げられたのでしょう。子供たちによる電気代の無駄。本当に、それだけのために叫んだのでしょうか。

子供たちに対して金切り声を浴びせてしまった後、母は、彼らを抱き締めて謝るのが常でした。

「ごめんね、ごめんね、ママ、ほんと、駄目だ。駄目ママだ」

そういう時、桃太は、抱き締められているとは思いませんでした。何か、大きな怪獣のようなものに苛《いじ》められているかもしれない母をこちらから抱き締めてやっているのだ、と奮い立つような気持になるのでした。

形勢逆転とまでは行きませんが、それまで叱られてしゅんとなっていた自分が、突然、母より強くなった、と感じる瞬間を、桃太は、これまで何度も味わって来ました。ぼくは、ママの息子で、萌音のお兄ちゃんなんだ！　改めて、そんな自覚が湧いて来るのです。そういう時、母が教えてくれた、あのかけ声が甦るのです。

「フレー！　フレー！」

がんばれ、モモ！　がんばれ、桃太！　そう心の中で叫びながら、抱き締められていると見せかけて母を抱き締めるのです。そうして、頭の中で、自分は桃太郎になる。

ぼくは強いんだ。絵本の中では、鬼だって退治した。

こんな桃太に優しい言葉などかけてはいけません。優しさは、涙のダムを決壊させる温かな凶器。泣き出して立ち直れなくなるでしょう。

認めたくはありませんでしたが、桃太は、自分が、いつも涙の少し手前にいる子供であるのに気付いていました。涙がどんどん膨《ふくら》んで行って、その表面張力を壊したりしないよう見張らなくてはならないのです。涙が自らの重みに耐えられなくなり、ぽろんと瞼《まぶた》からこぼれたりすれば、自分もまた一緒に転がり落ちて溺れてしまう。悲しみという湖で、あっぷあっぷするに違いない。そのことは、幼な子なりの独特の勘で解っていました。

桃太は、いつも崖っ縁に立っている我身を知る賢い子でした。もちろん生まれつきそうだった訳ではありません。大好きな母の蓮音に、ぴたりと寄り添う内に、さまざまなことを学んで行ったのです。

母は、時々、「充電！」と言って、桃太に顔や体を押し付けて来ることがありました。その時の彼女の体温の伝わり具合で、どうして充電を必要としているのかが、何となく解るのでした。あ、ママ、寂しがってる、とか。腹ペコなんだな、とか。

幸せのお裾分けのように、充電してやるっと言って桃太に抱き付くこともありました。

「あー、なーんか、今日は、色々上手く行く感じだあ」

　そう言って、ぐりぐりと鼻をこすり付けて来る母。滅多にないことではありましたが本当に幸せそうな様子で、桃太もつかの間、心から安心するのです。それなのに、そういう時の母は、すぐに出掛ける準備をし始めるのです。

　いそいそと化粧をする母をながめながら、桃太は、また崖っ縁に立っている自分を意識して、そこはかとない不安にすっぽりと包まれてしまうのです。

「ママ、いつ帰って来るの?」

「あー、すぐだよ」

「ごはん、どうするの?　後で、出前取る?」

「無理。昨日、コンビニで買っといたおにぎりとサンドウィッチあるからさ。あと、お菓子もジュースも、口、開けとくから好きに食べてな」

　そう言い残して、慌ただしく出て行く母。後を追いたい気持を必死に抑えている桃太の耳に、ガシャンという鍵の音が響きます。それが諦めの合図です。

　優しい母は気をつかって、ペットボトルの蓋を緩めたり、ジュースの紙パックにストローを刺して、すぐに飲めるような状態にして置いてくれます。

　でも、ママの充電の時間の方が大好きだ、と桃太は心から思うのです。ずっとずっと、そのままでいて欲しいと。

　母は、おにぎりを包装したフィルムを半分むきかけたまま置いて行ってしまうので、正しく食べられるようにするのが難儀です。ごはんが固くならないようにという配慮なのでしょうが、むいた後にパリパリの海苔を手巻きにして食べるタイプのものだと、萌音はもちろんのこと、桃太にも、完璧なおにぎりの姿に整えるのは難しい。いつのまにか萌音の前には細々《こなごな》になった海苔が散らばり、結局、彼女は、白いごはんの固まりだけを口に押し込んではむせています。

桃太は、ジュースの紙パックを妹の口許に持って行き、ストローをくわえさせます。そして、いつか母がやっていたように背中をとんとんと叩いてやるのです。

そうしていると、不意にまた涙の波がやって来るので、唇を噛んでやり過ごすのです。それなのに、白いごはんだけを、もごもごと咀嚼し続ける萌音の一所懸命な様子を目にすると、やはり、わっと泣き出したい衝動に駆られます。

おにぎりなんて、海苔を失くしたら、ただのみすぼらしい塩ごはんだ。桃太は、そう思って腹を立てています。母が好きだと言っていた、あらかじめ海苔なしでもしっかりと結ばれたものとは全然違う。この小さな妹のために、誰もきちんと海苔を巻いてやれなかった冷えた白めし。自分にも上手く出来なかったことが、桃太には恨めしくてなりません。せめて、完成形のおにぎりにしてくれても良いのに。固くなっても、その方がましだ。

おにぎりは、ちゃんと、おにぎりでなきゃ。桃太は、自分もまた失敗して手許に残った海苔を萌音に食べさせてやります。すると、兄の口惜しさなどには、まったく気付かずに、彼女は笑うのです。

「おむしゅびころりん、ころころりん」

やはり、母が読んでくれた絵本の一文です。それを歌うように声に出しながら、桃太と萌音を交互に見て笑っていましたっけ。

「おむすびころりん、覚えてたんだ」

「うん！　ねずみさんの穴に転がったよ」

そう得意気に言う萌音のほっぺたにはちぎれた海苔が貼り付いています。それは、まるで髭《ひげ》のように見えて、桃太は吹き出してしまうのでした。

――おにぎりを怒ったあの時のぼく。

飢えと渇きの中で思い出す、あの日の憎らしいおにぎりが、今、どれほど大切なものに感じられることか。ころりんと転がり、落ちた穴の中のねずみはいいな、いいなあ。


〈娘・蓮音〉


「どうして、こんなにも、あの女に似ているんだ」

「まーったく、やることなすこと、あいつにそっくりだな」

「結局、おまえは、母親とおんなじなんだよ」

獄中で、くり返しくり返し甦るのは、父の隆史が放ったこういった言葉の数々である。

蓮音は、母の琴音が家を出てしまってから、日常的にこの種の言い回しでなじられて来た。娘が母に似ている。

たったこれだけのことが、蓮音の人格をあらゆる方向から否定する根拠となったのだった。

「やっぱり血のつながりは恐ろしいな」

仕舞いには、こんなふうに言われた。蓮音は、もしかしたら反論すべきだったのかもしれない。平然と言い放つ父親に対して、私の中には、あんたの血だって流れているんだよ、と。

でも、言わなかった。自分は、本当に何かを言うべき時には必ず声を失ってしまうのだ、と蓮音は思う。彼女を、反抗的だと誰もが言ったが、冗談じゃない。私は、一度だって、誰に対してだって、そんなふうになったことはない、と叫びたいくらいだった。人に楯突いた覚えも、争いを仕掛けた覚えもない。

ただ流されて来ただけだ、と蓮音は唇を噛んだ。そして、それが一番いけなかったのだ、と。初めは、いつも、流れに抗《あらが》って抜け出そうと必死になるのだ。けれども、力尽きた瞬間からどんどん流されて行ってしまう。自分の意志とは無関係の場所や人に、すべてを委ねて何も省みなくなる。無責任、上等。

そうして、気が付いたら、ここにいた。刑務所にいるという現実を受け入れて行く内に、さまざまな記憶が唐突にフラッシュバックする。

ああ、そうだ。そんなこともあんなことも確かにあった、と。自分という物語をここまで続けて来たのは、積み重ねられた事実に他ならない。汚れた過去が層を成した末に出来上がった今の私。蓮音は、ようやくそれを自覚して愕然とする。そして、途方に暮れて泣き出してしまいたい気持になる。

すると、父の声が全身に響き渡るのだ。おまえは、母親そのものだ、と。けれども、喪失していた記憶が戻りつつある今、蓮音は、生まれて初めて、父に反論したいと思う。人間を形作って来たのは、血のつながりだけじゃない。私とママは、とても似ていて、けれども、まったく違う人間なのだ、と。

自分の気に染まない人物について語る時、そこに血筋を持ち出す人が少なからずいるのは何故だろう。

仕様がないよ。あの女の娘だもん。

蓮音は、そんなふうに何度も母の琴音を引き合いに出されて来た。そのたびに、またかとうんざりしながら、こう思うのだ。

親から受け継いだ血は、ただの土台だ。ここにいる私は、自分だけの時の流れの中で作り上げられて来た。流されて、転がり続けて、良くないものがどんどん付着して層を成してしまったけれども、それでも、私は私。他の誰でもないんだ。

自分という人間を切り開いたら、汚ない血がどぼどぼとしたたり落ちて来るんだろう、と蓮音は気分が悪くなる。でも、その血だって、自分自身が外から取り込んで調合したものなんだから、と言い聞かせる。自業自得。すべてを諦めるのに、これほど相応しい言葉はない。

でも、と蓮音は、やり切れない気持でひとりごつのだ。今さら遅い、とじゅうじゅう知りながらも、一度で良いから、こう慰められたかったよ。おまえだけが悪いんじゃない、と。

自分という罪深い存在を母の血のせいになんかしたくない。それでも、別な時代に、別な土地で、別な親の許に生まれ育てば、こんな事態は引き起こされなかったと思うのだ。桃太も萌音も死なせずにすんだ世界が、きっとどこかにあった筈なのだ。

考えがそこに至ると、蓮音は、体を折り曲げて、うーうーと唸《うな》る。涙を絞り上げるための儀式のようなものだ。もう流れない涙を無理矢理押し出そうと必死になる時は、いつも傷口がきつくきつくつねられるような苦痛を伴う。それでも続けていると、激しい痛みのせいで、目の縁が濡れて来る。そうして、ようやくしたたるものは、もはや涙ではなく、血のしずくに姿を変えている。誰のものでもない。彼女だけの涙の色だ。苦痛、後悔、悲しみ、贖罪、憐憫《れんびん》……無数の感情がミクスされた彼女だけの涙の成分。その味は、とてつもなく苦い。

私の人生、どこで間違っちゃったんだろう。気が付くと、いつもそのことについて考えている。

だって、仕方ねえじゃん。

いつも、そううそぶいて、何も考えないようにして来た。すると、本当に何も考えないですむようになった。ママーママーという子供たちの声だって蓮音には届かないですんだ。子供が自分を呼んでいる。それが嬉しくないのか、と人は言う。無条件に自分を求めて来る存在がいとおしくはないのか、と。

即座に、その通りです、と答える母親に自分はなれなかった、と蓮音は思う。母親は、子への愛情を万全に整えた女神様なんかじゃない。どんな母だって、ほころびはある。たいていの場合、それを上手く隠しおおせたというだけだ。そして、そう出来ない者を母親失格と呼ぶ。

私は、失格どころじゃなかったな、と蓮音は自嘲する。だって、ほころび過ぎていたんだから。でも、最初の頃は、そのほころびをどうにか繕おうと必死になったのだ。しかしある日、無駄だと悟って放り投げた。

それは、いったい、いつだったんだろう。

桃太と萌音に二人きりで留守番をさせるのは無謀だと解っていた。当り前だ。まだ、四歳と三歳になろうとする年齢《とし》なんだもの。

蓮音に、まずいことをしているな、という自覚があった頃、彼女は、責任を果たせていないとはいえ、まだかろうじて母親でいられた。それが、あの一日を境にして変わる。たった一日。子供たちのいるマンションに帰らなくてはいけない時刻に、男が言ったのだ。

「まだ、いいじゃん」

その言葉で、一瞬、自分のすべての動きが止まったのを、今なら、はっきりと思い出せる。ずっと、なかったことにして来た記憶が甦って来る。

「今日は泊まってけよ」

男の誘いに、おずおずと頷いた。頷いてしまった。何故だろう。たいして好きでもない男だったのに。

まるで用心していた落とし穴に、自ら片足を踏み入れ、バランスを崩したみたいな感じだった。

まだ落ちてないよ！　と何かが蓮音に伝えた。頭の中で警報音は鳴り響いていた。ほら、鳴ってるじゃん、と自身に言い聞かせた。おーっと、危ない、危ない。そう、胸を撫で下ろした途端、何かが彼女の背を押した。あるいは、自分から無駄な抵抗を止《や》めて重力に身を任せてしまったのかもしれない。

蓮音は、落ちた。つまり、その日、マンションには戻らなかった。

何てことをしてしまったんだ。蓮音は幾度もそう思い冷汗をかいた。しかし、一方で、こんなふうに、もうひとりの自分が投げやりな調子で囁いた。一度やったら、もう引き返せない。二度も三度も同じだよ？

ああ、もう迷ったって仕方ないとこに来ちゃったんだなあ、と蓮音は自身に言い訳するのだった。だから、今さらあれこれ迷ったって無駄だよ、と。自らこしらえたその既成事実は、いったい何のためだったのか。

もちろん、桃太と萌音のことが何度も頭をよぎった。けれども、そのたびに、もう後戻りは出来ないところに来てしまったのだ、と自分に言い聞かせた。仕方ない。仕方ないんだよ、と。

それまで付き合った男たちとの場合は、そんなふうではなかった。良い母親とは、とても言えなかったが、自分にとっての一番大事なものが子供たちであると知っていた。面倒臭がりながらも、最低限の育児はしていたのだ。

幼ない頃、蓮音は、もっと幼ない弟と妹の世話に追われていた。あの時だって、どうにかこうにかやれたんだ。大人になった今なら、もっと上手く出来るに違いない。そう思ってタカをくったから、離婚して父とも険悪になった後、東京に出て来たのだ。

でも、どうにもならなかった。蓮音は、あの田舎で捨て去りたい過去を量産して来たが、それでもその日々が、父と夫だった音吉とその家の経済力に支えられていたことを忘れていた。パンのひと切れですら、ただでは口に入らない、という事実に気付いた時、彼女は愕然とした。下を向くと、腹をすかせた子供たちが雛鳥《ひなどり》よろしく口を開けて鳴いているのだった。

若い女が手っ取り早くキャッシュを手にするのなら水商売か風俗に限る、というのは常識だ。子供二人を養わなくてはならない蓮音に選択の余地はなく、風俗店を渡り歩くことになり、やがて、寮の完備された池袋の「マ・シェリ」に辿り着いた。

子供連れで面接に来た蓮音に、主任の森山は優しかった。大変だね、とねぎらわれて、すぐに採用になった。そして、体を重ねながら仕事に必要な指導を受けた。それは、とても事務的な性交渉で、それでも自分にきちんと欲情してくれた森山に、蓮音は好感を持った。好きでも嫌いでもない。でも、感じが良い、と思った。彼女にとって感じの良いセックスは、滅多に出会える機会がなかったので嬉しかった。

「主任、私、がんばりますから」

御礼を言ったつもりだったが、森山は飄々《ひょうひょう》とした調子でこう流した。

「ま、無理しないで、ぼちぼちね」

もしかしたら、蓮音の本当の友人と言えるのは、彼だけになるのかもしれなかった。

風俗店勤めを始めてからの蓮音は、毎日をだましだまし生きていた。不愉快な事柄は多々あれど、まあ、こんなものか、と思えるくらいに楽だった。木田沼で過ごした日々に比べれば、自分を蔑むために接触しに来る顔馴染みたちがいない分、はるかにのびのびすることが出来た。

そんな母親の気分は子供たちにも伝わるらしく、桃太も萌音も機嫌良くしている時間が増えた。彼らの笑顔を見ていると、幸せにしてやれるのは自分なんだ、と母親の使命感みたいなものも芽生えて来る。それを意識しながら、コンビニでお土産のアイスクリームなどを選んでいると、いつのまにか「感心感心」と自分を誉めていることに気付く。

「さあて、私のエンジェルちゃんたちんとこに帰るか」

そう思う瞬間が幸せだ。酷使した体の疲れがほどけて抜けて行くようだ。アイスだよーっ、という声に、わっと駆け寄って来るであろう可愛い子供たちの姿が浮かぶ。今度のお休みは、どこかに連れて行ってやるよ、と提案しようか。東武デパートの屋上とかが良いかな。きっと大喜びするに違いない。

しかし、帰宅するや否や、事はそう上手く運ばないのを悟るのだ。散らかり放題の部屋。漏らして床を汚した糞便。時には吐瀉《としゃ》物。壁には新しい落書きもある。

「ちょっとーっ、壁に絵を描いたら駄目って、あれほど言ったじゃんよ！」

だってだって、と桃太が下を向く。その視線の先にはスケッチブックがあり、蓮音は、かっとしてしまう。

「絵は、このスケッチブックに描けって言ったろ⁉」

そう怒鳴りながら、めくってみると、そのスケッチブックにもう余白はない。上目づかいにこちらをにらむ桃太に気付いた途端どっと疲れが出て、彼女は床に座り込んでしまう。

　ああ、どうして子供って、楽しいことや可愛いものなんかだけで育ってはくれないのだろう。食べるのがおやつだけだったら、こちらはどれほど楽だろうか。子供だって、その方が幸せなのに。キャンディとチョコレートだけで生きていれば、今よりももっと愛してやれるのに。おまえら、愛されたくないのかよ。

「ママ、ぼくもお片付けするよ。ママと一緒にやろうと思って、ずっと待ってたんだ」

　桃太の言葉に蓮音は、うんうんと頷く。ち、可愛いじゃねえか。この時、彼女は本当に子供たちを愛していたのだ。

　ママ、ママ、とまとわり付かれながら、蓮音は汚物の掃除をした。そして、ふと思い出した。小学校の高学年から中学にかけても、自分は同じようなことに追われていた。いや、むしろ、幼ない分だけ、やり方が解らなくて迷い、しかも猫の世話もあったから、もっとずっと大変だった。

　けれども、必死になってやった。つたないなりに、がんばった。弟妹の面倒も、家事も、力尽きて倒れ込んでしまうまでやった。私がやらなくてはどうにもならない。そんな使命感に似たものが芽生え、闘志すら湧いていたような気がする。

　それなのに、何故だろう。今、大人になった自分が、あの頃と同じには動けない。前向きな気持で生活を整えるべき行動が取れないのだ。無理にやろうとすると倦怠《けんたい》感が襲って来て、こう思う。

「あー、やってらんない。もう、ほんとやだ」

すると、本当に力が抜けてへたり込んでしまうのだ。

「私、すごく疲れてる」

蓮音は、そうひとりごつが、彼女が心《しん》から休める場所がどこにもない。本来なら子供たちと一緒になごむ筈の場所はゴミだらけだ。気を取り直して片付けたって、無駄。現実のゴミをのけて綺麗にしてみたところで、これまでの人生の澱《おり》のようなものが、すぐさま押し寄せて来る。

「いったい、私は、どこに行ったら気持良く過ごせるんだよお‼」

蓮音は、無駄と知りつつ叫んでしまう。その大声にびくりと体を震わせた直後、子供たちは盛大に泣き始める。

「うるさーい！　黙れ！　黙れ！　黙れーっ！　泣きたいのはこっちなんだよお！」

泣きたいのは、こっち。そうだ。蓮音が袋小路に追い詰められながら、声にならない声で訴え続けて来たのは、このことなのだった。泣きたいよ、泣きたい泣きたい。

何故、他人に助けを求めなかったのか、と後々、色々な人に非難された。でも、どうやって？　そんなの無駄だよ。

蓮音は、思ったのだ。私が何をどう訴えたって駄目なんだ。自分自身の人生にいちゃもんを付けて駄々をこねている面倒な奴と、とうに烙印《らくいん》を押されていた。人並みに生きられない阿呆《あほう》だと後ろ指を差されるのも常だった。

人々のこしらえた理由はこうだ。あの女の娘だから。琴音の娘だもん、仕方なかんべよ。理解不能の人間に、血筋は便利だ。それを言い訳に放置出来る。

母の琴音は、私と弟妹を置き去りにした。そして、私は、自分の息子と娘を置き去りにした。私たちは、同じことをした親子。でも、いったい何故、母は私にならずにすんだのだろう。

逮捕されてからしばらくして、段々頭の中がクリアになって来ると、蓮音は、この問いに占領されるようになった。どうにかこうにか追い払い、今は亡き子供たちにただ手を合わせようとしていても、ふとした瞬間に、この命題は彼女に湧き上がる。

あの女は、きっと、今も好き勝手に、たぶん男とおもしろおかしく暮らしている。

蓮音は、そう思い付いた後に首を横に振る。家族を捨てて出て行った母だったが、こちらから何度か会いに行ったのだった。弟たちのことを考えると、許せないと強情を張り続ける訳には行かなかった。自分にも限界が来ているのが解っていた。いつまでも母親代わりが出来る訳もない。

居場所は、母の叔母である類子に頼み込んで教えてもらった。彼女は、突然、自分の経営する喫茶店に訪ねて来た姪の娘に喜び、愛想良く接していたが、目的が解ると渋い顔になった。

「やめといた方がいいんじゃないかなあ」

「どうして？　ママ、誰か他の男の人と結婚しちゃったの？」

「そうじゃないけどさ、蓮音のお母さんはさ、母親に向かない人なんだよ」

それを聞いた時、蓮音は、中学に上がったあたりで、色々な大人の事情が解るようになってはいたけれども、類子の言うことには首を傾《かし》げた。だいたい、子供を三人も産んでおいて、母親に向かないなんて話はあるだろうか。

そう言うと、類子は、指に煙草《たばこ》をはさんだ手で困ったように額を押さえた。

「産むってことと育てるってことは違うのよ。産めるってことと育てられるってこともね。私は、若い頃に病気をしたから産めなかったし、そもそも育てられるタマじゃないからそれで良かったんだけどさ」

蓮音は、不思議な感じがして類子の顔を見た。ずい分と面倒見が良いようなのに、本当に育てられない人なのだろうか。

するとと、ふふっと笑って類子は言うのだ。

「子供はね、無理。私、大人になりたてくらいの人間を育てるのは好きなのよ。特に男はね。世の中の人々の間違いは、産むのと育てるのが同じ能力で出来ちゃうと思い込むことなんじゃない？」

蓮音、と名を呼び、類子は彼女の両肩に手を置いてかがみ、目の高さを合わせた。そして、困ったように見詰める。

「あんた、ママに会ってどうするつもり？」

　蓮音は言葉に詰まってしまう。これ以上、母の代わりを務めることなど出来ない、とは訴えるつもりだった。けれども、それを言って懇願したとしても、母が戻らないだろうとどこかで解っていた。

「ど、どうして、ママは、おうちを出てっちゃったの？」

　一番シンプルな、けれども、どうしても答えの見つからない質問が口をついて出る。

「なんにも言わないで、どっか行っちゃったよ。勇太と彩花は、ママ、死んじゃったんでしょ？　って聞いて来る。死んでないって言うと会いたいって泣くから、本当に死んだことにしようって思ってる。でも、その前に、ママに聞いてからにしないと」

「なんて聞くの？」

「早く帰って来ないと、ママ、死んだことにしちゃうけど、いいの？　って」

　類子は、大きく溜息をついて蓮音を抱き締めた。そして、涙の混じった声をことさら乱暴に荒らげて言う。

「解った、一緒に行こう。死に目に会わせてやる」

　本当に死にそうなのか、とぎょっとした蓮音が連れて行かれたのは、バスで二時間ほど揺られた所にある大きな病院だった。

「ママ、どんな病気になったの？」

類子は、口を真一文字に結んだまま、答えない。

「もうじき死ぬの？」

ねえ、ねえ、としつこく腕をつかんで揺らし続ける蓮音に、とうとう根負けしたらしく、類子は立ち止まって言った。

「死なないよ。何度も何度も死ぬお芝居をして見せてるだけ。あんたのママは、ただの死にたい病。ううん、違うな、死ぬふり病か」

蓮音には、その意味がまったく解らなかった。この世に、そんな変ちくりんな病気があるのか。それ、伝染したりする？

「琴音はね、若い時から何度も手首を切ってるの。あんたのパパの隆史さんと会ってから、ようやく治まってたんだけど、いつのまにかまたやるようになっちゃった。本当、仕様がない娘。ちゃんとひとりで立ってらんないのね」

「あの、類子さん、ここってどういう病院なんですか？」

精神病院よ、と類子は答えた。

結局、蓮音は怖気付いてしまい、母の琴音には会わずじまいで帰って来たのだった。そこが精神科病院だと聞いて、激しいショックを受けてしまったのだ。まだまだ心の病には偏見がある。それが因襲にとらわれて来た田舎町ならなおさらだ。無神経な言葉があちこちに転がっていて、子供たちを脅す。

「ママは、気が変になっちゃったの？」

　ふん、と類子は鼻を鳴らした。

「違うわよ。琴音はなかなか自分の足で立てないだけ。ほら、足に大怪我して立てなくなる人とかっているでしょ？　一所懸命リハビリしても、なっかなか上手く行かない。それと一緒。あの娘の場合は、足じゃなくて心が怪我したのね」

「……心の怪我……」

「みんな、心の怪我には冷たいからなあ」

「どうして？」

「どうしてって……どのくらいの程度か解んないから、どうして良いのか解んないんじゃない？　で、どうするの？　せっかくここまで来たのにさ」

　蓮音は会わずに帰ることを選んだ。類子の言った心の怪我という言葉が死ぬほど怖かった。赤い血よりも、もっとはるかにどろどろとしたものが流れているような気がする。

　帰りのバスの中で、蓮音は、出て行く前の母の言動を隅々まで思い出していた。自分に思い出せるだけの過去を記憶から引っ張り出して、母という心の怪我人を検証しようとした。すると、大好きな母のエピソードがいくつも浮かび上がって来る。確かにあまりにもおかしな時はあった。時々、感情の起伏が信じられないほど激しくなり、子供たちを困惑させた。けれども落ち着きを取り戻すと、こう言うのだ。

「ごめんね。ママが悪かった。みんな、ぜーんぜん悪くないのに、ママのこらえ性がないのね。ほんとに、このママは馬鹿ママだね。死ななきゃ治んないよね？」

　死ななきゃ、という言い回しは、そう言えば、たびたび母の口から出たな、と蓮音は記憶を反芻する。そのたびに、とてつもなく悲しい気持がこみ上げて来たっけ。まだ訳の解らない赤ん坊だった勇太も不穏なものを感じたらしく、泣き出した。

　母親が子供たちの前で自分をなじって見せること。幼な子にとって、それほどつらい体験はない。ママが怒鳴ったり、殴ったりすることは決してなかった。でも、私たち子供らは、心の一番弱く柔《やわ》い部分を痛め付けられていたんだ、と蓮音は、その時ようやく、気付く。

　何を考えてるの？　と類子が尋ねた。蓮音は我に返り、昔のこと、と答える。

「昔のことって、やーだ、蓮音は、まだこんなにちびっ子なのに、何、言ってんだべ」

　類子は、標準語と方言を上手に使い分けて喋る。人に合わせて、情況に合わせて、臨機応変、自由自在だ。解らない言い回しもある。蓮音の年代の子供たちには、アクセントの違いこそあれ、もうほとんど訛はない。

「類子さん、ママはどういう子供だったの？」

うーん、と言って、類子は懐かし気《げ》な表情を浮かべた。

「すごくしっかりしてた。叔母さんの私なんかよりよっぽどね。今の琴音からは想像出来ないな。どんどん、弱くなって行った」

「弱っちゃったの？」

「そうだね」

「それは、心の怪我のせいなんだね」

類子は、その問いには答えず、蓮音の頭をぽんぽんと叩いた。

「ま、不治の病じゃないと思うからさ。蓮音は安心してな」

いかにも気楽な調子でそう言った類子だったが、その口調とは裏腹に表情は暗かった。

「いつ退院するか、まだ解んないんだけど、そうなったら、吉住《よしずみ》町の方で引き取るから」

類子は、母の実家を町名で言った。今では、祖母と類子が二人で住んでいる。

蓮音は、自分の瞳にあふれそうになる涙をどうにかこうにかこらえていた。バスの振動でそれらがこぼれ落ちそうになると、上下の瞼を出来る限り開けて阻止しようとしていた。

そんな蓮音の目に、窓越しの風景が映る。それは西日のせいで見渡す限り黄金色に輝いている。稲刈りが終わったばかりの田んぼだ。ながめている内に、ある光景が甦る。

「眩《まぶ》しいねえ。きらきらしてるねえ。金粉を塗ったみたいに見えて得したねえ」

逆光に目を細め、額のあたりに手をかざしながら、そう言った母の顔を、蓮音は思い出していた。太陽の光をまともに受けて、母の肌の産毛がオレンジ色に染まって、そよいでいた。

「ママはね、この季節のこの辺の景色が大好きなんだよ。綺麗だねえ、蓮音もそう思うでしょ？　美しいねえ」

綺麗なのはママだよ、と蓮音は告げたかった。でも、まだ小さかったから、なんて言って良いのかが解んなかったよ。言えてたら、心の怪我、治ってたかな。

そう思った途端に、どうにか目の縁に保たれていた涙の粒が重みで崩れ、蓮音はほろほろと泣き出した。

第四章

〈母・琴音〉

娘の蓮音が育児放棄をして、二人の子供を死なせてしまった時、その事件を取材しに来た記者にこう言われた。

「あなたも、娘を捨てて出て行ったんじゃないですか?」

「虐待は親から子に連鎖すると言いますからね」

どの記者も、これに似たり寄ったりの質問をして、私を責め立てたのだった。

虐待の連鎖。それは、決まりごとなのか。悪魔のような親の所業は子に受け継がれ、その子供も悪魔にならざるを得ないのか。じゃあ、もしも、蓮音の子である桃太と萌音が生き延びたとしたら、彼らも悪魔になっていたというのか。そんな馬鹿なことがあるものか。

この間、蓮音の父親である、私の元の夫の笹谷隆史と数年ぶりに電話で話した。彼の許にも記者たちが押し寄せて大変だったという。子供たちを置いて家を出てしまった私には負い目があるから、ひたすら下手に出ていたら、彼はこう言ったのだ。

「おまえに似ちまったんだな、蓮音は。いや、似たなんてもんじゃない。血筋かもな。おまえも虐待受けて来た訳だし。でも、まさか、おれの血を分けた娘でもあんのに、あんなふうに育って、取り返しの付かない事件を起こしてくれるとは」

私の内に反論出来ないもどかしさがくすぶり始めた。やがて、それが怒りに火を点けるのを私は良く知っている。

「……隆史さん、変わってないんだね」

「それ、嫌みか」

「ううん。相変わらず、ぶれてないんだなあって思ってさ」

「よく言われるよ。少年野球チームなんか率いるには、そこ重要だしな。子供たちにはいい加減な態度でいるのは許されないからね」

この人のこういうところが耐えられなかったんだ、と私は今さらながらに思った。

「野球チームの子たちの前に、自分の子供たち、なんじゃないの？」

「それは、もちろんだよ。だから、電話した。勇太と彩花には細心の注意を払ってる。今回のことで、あいつらも相当傷付いている筈なのに健気《けなげ》に振る舞ってて泣けて来るよ。いいか、マスコミに聞かれても、あの子たちは絶対におまえが産んだって言うなよ。せっかく引っ越したばかりで、近所の人たちにもおまえの子だとは知られてないんだから」

「……蓮音は？」

「あいつは、おまえの子だ。おまえが産んで、おまえのように育って、おまえのような駄目女として人生終わった」

私も、娘の蓮音も、自分の子を捨てた。事実だけを取り上げれば、同じ残酷で非道な行いに思われる。でも、私は、後先を考えずに逃げ出したから、子供たちを死なさずにすんだ。そして、すべてを引き受けて来た蓮音の子供たちは死んでしまった。

鬼母による子殺し、という言葉が、あらゆるメディアの中で踊っていた。でも、私には、蓮音を殺人者とはどうしても呼ぶことが出来ない。私には、子を死なせてしまった愚かな人間としか言えない。母親だから甘いのか、と問われれば、そうかもしれない、と答えるしかない。この期に及んで、ようやく娘に甘い母親になることが出来たとは、何と皮肉なことだろう。

他人事。そう、蓮音の起こした事件は、私にとって、まだ、どこか他人事のような感じがする。あの娘に余計な苦労をかけ、それなのに、そこに引け目を感じることもなかった。子供の苦労を共有してやろうとも思わなかった自分は、その時点で他人なのだ。

私は、他人になるのを選んだ。子を心の中から追い出し、他人として抹殺した。そんな人殺しが私。子供なんて、消えちゃった。私は完全犯罪をやりとげたのだ。自分のために。

そうしたからこそ、後々の人生が、どんなにひどいものであっても、それは、子供たちのせいではないと言い切ることが出来る。

蓮音、勇太、彩花。あの子たちは元々いなかったんだ。隆史さんと結婚したことだってそもそも幻だったんだ。そう思おうとした。そして、それは、ほとんど成功したかのように見えた。

でも、そうではなかったのだ。蓮音の事件を知って、私は、激しく動揺した。事件のあらましに関してはもちろんだが、それによって、自分の心の中に蓮音が鮮やかに生き返ってしまったことに度を失っているのだ。

私が家を出た後、蓮音は何度か私を訪ねて来た。類子さんの話によると、私が入院していた精神科病院までやって来たらしい。会わずに帰っちゃうなんて、と非難がましく言った私の頰を、類子さんは、ぴしゃりと張った。

「あんたは、蓮音を殺したのに等しいことをやったんだよ。子供の同情を引こうと都合の良い時だけ姿を現わすのはやめな」

その通りだと思った。でも、蓮音が恋しくもあった。それなのに会えば責任を取らされそうで怖くなった。彼女の苦労がこちらにのし掛かって来そうな気がした。その重荷、ママ、力がなくて、持てないよ。弱虫の戯言《たわごと》だ。

あれこれと思い出した私がふさぎ込んでしまうと、信次郎さんは仕事の手を止めて、私の様子をうかがう。私たちは、類子さんの喫茶店「ルイ」を継いで、細々と営業している。昔入り浸っていた客たちも、まだ少しは残っているが、レトロな雰囲気が良いと言って常連になってくれた新しい客の方が多くなった。

その昔、類子さんに憧れた高校生だった信次郎さんは、早期退職を希望して五十五歳で木田沼に戻り、彼女との再会を果たした。

「思いを遂げようとしたら、おれの憧れの人は、もうばあさんだった」

そんなふうに言って店の客たちを笑わせていた信次郎さんだったが、既に病を得ていた類子さんに良く尽くした。そして、彼女の店を託されたのだった。

「のっ取ったみたいに思われないかなあ。いや、実際、のっ取ったんだけどさ」

冗談めかした信次郎さんの言葉を、誰も本気にはしなかった。のっ取るには、あまりに古臭く、まったく得にならない喫茶店だった。田舎の意気盛んな若者たちでにぎわった名残《なご》りが、いっそうそこを時代遅れな感じに見せていた。しかし、まだまだ愛されてはいた。信次郎さんが店を受け継ぐ決意を表明した時、なんとまあ奇特なことよ、と地元の少なからぬ人々が喜んだのだった。

「琴音ちゃん、手伝ってくれないか」

たまたま遊びに来ていた私は、信次郎さんにそう頼まれたのだった。

「私でいいの？」

「もちろんだんべな」

もう忘れかけていた土地の言葉を無理矢理引っ張り出したかのようにぎこちなく、けれども、とても懐かしい調子で信次郎さんは言った。

「私なんかと一緒にいたら、何、言われるか解んないよ？」

「なんで、そんなこと言うの？」

私は唇を嚙んだ。すると、信次郎さんは、私の頭を撫で、その内に髪をくしゃくしゃに搔き混ぜるようにした。

「琴音ちゃんは悪くない。なーんも悪くない」

それは、まるで遠い昔に戻ったような瞬間だった。フジタパンの店先に漂う良い匂いにつられて立ち止まり、条件反射のように中を覗き込んで信次郎さんの姿を捜したあの頃。

あれからもう三十年以上が過ぎたのだ。

類子さん、と私は語りかけようとする。私、信次郎さんのこと、もらっちゃうね。

あの日から五年。信次郎さんと私は、ひっそりと田舎町の片隅で喫茶店を営んで来た。シアトル系の新しいコーヒーチェーンなどが地方にもどんどん進出して来る中、町中のコーヒーショップは次々と閉店に追い込まれていたが、ルイの古いたたずまいが昭和レトロなどと呼ばれて客が増えて行ったのは嬉しい誤算だった。

信次郎さんは、とても丁寧に、ひとりひとりのためにコーヒーを淹《い》れた。はやりのバリスタなどにはない古き良き時代の喫茶店主といった雰囲気が味わい深いと誉められた。
私は隣でトーストやらサンドウィッチを作った。使うのは信次郎さんのすぐ上の兄が継いだフジタパンのものだ。昨今の健康志向など無視した白くてふわふわとした甘味のあるパンだ。

幸せだった。母も類子さんももうこの世にいない。そして、私を悪しざまに扱った人々は、どんどん年を取って、ひとり、またひとりと死んで行く。元の夫の隆史は、私とのつながりをどうにか知られないようにいつも必死だから、こちらに関わって来る心配もない。気分の上がり下がりの激しいこともあるけれど、そういう時は、家でお酒でも飲んでやり過ごせば良いのだ。私と信次郎さんが住む家。死者の魂がいっぱい棲《す》み付いている家。でも、死んだ人間なんてどうってことない。もう私に手を出せないんだもの。

怖いのは生きている人間。

蓮音の事件が起こって以来、私の足は唐突に震えるようになってしまった。何故か解らない。一歩踏み出そうとすると足がすくんでしまうのだ。動作をコントロール出来なくなり、店でコップや皿を割ってしまうこともしばしばだ。

そんな時、信次郎さんは色々なやり方で私を落ち着かせようとする。二の腕をさすってくれたり、そっと腰に手を回してくれたり、周囲に人がいなければ抱き締めてくれる。そして、深呼吸、深呼吸、と言って落ち着かせた後、この魔法の言葉を口にする。

「琴音は、なーんも悪くない」

何度もそうくり返されて、過呼吸気味になった私の息は少しずつ落ち着きを取り戻す。

「だいじけ？」

うんうんと頷きながら、私は信次郎さんに、思い至ったことを話してみる。

「私と蓮音は、どこが違ったんだろうって、ずっと考えてたの。ねえ、信次郎さん、あの子、私みたいにこんなふうに無条件で、なーんも悪くないと言われたこと、なかったんじゃないかな？」

そうかもな、と言って、信次郎さんは私の肩を抱き寄せる。彼は、いつも、さりげない調子で私に寄り添う。そして、あの呪文のような言葉がこちらの耳に注ぎ込まれる。

琴音は、なーんも悪くない。

何度も何度もそうされたおかげで、もう信次郎さんがいなくても、大丈夫な気さえする。ひとりで呟けば良いのだ。でも、まだ試したことはない。今の私は、彼の姿が見えなくなっただけで、不安に駆られて目眩《めまい》を起こしてしまうほど弱っているのだ。

「なーんも悪くないって、本当は、母親が言ってやるべき言葉だよね。でも、私、蓮音に一度も言わずに来てしまった」

「仕方なかんべ。琴音もお母ちゃんに言われて来なかったんだろうから」

「してもらえなかったことは、してやれないってこと？」

「うん。おれね、人に二種類あるんじゃないかって思うのよ。親にしてもらえなかったことは自分の子にもしてやれないってタイプと、親にしてもらえなかったからこそ、その分、自分の子にはしてやろうと思うタイプと」

私は前者だ。それは、まごうことなき事実である。では、私の娘である蓮音は？　もしかしたら後者だったのではないだろうか。私があの子にやってやれなかったことを、桃太と萌音にはしてやりたいと、そう思って必死になっていたつもりが失敗してしまったのではないか。

母のような真似だけはすまい、と決心した蓮音が、最後にはどうにもならなくなって、子供たちを死なせてしまったのだとしたら……私は娘の不憫さに泣けて来た。

「蓮音、可哀相だ」

そう言って、しゃくり上げる私を信次郎さんは遮った。

「何、言ってんだ。もっと可哀相なのは蓮音ちゃんの子供たちだろ？」

「そうだけど……そうだけどさ」

でもな、と言って、信次郎さんは、私の髪を撫でる。

「なんで、自分の娘が子供たちを死なす破目になったのかを、おまえさんは考え続けて行かなきゃなんないんだよ」

「うん」

「つらくなっても、おれが側にいてやるんだから心配なかんべ」

「うん。私、ラッキーだね」

馬鹿な娘だ、と他人のことのように蓮音を思った。私みたいに逃げ出せば良かったのに。

私の母は、琴音は何も悪くない、とは言ってくれなかった。暴君に変身して家族を絶え ず脅した実の父の支配下にあった時も、彼の死後に我家に入り込んで来た継父が好き放題していた時も、ただその境遇に甘んじているだけだった。男に逆らえない女。それが母だった。

けれども、実の父が生きていた頃は、母は母なりに自分の出来るやり方で、精一杯、兄と私を庇おうとしていたと思う。暴力が、私たちに深刻なダメージを与えないよう、必死になってくれてはいたのだ。あまり効果はなかったけれども、彼女の気持は伝わって来た。

ところが、継父の伸夫《のぶお》と出会ってから、母の様子が変わった。自分よりひとまわりほど年下のその男を、姉が弟を甘やかすかのように可愛がり始めたのである。私と兄が初めて見る、母が女になった姿だった。

「母ちゃん、化粧臭くなって気持わりぃ」

兄の勝は吐き捨てるように言い、母とも継父ともほとんど口を利くことはなくなった。

「あの男と、類子叔母さんの店で会うようになったんだとよ。案外、お父ちゃんの言ってたこと当たってたのかもな」

言ってたことって？　と尋ね返してみたが、私だって同じことを考えていた。父は、母を疑い続けていたのだ。彼の暴力とそのことに直接の関係はなかったかもしれないが、母への疑惑がその激しさに拍車を掛けたのに間違いはないだろう。死ぬ間際にだって、自分自身の言葉に激昂して、私を痛め付けようとしたではないか。

父は言った。店に入り浸ってる男の誰かと会ってるんじゃないのか、と。その時は何を言われたのかが、まったく理解出来ない私だったが、父が死ぬまでの空白の時間、母は伸夫と会っていたのかもしれない。

恋愛には至っていなくても、気持の華やぎを求めて。あるいは、わずかでもほっと出来る瞬間が欲しいあまりに。そうだとしても、そのことをいったい誰が咎《とが》められよう。生前の夫にあれほどひどい責苦《せめく》を受けても耐えて尽くしたあの人のことを。

「でも、でも、勝兄ちゃん、お母ちゃんはもう殴られたりしないし、このうちも平和になったよ」

「おれ、やだ」

「なんで？　お母ちゃん幸せそうだよ」

「幸せそうかもしれないけど、母ちゃんの、あの笑い顔、おれ、ぞっとすんのね」

兄の予言めいた言葉は現実になった。

でも、その時は兄が、新しく自分の父親になるかもしれない男を、どうしても受け入れられずに依怙地《いこじ》になっているように、私には思われた。

「勝兄ちゃん、そんなにひねくれてたら駄目だよ。ノブちゃんは良い人でしょうな」

「あいつのことをノブちゃんなんて呼ぶな‼」

私が仲夫の肩を持つたびに兄は怒り出した。よほど馬が合わないんだろうなあ、と私は肩をすくめたものだ。それが、後に兄が言うところの雄《おす》としての直感だったなんて、まだ中学に上がるか上がらないかの年齢《とし》の私に解る筈もなかった。

いつのまにか、私たち家族と共に生活するようになった仲夫に、怪訝な視線を向ける人たちは少なくなかった。私は、と言えば、決して悪い感情は持っていなかった。父の死から長い月日が経っていた訳ではなかったから、手放しで歓迎することは出来なかったが、きっと、この家には必要な人物なのだろうと思って受け入れた。

何より、仲夫の物腰が柔らかく、話し方が優しいのが私を安心させた。死んだ父は、どこで常軌を逸してしまうのかが解らず、家族全員が、彼の一挙手一投足に神経を尖《とが》らせていた。気の休まる暇がなかった。あの頃に比べたら、まるでぬるま湯につかっているように心安らかになれた。

母は、仲夫の側でいつも笑っていた。朗らかというのは、私が知らない彼女の一面だった。もちろん、それまでも笑うことはたびたびあったけれども、何の理由もなく微笑を浮かべている姿は初めて見たので、家にいる男が違うだけで、こうも雰囲気が変わるものかと、私は目を見張った。

母の笑いは、子供たちの見ていないと思われる瞬間、ねっとりと仲夫に向かって流れた。そして、それを仲夫は横目で受け止めて唇のはしを上げる。二人共、自分たちだけに通ずる好意の分かち合いとでも思っていたかもしれない。

でも、子供たちは知っていた。時には兄が、そして、時には私が、目ざとく彼らの交歓を見つけるのだった。

「いつか、ぶっとばしてやっから」

兄は、子供部屋に入るなり、怒りを滲ませた声でひとりごちた。その様子をながめながら、私は心の中で呟く。仕方ないじゃないか、と。

いつだったか類子さんは母にこう言われたことがあると洩らした。私はねえ、類ちゃんと違って男の人に頼ってないと生きている気がしないのよ、と。

仲夫は、その姓を吉田《よしだ》といったが、私たち家族が正式にその名字を使うことはなかった。吉田木工所の三代目として跡を継いでいる彼の親族が、ひとまわりも年上の未亡人である母との婚姻に大反対しているということだったが、実際は、何年も前から別居中の妻がどうしても籍を抜くのに同意しないというのが真相らしかった。

けれども、母は仲夫を新しい夫として扱っていた。周囲の人々はうすうす事情を知っていたが、口には出さず、昔からその町内会にいた人間のように仲夫に接し始めた。

「父ちゃん、まるで、最初っからいなかったみたいになってる」

そう言う兄は、大人の変わり身の早さに傷付いているようだった。あんなにつらい思いをさせられた父でも、人々の口の端にも上らなくなると、息子としてのプライドが傷付くらしい。

「死んだ父ちゃんより、生きてる吉田木工所の息子のが役に立つし、使えるって思ってる」

「仕方ないよ、お金持ちなんだしさ」

吉田伸夫と内縁関係になったことで、私の母が生活に困らずにすんでいる、という噂が流れているのは知っていた。学校で、心ない男子にからかわれたのだ。彼らは、滑り台から見えた私のパンツの穴を囃し立てた時から、まったく成長していないのだ。

「琴音の母ちゃん、お妾《めかけ》さんなんだって？」

「違うよ」

「じゃあ、なんで、おめ、名字変わんないまんまなんだよ」

私は、そう言った男子に駆け寄って行き、突き飛ばした。

「あ、琴音がおっとばした！」

私は、次々に自分をからかった男子を倒して行った。もう怖くなんかあるもんか。私は、決して怖気付いたりしない。新しい父親だって、ちゃんといる。

朝、仲夫にこう言われたのだった。

「これからは、このノブちゃんが付いているからな。琴音は、何も心配しなくていい。おれが、琴音のこと、ちゃーんと見守って、大事にしてやるからな」

そんなことを大人の男から言われた経験はなかった。生まれて初めての心強さが、私の背筋に芯を入れたようだった。私は、誰にも邪魔されないで生きて行ける子になった！

「やめろよー、琴音、おれの足の骨、折っかけっちゃうよー」

泣きながら懇願する子の足を、蹴り続けた。私の人生で一番溌剌《はつらつ》とした瞬間だったかもしれない。

継父の仲夫という存在を得た私は、百人力という気になっていた。子供らしく天真爛漫《らんまん》に振る舞うことも、わがままを言うことも、もう躊躇《ちゅうちょ》する必要がない。自分を抑え付けて息を潜めていなくても良いのだ。なんと気楽で、心安まることか。

正式な父親ではないのをなじる子供たちは、まだいたけれども、私は、もう少しも気に掛けなくなった。いざとなったら頼れる大人がいる。それを確信出来るだけで何も怖くない。

その時の私は、母に感謝したい気持にすらなっていた。あんな優しい男の人を見つけて来てくれてありがとう、と。激しいいさかいをくり返して、いつも疲れ果てていた母をねぎらいたい気持にもなった。

「お母ちゃん、あんなふうなお父ちゃんでも大好きだったよね。それは、私たちにも解った。でも、もうノブちゃんもいるし、今度は、前と違って楽しくもなれる。勝兄ちゃん、私たちもお母ちゃん応援しよう？ そういうのも親孝行だよね」

「本気で言ってるんか……」

うん！ と大きく頷く私を見詰めて、兄は、大きな溜息をついた。

「親孝行って、やな言葉だな」

「なんで？」

「やんないと法律違反してるみたいになる。ひどい子供になる、みてえな」

意味が解らず目で問いかけると、兄は、ああぁっ、と叫んで、やけになったように言うのだった。

「せいぜい、あの男には逆らわないでいてやるよっ、おれに出来るのはそれだけだ。あー、早く大人になりてえ。あんな男でも、いなかったら、おれ、高校にも行けなかんべよ」

彼は、昔、家を出て行ったきり、父の葬式にも出なかった長兄に、まだ連絡を取り続けていた。真夜中、泣きながら手紙を書いていたのを目撃した。朝になって、くず籠の中の丸まった書き損じを開いてみたら、こう書かれていた。

〈あんちゃん、おれは、親にめぐまれていません。どうか、なるべく早く、おれを引きとって下さい。おれはいやな予感が〉

嫌な予感という言葉に首を傾げた私だったが、やがて私は、兄の鋭さを知ることとなる。でも、それは、まだ先の話だ。だって、大人の男に、親愛の情から触れられるのと、よこしまな欲望からそうされるのとの違いなんて、その時の私に解る筈がないじゃないか。

今、思えば、それは、仲夫が初めて私を見た時から始まっていたのだ。死んだ父による支配からようやく逃れたものの、私の心は、そこらじゅう擦り剝けていて傷だらけのままだった。そして、ちょっとした刺激にも反応して怖気付いて震えていた。そんな私は、仲夫には、さぞかしいたいけな小動物のように映っていただろう。そして、その様子は、彼の怪しい庇護《ひご》本能に訴えかけたに違いない。

母に紹介された初対面の際、仲夫は私にこう言った。

「来年から中学生だって聞いたけど、ずい分、体が小さいねえ」

「あんまり食べないから、なかなか大きくならなくって」

母が言い訳がましく口をはさむと、仲夫は、とんでもない、というように首を横に振った。そして、同じように動かした手を止めて、私の頭に置いた。

「いいんだよ、急いで大きくならなくたって。今のままで充分だ。ランドセルが似合うだろうねえ。琴音ちゃんは、ちっちゃなちっちゃな別嬪《べっぴん》さんだ」

その時の頭の撫で方に、ほんの少しだけ違和感を覚えたのだが、気のせいのようにも思った。仲夫は、私の髪の毛をさらさらとこぼすようにしながら、手の平を首筋に移動させたのだった。そして、そこのくぼみを、曲げた人差し指の関節でくすぐるように動かしていた。

大人になってみれば、好きな男にそうされるのは心地良いことだと解る。でも、私は、その時、小学校の六年生で、そうしている男は四十を超えた母の愛人だった。

何か、変。そう感じたのを、今でもはっきりと思い出すことが出来る。でも、その不穏な気分が危機を知らせるセンサーとはならなかった。私は、幼な過ぎた。そして、母のこの先の幸せを願い過ぎていた。

小学校の高学年ともなれば、男女間の性愛に関しては、おぼろげながら理解している。別に知りたいと思わなくても、ませた男子たちが知ったかぶりをして、はしゃぎながら吹聴《ふいちょう》して歩いた。しかし、それは、自分たちのずい分と先の未来に起きるサプライズという認識があった。誰も、明日、明後日のこととは思わない。一年先だって想像もつかない。それは、高校生あたりから始まる大人のこと、だった筈だ。

でも、私の場合は、人よりもずっと早くにゆっくりと始まって行った。ランドセルが似合うと言われたあの日から。


〈小さき者たち〉

れーじょーちょ、れーじょーちょ、と萌音がうわ言のように呟いています。冷蔵庫のことです。そこには、冷たいジュースやアイスクリームなどが入っている、と彼女は今でも思っているのです。桃太が何も答えないでいると、萌音は必死に冷蔵庫まで這って行こうとするのですが、もうその力さえ出せずにうつぶせになったままで、唸っているのです。

もう、あそこには何も入っていないんだよ。そうひとりごちて、桃太は冷蔵庫に目をやります。中型のそれは、元気だった頃にはさほど大きいものとは映りませんでしたが、今は、そびえ立つ白い塔さながらに見えてしまうのでした。

もう、はるか昔に思えますが、母が、この部屋に桃太と萌音を置いたまま出掛け始めた時、どうにか二人だけで冷蔵庫を開けようとしたものです。けれども、同じような大きさの戸棚は簡単に開け閉め出来るのに、冷蔵庫は手強《てごわ》かった。どうがんばってもドアはびくともしないのです。

「ママが帰ってからじゃないと駄目なんだ」

そう言って、桃太は諦めさせようとしましたが、萌音は聞こうとしません。絶対に開けられる筈もないのに、小さな手で扉のあちこちを触って必死です。

「モネ、ジューチュ飲みたいの」

そう言って、駄々をこねるように泣き始めた萌音を前に、桃太は弱り果ててしまいました。

「ぼくだって、喉、渇いてるんだよ。泣くな！　泣くなよっ、モネの馬鹿！」

桃太は一向に泣き止《や》もうとしない妹に腹を立てて怒鳴ったのです。すると、その瞬間に玄関の鍵が外れる音がしてドアが開いたのでした。

母でした。

ママ！ と言って、萌音が駆け寄って行くと、母は、コンビニの袋を床に下ろして彼女を抱き締めました。

「あー、ごめん、ごめん。腹、減っちゃったねえ。お弁当を買って来たから、皆で食べよ。アイスもあるよ。ほら、これ、モモの好きなガリガリ君の新しいやつ」

萌音は途端に大喜びです。しかし、桃太は、アイスキャンディを渡されながら、不安に駆られていました。母の不在の時間が次第に長くなるように感じたのです。

——ママ、ぼくらといない時間が増えてる。

そう思っても口に出さずにいようと決意しました。母を怒らせたら、もう帰って来ないような気がしたのです。

「さ、これ食べちゃったら、お風呂入りな」

「モネ、ママと入るー」

「ママはいいんだよ。見ててやるから、モモと入んな」

「ママ、洗ってえ」

「いいよ」

母と妹のやり取りを聞きながら、得体の知れない恐怖を抱えた桃太でした。母はもう、子供たちと風呂に入ることも食事を一緒に取ることも、ほとんどなくなっていたのです。

必要最低限の世話だけをして家を出て行き、その何日後かに戻るという日々が続いていました。母の不在の間、子供たちは部屋に買い置かれた食べ物で飢えをしのいでいました。そして、それは、なかなか帰宅出来ないことがあらかじめ想定されているかのように、段々腐りにくい食べ物になって行きました。つまり、スナック菓子などが、子供たちの日常食になってしまったのです。

まだ幼ない桃太と萌音ですから、ちゃんとしたごはんが食べたいと要求することはありませんでした。嫌いなものを無理矢理食べさせられることがないので、文句も出て来ません。しかし、桃太は、時折、温かいものをおなかに入れたいなあ、と感じていました。あの、出前のうどんだっていい。

「ママ、今度、いつ来てくれるの？」

桃太の問いには答えずに、母は、大きなバッグの中の衣類や下着を詰め替えています。ねえ、ママ、ともう一度尋ねようとすると、母は、わざとらしい溜息をついて、腹立たし気《げ》に桃太を見るのです。

「モモも、ママの邪魔すんの⁉」

怒らせる気はなかったので、桃太は、自分がひどい間違いを犯してしまったのだと、すっかり怖気付いて言葉を失ったままになりました。

固まったようになった桃太を見て、はっと我に返った様子の母は、小さな声で「ごめん」と言いました。

「私、何やってんだ……ほんと、何やってんだよ、もう！　でも、もうどうにもならない……もう、どうにもなんないんだよ……」

母は、自身に言い聞かせるような、そして、自身をののしるような言葉を延々と吐き続け、それでも手は休めずに、ナイロンのひらひらした下着類をバッグに詰めているのでした。

「あー、もう！　こんな安もんしかない」

そう舌打ちをする母をながめながら、ぼくがいい子にならなきゃ、と桃太は健気にも決意するのでした。

「じゃ、ママ、行くから」

そう言い残すと、母の蓮音は後ろを振り返ることなく出て行ってしまうのでした。それは、とても素っ気ない調子で、子供たちに心の準備をさせる間もありません。まるで不意打ちのような別れが、もう何度も何度も続いているのでした。そして、桃太たちは毎回、それに慣れずにいたのでした。

いいえ、もしかしたら、慣れることを生理的に拒否していたのかもしれません。今回こそ、母は自分たちと長いこといる筈だと思いたくて、心細さをぐいっと抑え付けていた桃太。お兄ちゃんのぼくが泣いたりしたら終わりだ。必死にそう思おうとしたのです。

桃太は、その生涯で、絶望という言葉を知ることはありませんでしたが、それが意味するものを知り過ぎるほど知っていました。身も心も、彼は絶望らしきものにくるまれてしまうことが多々ありました。それは、とても重苦しく彼に覆い被さり、その小さな心身に残っている希望を食べて生きる魔物のような存在でした。そいつは普段はおとなしく身を潜めているのですが、何かの拍子に生き返ったりすると大変です。心の中の良い成分を、ずんずんとたいらげて行くのです。そして、自らを太らせて居座ってしまう。

同じ魔物かどうかは解りませんが、母も、時々、似たようなものにとり憑かれていたようです。よく、こんなふうにぼやいていました。

「あー、やだやだ、胸くそ悪い。ここに変なもんが巣う食ってるみたい」

そう言って、胸を叩いてみせるのです。

「ママ、大丈夫？」

心配した桃太が母の胸をさすってやると、ありがと、と礼を言い、彼を膝に載せて、その頭に鼻を押し付けて来るのです。

「あー、モモの髪の毛の匂い、たまんないね。日向《ひなた》の匂いする。癒やされるーう」

母の鼻の穴が吸盤のように頭皮にくっ付いては離れして、桃太は、くすぐったくて身をよじってしまいます。

「あー、絶望的……めげるよね……」

鼻を鳴らしながら、母はそんなふうに言ったようでした。

ママ、大丈夫？　ともう一度尋ねた桃太に母は、こう返したのでした。

「うん。モモの匂いはお薬だもん。ママの中にいる落ち込み怪獣のメゲラは退治されちゃったよ」

以来、メゲラ退治が桃太の役目となったのでした。

母の言葉によって、絶望は、メゲラという生き物になりました。それは、誰の体の中にもいるものなのだそうです。

「ぼくにも、メゲラいるんだよ、ママ」

桃太は真剣に打ち明けたつもりでしたが、母は吹き出すのです。

「なーに言ってんだよ。このちびっこが」

「ほんとだよ。ぼくのメゲラは黒い煙みたいにもくもくした怪獣だよ」

はいはい、と言って笑って聞き流した母でした。

それが、いつ頃の話だったのか、桃太にはもう思い出せません。今、蒸し風呂のような部屋の中、ただ横たわって母の帰りを信じるだけの彼には、時間軸というものもありません。

けれども、記憶の断片は、確実に残っていて、桃太にわずかながら栄養を与え命を永らえさせているようです。記憶は、オアシス。甦らせるたびに、どうにか水を湧かせ、かすかに湿り気を彼に与えてくれるのです。

でも、そこに再びメゲラは現われ、桃太のかろうじて残されていた希望を奪い取って行く。

「駄目だよ、メゲラ。それは、ママとぼくの大事なものなんだ」

桃太は熱に浮かされながらも、一所懸命に抵抗して母との楽しい思い出を守ろうとするのですが、ままなりません。

そのマンションは、玄関を入ったところに、トイレットも一緒になったユニット式のバスルームがありました。そして、その向かい側には、流し台が。そこに行けば、どうにか水にあり付ける筈でした。流し台の水道に手は届きませんが、桃太なら、何か踏み台になるものを引っ張って行って知恵を働かせられたに違いありません。何しろ賢い子でしたから。そして、それが叶わないなら、バスルームの水もどうにか体に流し込めたに違いありません。

でも、今となっては、もう無理な話だったのです。一度、バスやトイレで水遊びをしていたら、母が激怒してしまったのです。下の階の人が文句を言って来たというのです。

母は、バスルームと流し台を通り過ぎた先にあるリビングに桃太と萌音を閉じ込めて、買って来て取り付けた大きな鍵を掛けてしまったのでした。もう自分たちだけでは出られないのです。ドアを叩いて、泣いて泣いて泣きましたが、母はメゲラと共にいなくなってしまいました。

〈娘・蓮音〉

池袋二児置き去り事件の犯人となった蓮音は、極悪非道の母親と呼ばれた。さまざまなメディアで、「前代未聞」という言葉が踊っていた。自分は、良くも悪くも唯一無二の存在であるのに、そうは扱われない、と心の中で葛藤をくり返して来た彼女だったが、皮肉にも、この事件によって、他に例を見ない残忍な犯罪者として認知されることになる。つまり「類稀《たぐいまれ》な」鬼母と。あの琴音の娘、と言われ続けた蓮音は、その事実をはるかに通り越したところで、ただひとりだけの特別な人間になったのである。鬼という名の人間に。

夜、眠りにつく前に、蓮音は他の受刑者に悟られないようにして涙を流す。そして、起床時には、自分の頬を涙が伝って行く気配で目覚めるのである。夜の涙と朝の涙。その間に次々とくり広げられては消える夢の数々が、今の彼女の人生だ。そんな彼女の人生に未来はない。あるのは過去だけである。

裁きを受けて、この刑務所に来て以来、蓮音は誰にも何にも邪魔されることなく、過去に戻ることが出来るようになった。そういう時、彼女は失くした筈の記憶に出会う。そして、その断片を正確に組み立て直そうと試みるのだ。自分を罰するために。あるいは、自分を労るために。

何を思うこともなく、ただ、自分の過去を傍観することもある。走馬燈ってこんなものだろうか、と考えてみる。人は死ぬ時、走馬燈のように自分の人生の記憶を脳裏に映し出すという。それなら、私は、もうじき死ぬのだろうか。蓮音は、自分に問いかけて首を横に振る。私は、もうとうに死んでいるではないか。

許してよ、と懇願する。もう死んでいるんだから。と、同時に、死んでも許すな、と神に願う。神様は生きている内になんてやって来ない。あれは、死後のための要職なんだ。そんなことを思いながら、泣いて眠りにつき、泣いて目を覚ます。そうする自由が少なくとも与えられているのだ、と少しだけ感謝してみる。

私の一番幸せだった頃を思い出してもいいよね、神様。たまの寝入りばなに、蓮音は、そう問いかける。自分自身への御褒美のような心持ちだ。自分に御褒美、スウィーツ食べちゃお、などと可愛くはしゃぐ同年代の女たちを馬鹿かと思って見ていたことがある。でも、今の私は、まさにそれだ。

なーんにも考えずに自分を甘やかしたいんだもん、と蓮音は心の中で言ってみる。なんて厚かましい。そんなことは解り過ぎるくらいに解っている。どうせ鬼畜なんだ。だったら鬼畜をやり通す。甘い思いに浸ってやる。

そう思う時、蓮音の心はなりふりかまわない。罪の意識など、ひとまずうっちゃっておいて、過去へと旅に出るんだ。センチメンタル・ジャーニーってやつだね、と自嘲気味に笑いながら目を閉じる。私の一番幸せだった時って、いつだったんだろう。人生、最高潮だ、と頰を薔薇《ばら》色に染めることが出来たのは。

それは、間違いなく桃太と萌音の父親と結婚したあたりだろう。

彼、松山音吉とは、バイト先のファミリーレストランで知り合い恋に落ちた。やがて、妊娠したことに気付いた蓮音は、臆することなく、その事実を彼に伝えた。逡巡《しゅんじゅん》もしなかった。ただただ嬉しかったのだ。

蓮音は、高校時代に二度妊娠中絶を経験していたが、どちらの時も子供を宿したという実感はなかった。一度目は何人かの男たちにまわされ、犯された末の不運だったたし、二度目は自分に欲情して来る男との暇つぶしの結果だった。出来ちゃったのは、アンラッキー。その共通の認識を持つ仲間たちが中絶費用を出してくれた。誰もが、明日は我身と知っていたのだ。

音吉との時は、何もかもが違っていた。恋に落ちたその瞬間から、大学生の彼の都合に合わせながらのデートの数々、相手の不在すら慈しむことの出来る日々。それまでに経験のない出来事には、「初」という字を付けるものだ。そう思い付いて、蓮音は、彼に伝えた。

「音吉くんが、私の初恋だよ」

まさか？　と笑い飛ばされるかもしれないと思ったが、音吉は、そうしなかった。それどころか、こう返すではないか。

「もしかしたら、おれもそうかもしんない」

もちろん蓮音も笑ったりしなかった。抱き寄せられ、彼の骨格の中に優しく埋め込まれた時、服を着たままなのに、布一枚のへだたりすらないように感じた。それまでの、汗にまみれた生身の皮膚を押し付けて来た男たちには一度も与えてもらえなかった喜びが押し寄せて来た。

順番が大事なんだ、と蓮音はようやく知ったのだった。温かくて、おいしいものかどうかは、まず湯気を嗅いでみなくちゃ。音吉の胸に顔を寄せて、彼女は鼻を鳴らした。

蓮音に男が出来たらしいという噂は、地元の仲間たちの間で、あっと言う間に広まった。相手が自分たちとは毛色の違う、東京の大学に通う男だということが、彼らの興味をひどく引いていた。

知り合いの男たちの中には、その事実を快く思わない者も少なからずいた。蓮音は、彼らが気安くいいように扱える大事な女だった。大切に可愛がったりはしないが、憎むこともない。ただ、必要な存在なのであった。

息抜きにもってこいの女、とある男は思ったかもしれない。性欲の捌け口として自身を提供してくれたし、彼らの手持無沙汰な時には嫌がらずに相手もしてくれた。そんな蓮音は、普段は男たちの日常の背後にあって忘れられていた。けれども、ひとたび彼らが不便を感じると、たちまち重要性を発揮するのだった。どこも閉っている夜中に、ぽつんと明かりを灯して営業している小さなコンビニエンスストアのように。

事実、あんなコンビニ女、と蓮音を悪しざまに言う女の同級生もいた。けれども、男たちは、蓮音に少しも悪い感情を抱いてはいなかった。誰もが彼女を、ほどほどに好いていたのだ。ただし、それは、必要な時に手の届く場所にいてくれれば、の話だ。

「おれのカノジョが最近、ばったり行き会ったらしいんだけどさ、なんか、すっげえ雰囲気変わっちって、お高くなってたって」

「あ、おれも会ったわ。声かけても無視されて、なーに、格好付けてんだか」

「所詮、コンビニ女だろ。すぐ別れっから、見てな」

皆、口々に蓮音を嘲ったが、誰もが口惜しさを滲ませていた。東京の大学に行っている男であることなど、本当は誰も問題にしていなかった。問題は、あの蓮音が大学生に本気になった、ということなのだった。

男たちは、まるで、空地で皆で飼っていた犬ころが、もっと良い飼い主に餌を与えられて付いて行ってしまったかのように話すのだった。恩知らずと言わんばかりのその口振り。本当に恩恵を受けていたのは彼らの方だというのに。

「仕方ねえよ。だって、あいつんちって、代々恩知らずだって有名じゃん」

「あー、蓮音の母ちゃん、笹谷コーチのこと裏切って出てったんだよな」

「ひでえことするよ。おれも野球教わったけど笹谷コーチほど素っ晴しい人、いねえべ？」

な？　と皆、顔を見合わせて同意する。

あの女と真面目な大学生なんて似合わねえ。

自分の周辺の男たちにそう言われているのを、もちろん蓮音は知っていた。直接言われることもあったし、人伝《ひとづ》てに聞こえて来たこともあった。そして、こんなにも自分が関心を持たれていたのか、と彼女は驚き呆れたのだった。

「皆、蓮音がひとりの相手とマジになるって思ってもみなかったからさ、ちょっと待てよって感じなんじゃない？」

「何それ？」

数少ない心を許せる女友達の真子に言われて、蓮音は吹き出した。

「何だかんだ言って、皆、蓮音のこと好きなんだって」

「そりゃ、嘘だ」

蓮音は携帯用の鏡を覗き込みながら、余分なアイシャドウを指で拭って落としていた。

音吉と付き合うようになってから、ずい分と化粧が薄くなった。

「でもさ、純《じゅん》ちゃんたちのグループ、何かって言うと蓮音蓮音って呼び出して遊んでたじやん」

真子は、蓮音と親しいグループのリーダーの名を挙げた。

「私はね、真子、好かれてたんじゃないの。馬鹿にされてたんだよ」

「……またそんな、ひねくれたこと言って、純ちゃん、蓮音を盗《と》られたって口惜しがってたよ」

純一《じゅんいち》か、と体の大きな男を思い出した。音吉に付いて東京に行き、生まれて初めての胸の疼《うず》きを味わってたってのに、私にのしかかりやがって。ほんと、どん臭い奴、と蓮音は心底、馬鹿にしたのだった。あの重たい体を支えることもしない、射精することしか頭にない愚か者め。でも、彼女が相手にして来た男たちは、どれも似たり寄ったりなのだった。そんな彼らでも、いないよりは良かったのだ。少なくとも誰かに必要とされている実感が得られたから。だけどさ、結局、馬鹿にする女を求めて私に会いに来てたんだもんな。ふざけんな。そんな奴らとは、もうさよならだ。

腕立て伏せの練習くらいしろよ、と蓮音は純一に心の中で毒づいた。本当に女を大事にする男は、セックスの最中、自分と相手の肌の間に、絶妙に温められた空気をはさむ。その温度が女を気持良くするんじゃないか。やみくもに体を押し付ければ良いってもんじゃないんだからよ。

「純一とは、ううん、他の男とも、もう私はやらないよ。やらないし、やらせない」

だって減るもんね、と言って蓮音は笑う。

女の体は消耗品だ。どうでも良い男と雑なセックスをくり返していると、心も一緒にすり減って行く、と蓮音は思う。けれども、本当に好いた男とは、寝るたびに身も心も丁寧に鞣《なめ》されて柔らかくなる。

自分が男との付き合いをそんなふうに考えられるようになったとは驚きだ。何だか、女としてのステージが上がったように感じている。そんな蓮音の変わりように、昔からの彼女を知る真子も驚いている。

「松山さんと付き合って、まだ半年も経ってないいんじゃない。そんなに夢中になって大丈夫？」

「うん。音吉くんは、たぶん運命の人だもん。今まで回り道して来たのは、あの人に会うためだったんだって思ってる」

はあ、と真子は溜息をついた。

「そりゃ、良い人だけどさあ、それって、悪いことを知らない人ってだけじゃん？」

「真子さあ、なんで、せっかくの真実の恋に水ばっか差そうとする訳？」

「真実の恋……マジかよ」

呆れ果てたというような真子の顔を見て、自分の口から出た言葉の大仰さに蓮音は笑い出してしまった。本来なら気恥ずかしくてたまらないような事柄が、まったくそうでなくなる。それが恋するってことなんだ。

「私、漫画とか映画とかで、男と恋に落ちてどきどきするシーンとか見てさ、何だ、これ、結局やりたいだけだろ？　って思ってたんだよ。でも、そうじゃなかったんだね。あれ、本当のことだったんだ」

「……そりゃ、まあ、経験したことある奴にしか解んないしね……」

真子も、音吉との恋で有頂天になる蓮音を本気でからかったりは出来ないようだった。彼女もまた高校の先輩だった男に惚《ほ》れて真剣に将来を考えている最中だったのだ。

「真子、馬場《ばば》先輩と結婚するつもり？」

「うーん、まだ解んないけどさ、そうなったらいいなって思ってるよ」

「じゃ、私の言ってること理解出来るよね」

まあね、と言いながらも、真子は肩をすくめた。

「でもさ、蓮音、急過ぎ。なーんか、不安だなあ。あんた、遊んでる男には慣れてるけど、真面目な男には免疫ない。あ、お父ちゃんは超真面目だったね」

「あんなのとは違う！」

途端に、蓮音は気色《けしき》ばんだ。

蓮音の父の笹谷隆史は、この地域の人間の誰もが認める真面目な男だった。それは、音吉のような静かな真面目さとは違う、熱血漢特有のものだった。

曲がったことは許さないという態度で周囲に接する隆史を、堅物過ぎておもしろ味がないと陰口を叩いたり、プライドが高過ぎて鼻持ちがならないと敬遠する人々もいた。

しかし、妻の琴音が家を出てしまって以来、隆史は同情される立場になったのだった。その、周囲の憐れみの視線は、当初、彼には耐えがたいものであっただろう。けれど、それは、やがて彼に対する親近感へと変わった。つまり、災難に遭った間抜けで気の毒な人と認識されるようになったのである。尊敬すべきりっぱな部分は多々あれど、だらしない女に振り回される隙も持ち合わせた好人物。自分の予想だにしないところで、彼の好感度は上がって行ったのだった。

いつから父親がりっぱと誉められるのを厭《いと》わしく感じるようになったのだろう、と蓮音は考える。幼ない頃はそうではなかった。厳しくて怖かったけれども、頼もしくもあった。パパさえいれば、何も心配する必要はない、と穏やかな日々を送って成長して来た。

母もそうだと疑わなかった。父の庇護の許、平和な家庭に満足していたのだと。でも、違ったのか。子供たちを捨ててまで逃げ出したかったのか。長い間、心の底にあったままの疑問の答えが導き出され始めたのは、父が家を出た母を見限って、別な女とねんごろになったあたりからだ。

それまでも、弟と妹の面倒で疲れ果てている蓮音には、父の無神経な言動はつら過ぎた。だけど、自分のがんばりが足りないに違いない、と彼女はこらえて来た。もっと上手にすみやかに家のことをこなして行けば、それですむことじゃないか。皆が心地良く生活出来るように。

がんばれ、がんばれ、がんばれ！　父は、自分がコーチを務める少年野球チームの選手たちを鼓舞するのと同じように、蓮音を励ました。ところが彼女は、元気付けられるどころか、逆に疲弊して行ったのだ。そして、もう駄目だ、といよいよそのがんばりも尽きるかと思われた頃、父は母以外の女を連れて来て家に入れた。

女を紹介する際に父は言った。

「父子家庭が可哀相過ぎるなんて言うんだ。パパの大変な苦労を解ってくれる優しい人だ」

この男、駄目だ……蓮音は父に対して初めてそう感じた。

結局、父から紹介されたその最初の女は、子供たちの継母にはならなかった。三人の子の母親代わりという役割を楽しんで引き受けていたのは数ヵ月で、途中からは父とのいさかいばかりをくり返していた。そして、ついに捨て台詞《ぜりふ》を残して出て行ったきり戻って来なくなった。その女は、最後に泣きながら父に言った。

「あなた、自分以外のみんなを馬鹿にしてる。自分だけが正しいと思い込んでる。前の奥さんが我慢出来ないで出て行ったの、あなたにだって原因あるのよ」

父は、憮然とした表情のまま、「ないよ」と、ひとこと言っただけだった。

「冷たい人！」

女は、激しい嗚咽《おえつ》を洩らしながら家を出て行った。

雄としての旺盛な魅力を発揮している男が、実は子持で奮闘しているという魅力的な歪みを抱えていた。そこに惹き付けられて、以後も、さまざまな女が父に寄って来た。けれど、長続きはしない。愛する男の子供たちと心を通わせて、新しいファミリーを作り上げよう、と大それた決意はするものの、理想と現実のギャップに逃げ出してしまうのである。

赤の他人の子を三人も育てることの大変さを誰も知らないのだ。父だって、本当には理解出来なかっただろう。あの人は、食べさせてやっている、ということだけで自分を偉いと信じ込んでいた、と蓮音は怒りを持ち続けることになる。

蓮音は、父の相手だったどの女もそれなりに好きだった。何故なら、彼女たちは誰もが初めの頃は一所懸命に家のことをやろうとしてくれたからだ。それが父の気を引くためであったとしても、蓮音の負担は大幅に減り楽になった。

ところが、父は、女たちに感謝の言葉を述べない。言わなくても解るだろうという態度でいるので、彼女たちは段々業を煮やしてしまうのだ。

「私って、あなたの何なの？」

父の恋人の口から出るその言葉を蓮音が聞いたのは一度や二度ではない。そして、そう問いかける女は苛立ちのあまり身悶《みもだ》えしているのが常で、それを聞いている父は激怒する手前にいる。彼にとって、愛や労りの言葉など無駄口なのだ。ましてや痴話喧嘩めいたやり取りなど軽蔑に値すると思っていただろう。

あーあ、また出てっちゃう、と蓮音は溜息をつく。自分、また家政婦に逆戻りだよ。

蓮音は、父を鈍感な男だと思い続けた。それは、ずっと変わることはなかったが、鈍感な男は父だけではないのだ、と成長の過程で学んで行くのだった。

もしかしたら、私に対してだけなのかもしれない。自分は、男を鈍感にさせる女なのかもしれないと思うことは、蓮音の心を侘《わび》しくさせた。誰も察してくれないよ、私の気持。そう心の中で呟いてみるものの、その寄《よ》る辺《べ》なさを表に出すことはなかった。

そもそも蓮音は、自分の切なる願いを人に告げることがほとんどなく、誰も彼女が求めているものを知る術《すべ》がなかった。だから皆、彼女に対して鈍感になって行く。そして、自分たちの鈍感さにさえ気付かなくなるのだ。

がんばれば何とかなる、という父の教えは、やがて、がんばってもどうにもならない、という諦めに変化した。そうなってからの蓮音は、どんどん自暴自棄になり、それでも、がんばってつらい顔は見せなかったから、周囲には、明るい投げやりさを獲得したように映った。ある種の男たちが、そのたたずまいに劣情を刺激されるようになるのは時間の問題だった。

「あ、ほら、あいつ、また蓮音のこと見てる」

いつも連れ立って歩く女友達は、蓮音に向けられた男子生徒の視線に気付くとおもしろがって、伝えた。

「付き合ってやったら？」

「全然、そういうの興味ないし」

「奥手だよねー。蓮音、見かけによらなくねえ？」

　奥手なんて古臭い言葉を使いやがって、と思った。この間も、そう言われたばかりだ。とうとう父が再婚することになった女にからかわれたのだった。

「蓮音ちゃん、もう中三なのに奥手だね。そのくらいになったら彼氏のひとりくらいいるのかと思ったのに。まっすぐ帰って来るものね」

「やることあるんで」

「あ、受験だし？　偉いねー、さすが隆史さんの娘だ」

　馬鹿か。勇太と彩花の面倒を見なきゃならないんだよ。蓮音は心の中で毒づいた。色々な女が現われたというのに、結局、結婚するのはこいつか、と父が恨めしくてたまらない。自分の連れ子ばかりを可愛がる、まったく虫の好かない女だ。父の目の届くところでだけ良妻賢母をやろうとしている。

「おもしろいね。あの琴音さんの娘でもあるのに奥手で真面目ってさ」

　蓮音たちの継母になろうとしていたその女は啓子《けいこ》といった。いつのまにか、するりとこちらの家に入り込み、父の隆史の恋女房然と振る舞うのは前の女たちと同じだったが、彼女たちみたいに色恋を仕掛けてやきもきしたりするようなことは、まったくなかった。父が、その種のやり取りを忌《い》み嫌っているのを、あらかじめ熟知していたのだろう。

啓子は、父が好むように立ち回って、少しずつ笹谷家の実権を握って行った。父の苦手とするのが小賢しい女であるのをじゅうじゅう承知しているらしく、差し出がましい態度を取ることなど、いっさいなかった。いつも慎ましく、嫌みにならない程度に自分を卑下して見せる術も知っていた。

あまり、ものを知らないのを、恥じらいながらも正直にさらしもした。善良な鈍感さという、人々を安心させる要素をいつも漂わせている愛すべき人。今時、珍しい女だと周囲は噂した。笹谷コーチの後添《のちぞ》えに相応しい、と。

蓮音は、と言えば、啓子の鈍感さが偽物だとすぐに見抜いた。蓮音は、自分に対して何の疑いもなく鈍感に振る舞う連中に囲まれていたので、あざとく装った鈍感さとの違いに気付くのなど訳もなかったのである。

——たぶん、この女とは上手く行かない。

蓮音はそう思い、そして、自分がそんなふうに感じる時、相手も同じ印象を持っているのを知っていた。何故だろう、女同士においてだけ、その直感は、とても正しいのだ。

新しい伴侶を得ようとしている父の機嫌は、それまで見たこともないくらいに良かった。

啓子とその連れ子を交えた夕餉《ゆうげ》は、いつもなごやかな雰囲気で、家族の団欒《だんらん》そのものだった。

「旨《うま》いなあ。こんな旨い飯を毎日食えるなんて夢にも思わなかったなあ」

ほんとだほんとだ、と弟たちもはしゃぎ出す。啓子は謙遜しながらも嬉しそうだ。

「蓮音も、この玉子焼食べてみろ。旨いぞ」

蓮音は目をやったものの手は付けない。

「私、こういう甘ったるいの好きじゃない。前はパパもおつゆが染みてる出汁巻き玉子じゃなきゃ駄目だったじゃない」

一瞬の気まずい沈黙の後、啓子がケタケタと笑い出した。

「蓮音ちゃんは通好みなのねえ。将来、お酒飲みになるわねえ。蕎麦《そば》屋で一杯とかやったりして」

にこやかな表情の裏で、啓子の顔が鬼の形相に変わっているのを蓮音だけが察知した。父の隆史の目の届かないところで、継母の啓子と蓮音の小競り合いはくり返された。こんなにも自分と合わない女が、何故、この家の女主人然としているのか。蓮音には、どうしても納得が行かない。しかも、その図々しい態度を父の前ではおくびにも出さないのだ。

もっとも、啓子の方は、蓮音の反抗的な態度は、自分への嫌悪感からなどではなく、すべて実の母の琴音のしつけが悪かったせいだと決めつけているようで、ことあるごとに口にして嘆いた。

「なんで、私が琴音さんの尻拭いをしなきゃならないのかしら」

「……尻拭いって何だよ。それ、私のこと？」

「違うって言うの？　あの人は、この家に汚《きた》ないものをいっぱい落として行った。あんたもそのひとつじゃない」

ずっとこらえて来たものが噴き出し、蓮音は啓子に飛び掛かった。その拍子に二人はバランスを崩して床に転がった。

蓮音は、啓子に馬乗りになって彼女を殴りながら思った。私は、どうして、この女をこんなにも憎んでいるんだろう。どうして？

拳を振り降ろし続けながら、ふと気付く。私は、この女が憎いんじゃない。この女を私に殴らせているこれまでのすべてが憎いんだ。弟と妹の世話を押し付けて消えた母。娘に対して何の想像も働かせられない父。それを知っていながら、知らぬ振りをし続けた祖母、大叔母、教師、すべての大人たち……。私は、今、この女を使ってうっぷんを晴らしているだけなんだ。なんてくだらないことだろう。でも、誰も、私に労りの言葉すらかけてくれなかった。

蓮音は、いつのまにか泣いていた。どうしようもないちっぽけな自分が惨めで、あまりにも惨めで、いくらでも泣けた。私のために泣いてやれるのは、私自身しかいないんだ。

何なんだよ。誰か私のために泣けよ！

この時のことを後に思い出すたびに、蓮音の目尻は濡れた。誰にも話せなかった憐れで情けない記憶だったが、音吉にだけは打ち明けた。

こんな私でもいつかは母親になれるかな、と目に涙を溜める蓮音に、音吉は言ったのだった。

「がんばれ、蓮音！　おれが付いてるから、がんばれ。がんばれーっ」

あんなに自分を息苦しくさせた言葉が、ひとたび愛する人の口から出ると、まるで祝福のスピーチみたいだ、と蓮音は思う。

第五章

〈母・琴音〉

昔、人の命は地球より重いと言った政治家がいたそうだ。小学校の六年生になった頃だったか、社会の授業中に先生がそう言った。どうだ、素晴しい言葉だろう、と先生は続けた。おまえら、この先、絶対に忘れるんじゃないぞ。そう念を押されて、たぶん全員が、はーい！　と返事をしたと思う。私も、だ。

皆、それが命の大切さを表す比喩であるのを理解していた。何か感動的だよね、と休み時間に頬を紅潮させて話している子たちがいた。大事なことを教わったね、と頷き合う姿も見られた。誰もが命のとうとさを再確認した貴重なひとときだった。

私は、と言えば、先生の言葉に元気に返事をしたものの、次第に胸苦しさを感じ始めて、次の授業が始まる前にうずくまってしまった。

「琴音、だいじ⁉」

うんうん、と頷きながらも動けない私を、何人かが抱えるようにして保健室に運んだ。普段は、少しも私と仲良くしてくれない子たちだったが、皆、命の重みに目覚めたらしく、突然、他人の体を気づかい始めたのだった。

その変わり身の早さは、あまりにも滑稽に映った。この私の命だって地球より重いんだもんなあ、と思ったら、くすくすと笑いがこみ上げて来た。ひとしきり笑った後、ひとりごちた。

「な、訳、なかんべよ」

そう呟いたら、酸っぱいものを思い出した時のように、両頬が痛いほどくぼみ、涙が噴き出した。保健室のベッドにもぐり込んだまましばらくの間、泣き続けた。地球より重い命なんて、まっぴらだ、と思った。自分のも、そして、自分以外の人々のも。うっとうし過ぎる。私は、命を軽々しく扱って行きたい。でも、何かがそれを許さないような気もした。

突然、床で息絶えた父の最期の姿が脳裏に浮かんだ。

——お父ちゃん。

まだ生々しく記憶に残る彼の、苦しみに歪んだまま逝った顔は、私を悩ませ続けてはいるが、それだけだ。ひとたび死んでみたら、彼の命は軽かった。そう思ったら、ようやく好きになれた。

　思いのほか、私たち家族をはやばやと自由にしてくれた、愛すべき私のお父ちゃん。いなくなったら、やっぱり寂しいよ、悲しいよ、でも、その程度の重みだ。

　長い年月を経て再会した信次郎さんに、地球より重い命なんてあると思うかと尋ねたら、彼は、即座にこう答えた。

「ない！」

　その、きっぱりとした否定ぶりに、私は思わず吹き出してしまった。

「地球より重かったら、誰も地球に乗っかっていられないでしょ？」

「そんな……額面通り受け取って、信次郎さん、おかしいね」

「本当のことです。おれたちが知っているほとんどのものは、地球より軽い」

「私の命も軽い」

「おれの命も軽い」

　軽いからこそ貴重な命もある、と私は思う。吹けば飛ぶようなはかなさを知る故に、大事な大事なものになる命。

「……初めから、軽いって解っていれば、飛んで行かないようにつかまえているのにね」

「飛んでっちゃってから、気が付く場合が多いもんな。琴音、蓮音ちゃんのことだけどさ。あの子、自分の子供たちが、そんなに簡単に飛んで行っちゃうとは夢にも思わなかったんじゃないかな」

「でも、放っといたら死んじゃうのは知ってた筈だよ」と、私。

「うん、もちろん、常識としてはあったと思うよ。あんなふうに放置していて良い訳がないって。でも、その当り前のことと自分の子供たちが結び付かなかったんじゃないかな。あるいは、結び付けるのを無意識に拒否していたとか」

「馬鹿だからね」

「琴音！」

話が二人の子らを置き去りにして死なせた娘の蓮音に行き着くと、どうしてもまともな会話が成り立たなくなる。私は、誰もがそうするように、蓮音が稀に見る馬鹿な母親だと結論付けて落ち着こうとするのだ。

ずるい私。ずるい女。そして、ずるい母親。私は、子供たちの命が呆気《あっけ》なく消えてしまう類《たぐい》のものであるのを充分理解している人間だった。それでも、蓮音を始めとする三人の子供たちを置いて家を出た。だって、自分を救うためには、それしかなかったんだもの。

私は、長い間、自分の命を粗雑に扱おうとして来た。でも、それが自分自身を守るためだったなんて、夢にも思わなかった。蓮音と私のしたことは、似て非なる行為。本当は私の方がはるかに罪深い。

「何人もの記者の人に、あなたも子供を捨てて出て行ったたって言われた」

そうか、と言って、信次郎さんは私を抱き寄せる。自分と娘の蓮音の、何が同じで何が違っていたのかについて思いを巡らせ始めると、私は、混乱して過呼吸になったりする。だから、その前に落ち着かせようとあれこれ手を尽くしてくれるのだ。そして、背中をさすられながら、私は、捜している答えがどこにも見当らないことに気付く。そのくり返し。

考えても考えても解らないのだ。私の人生が、どうしてこのように進んで来たのか。もの心付いた時には、父の暴力は日常と化していた。そして、その暴力がぴたりと収まり、平穏を取り戻すのもまた、日常だった。

昔、日曜日の夕食前に、テレビアニメの「サザエさん」を観ていた。ほのぼのとした情景と、些細ないさかい。この他愛のなさこそ、誰もが好ましく感じる家族のありようなんだなあ、と子供心にも思った。でも、それなら、うちにだって理想の時間帯はあった。ほとんど幸せな家族だと錯覚出来る瞬間は、少なからずやって来た。

一緒に観ていた勝が言った。

「こいつら、絶対、裏あんべよ」

「裏⁉　勝兄ちゃん、何言ってんの？」

「ほんとは、カツオがあんなに生意気なこと言ったら、父ちゃんに茶碗ぶつけられて、ぶん殴られるに決まってらあ。ここんちは、家族全員で隠蔽工作を図ってるに違いない」

「インペイ？　何、それ」

「テレビ画面の裏側では、ひどいことになってるってことだよ」

「勝兄ちゃん、ひどい！　ひねくれもん！」

私は、その時、兄をなじったが、彼は一向に意に介さない様子で、画面を見詰めて薄笑いを浮かべていた。

あの時の兄とのやり取りを思い出すと、やるせない気持に襲われる。今さら何を図々しく、とそしられるのを承知で言わせてもらえるのなら、「サザエさん」を観る私たち兄妹は、いたいけだった。妬ましくて、あの番組を他の家の子供たちのようには楽しめなかった。

「信次郎さんは『サザエさん』を観たことある？」

「あるさ。あのテーマソング流れる時の週末終わる感じって、すごく憂鬱だったたって、おれもまわりの皆も言ってたよ」

幸せだったんだなあ、この人、と思った。

「サザエさん」を週末に観る習慣って、いったい何歳くらいまでのものなんだろう。私の場合は、小学校も終わりに近付く頃だった。はっきりと覚えている。母がいきなりテレビの電源を切ったのだ。まだ観ている途中なのに、と抗議の視線を向けると、彼女は言った。

「こんなくだんない漫画観てないで、ＮＨＫにして置きなさいよっ」

何を言っているのだ、と思った。これを観ながら、夕食が出来上がるのを待つのが日曜日の決まりごとなのに。

　母は、しばらく前から日曜の午後になると苛々し始めるようになった。そして、夕食時には完全に不機嫌になっていた。むしゃくしゃする気分をぶつけられる対象を常に捜しているみたいな状態で、私と兄は、いつもとばっちりを受けていた。

　私は、うんざりしながらも耐えていたが、兄は、すぐに立ち上がり、子供部屋へと姿を消した。その時、母のあまりの理不尽さがどうにも腹に据えかねるらしく、捨て台詞を残すこともあった。

「仲夫んちは、今頃、家族団欒の真っ只中かもな。この歌、皆で合唱してたりして」

「サザエさん」のテーマ曲が流れていた。

「毎週決まって日曜に、帰って来もしない男を待ち続けてさ、母ちゃん、とうとこんなことしてて飽きないんけ？　プライドないんけ？」

　怒りに震える母が兄に何か言い返そうとするのだが言葉にならない。私は、母の形相のすさまじさに怖気付いてしまい、間を取り持つことなど、とても出来そうになかった。

　こんな顔をする人だったのだろうか。啞然《あぜん》としながら私は思う。生前の父に、どんなにいたぶられても、こんな攻撃的な表情をしたのを見たことがなかった。

　継父の、あの仲夫のせいなのか。

　私と兄に、はっきりとした説明はなかったが、仲夫は、前の家庭とは完全に縁が切れておらず、日曜日や祭日にはそちらの方に帰らなければならないようだった。そして、そのたびに、母は、苛立ちから怒りへと変わる感情を、どうにかなだめようとしては失敗し、私たちにひどく当たるのだった。

そういう時の母は、とても醜く、憐れで、どうしようもなく女臭かった。女臭いという言葉は、最初、兄が使った。母親を嫌悪するのに足る言葉。女臭い。

「今の子供たちも『サザエさん』なんか観るのかな」

私の問いに、信次郎さんは曖昧に笑う。

「どうかねえ。誰もが知る誰も観ない番組になって行くんじゃないの。でも、続いてくだろ。点けっ放しにしとくのに、あれほど相応しい番組ないもんな」

「安心するもんね」

「ああいう家族像って、ひとつの理想でしょ？」

理想か。確かにそうだ。あのテレビの中で心を煩わされるのは、取るに足らないことばかり。それが過ぎれば、すべて世はこともなし。家族は、常に、安心という基盤の上に成り立っている。

「サザエさんちには、まったくセックスの匂いがないね」

「お、どうした、琴音の問題提起か」

「そんなんじゃないよ。ただ思ったの。家族内にセックスの匂いが漂ってたら安心出来ないんだよなあって」

信次郎さんは、もう笑みを浮かべることなく私を見詰めている。私の口調に不穏なものが滲むと、いつも、そうなる。話したいだけ話させて楽にさせてやろうと思いやってくれているのだ。前は、そんな時、同情されている自分を惨めに感じて、聞き分けのない子供のようにむずかったりしたものだが、今は素直に思いのたけを吐き出すことにしている。

「サザエさんだけじゃないよ。子供の頃に観てたホームドラマとかって、全然、セックスの匂いなんかしなかった。でも、ドラマで映してないとこで、登場するお父さんとお母さんは、セックスしてるんだよね。そして、その結果、すごく良い子たちが生まれて来る。ううん、あんまり良い子たちだと白々しいのがばれるから、ちょこっと傷を付けたりして……偽善もいいとこ」

あまりにも幼稚なことを言っているのは解っていた。でも、信次郎さんの前で、まるで、セラピーを受けているかのように、私は、恥ずかし気《げ》もなく、愚かな物言いで心の内をさらけ出す。昔、精神科病院に通った頃とは、大きな違いだ。私は、信次郎さんに頼りながら、子供の頃から今までの自分を反芻しようとでもしているのか。

父が死んでしばらくして継父が家にやって来た時、私は、自分の家もこんなふうになるのかな？　とささやかな希望を胸に抱いて、サザエさん一家をながめていた。お母ちゃんが、お魚を買って来たら、ドラ猫を見張ったりして……まさか？　そんな空想をして幸せな気分を味わっていたのだ。結局、それは、はかない夢のようなものだった訳だが。

継父の伸夫が、もうひとつの家族の許に行ったまま帰って来なくなる日曜日の母の不機嫌さに耐え切れず、私は、彼に直訴したことがあった。

「ノブちゃんが帰って来ないと、勝兄ちゃんと私が大変なんだよ。お母ちゃん、きっと、すごく寂しくなっちゃうんだよ」

「そうかあ、ごめんなあ。こっちにも、色んな事情があってなあ。おれも、毎週、気になって気になって」

「ほんと？」

「本当だよ。ここのうちが、今じゃ、おれのうちだもんね。琴音のお母ちゃんには悪いと思ってるし、それよりも琴音に会いたくて会いたくってたまらなくなるんだよ」

私は、嬉しさのあまり頬を真っ赤に染めていたと思う。これまで、自分にそんなふうに言ってくれる人はいなかった。会いたい、というのは、魔法のひと言なのだと知った。どんなに欲しい物を買ってもらっても、こんな気持にはならないだろう。この間読んだ本に書いてあった「天にものぼる気持」とは、このことか。

「琴音は、どうなんだ。ノブちゃんに会いたかったか？」

うん、と言おうとして、ためらった。ここで嬉しさを全開にして返事をするのは、何か違うような気がする、と思った。無邪気を装って大きく頷くべきでもないという勘のようなものが働いていた。何故だろう、心に訝《いぶか》しさの点のようなものが瞬時に落ちた。

「あ、返事ないなあ。ノブちゃん、琴音に冷たくされたら悲しいぞ」

「冷たくなんかしてないよ？」

「そうかあ。じゃ、会いたかったって言ってごらん？」

「会いたかった」

そう口にすると、本当に会いたくてたまらなかったような気になって来た。さっき、心をかすめた不吉な感じはただの思い違いだったのだろう。

「おれね、実は、琴音と同じくらいの娘がいたんだけど、まだよちよち歩きの頃に病気で死んじゃったのね。もう悲しくて悲しくてどうしようもなかったんだけど、琴音と家族になれたでしょ？　神様のプレゼントとしか思えなくってさ……」

そう言いながら、伸夫は涙を拭うのである。

私は慌てふためいた。涙を流す大人の男を見たのは生まれて初めてだったのだ。

「ノブちゃん、だいじ？　ごめんね」

伸夫の涙は、私の内に生まれた小さな違和感など、あっと言う間に吹き飛ばしてしまった。そして、それと入れ代わりに憐れみが湧いて来た。大人の男に対して、予期しなかった憐れみを感じることは、誇らしさに似た気持を呼び寄せた。自分がいっきに成長したように思ったのだ。

いやいや、と手を顔の前で振りながら、仲夫はティッシュペーパーを引き抜き、鼻をかんだ。

「やだねー、女々《めめ》しくて。琴音に格好悪いとこ見せっちった」

そう弁解がましく言って笑う仲夫を見て、好ましい気持になった。この人は、格好を付けたりしないんだ。子供の前で威厳を振りかざすこともない。実の父の前でいつも怯えていた私は、自分が心からくつろげる保護者に、ようやく出会ったような気がして嬉しくなった。そして、憐れみは余裕を誘う。それが、まったく誤った余裕であるのに気付くこともなく、つたない私はいい気になった。

「ノブちゃん、寂しかったら、いつでも琴音に言って。私が慰めてやるよ」

「本当かい？　優しいなあ。琴音がそんなふうに言ってくれると、ノブちゃん、また泣けて来ちゃうよ」

「駄目駄目。泣かない泣かない。ノブちゃん、大人なんだから。男なんだから」

人生で一番得意で、一番、愚かしい選択をした瞬間だった。後に、この時のことを思い起こすたびに、私の胸はふさがれてしまうのだった。そして、時間を戻して欲しいと叶わぬ願いを口にしながら、後悔に押しつぶされる。

私が急速に仲夫になついて行く様子を、母は、初めは微笑まし気にながめていた。自身も彼と仲睦《むつ》まじくやっている分には何も気にすることはなかっただろう。惚れた男が、子供たちとも仲良くしてくれているのだ。幸せが二乗されたように感じていたかもしれない。

亡夫に抑圧された反動からだろうか、母の伸夫への愛情表現はあからさまだった。さすがに人前で体に触れ合ったりすることはなかったが、その分、二人の間には粘り気のある空気が漂っていた。そして、それを妨害する者には容赦なかった。自分の子供でも、だ。

常に伸夫への露骨な嫌悪を表明していた兄は、母の神経を逆撫でするばかりだった。普段は極力抑えている母も、伸夫の不在の日曜日は、兄への怒りが爆発した。

「あの人は、あんたたちの新しいお父さんになったんだよ⁉　なんで、もっと敬うことが出来ない！　昨日のあの態度はなんだ！」

「なんだって……口利く必要がなかったから、黙ってただけだんべ？」

「ノブちゃんが、あんなに気ぃつかって話しかけてやってんのに無視して」

「……そのノブっての、止《や》めてくんないかな？　げい吐きそうになる」

受け応えしながら、兄が冷静になればなるほど、母は激昂して行く。そして、前の母であれば考えられなかったことだが、箒《ほうき》やはたきの柄で彼をぶつようになったのだ。

兄は歯向かうことなく、母のするがままにさせて置いた。途中、バランスを崩して床に崩れ落ちても抵抗はしなかった。けれど、時折、床に伏せた顔を横に向け、母を上目づかいに見た。その目の色にぞっとして私は顔をそむけた。勝兄ちゃんは、お母ちゃんを恨み始めた。私は、はっきりとそう悟った。これまで、ずっと父の暴力から母を守ろうとし続けた兄。いつも母を一番に思いやっていた。でも、もう止《や》めたのだ。そんなことをしても意味がない。彼の瞳に宿る絶望の色がそう告げていた。

「お父ちゃんに殴られる方が、ずっと痛かったけど、まだなんぼかましだったかもな」

兄は、そう呟いて体を起こした。反撃を予感したのか、後ろに飛び退《の》いた母に彼は言った。

「箒やはたきでぶたれたって、どってことねえや。そうだ、そんなの、どってことない」

私は、しゃくり上げながら兄の側に寄って助け起こそうとしたが、その手を振り払われた。どうして、こんなことになってしまったのだろう。あれだけ家族につらい思いをさせた父と、今、母が兄にしていることは同じではないか。

「伸夫に新しく掃除機買ってもらえば良かんべな。その柄で殴った方が効くよ」

「……勝兄ちゃん、何、言ってるの？　どうして、そんなこと言うようになったの？　ノブちゃん来て、私たち、やっと何の心配もいらなくなったんじゃない」

私の言葉に、兄は、馬鹿か、とひとこと言った。

兄は、決して伸夫に楯突いたりはしなかった。けれども、決して目を合わせず、どうしても避けられない用事などの時以外は言葉を発することもなかったので、伸夫を嫌悪しているのは一目瞭然だった。食事の時間も、あれこれ理由をつけてずらすほどだった。

「可愛気のないガキだよなあ」

仲夫がうんざりしたように言った。

「勉強が大変だから図書館に寄って来るってだけだから。ほら、うちの子供部屋は琴音と一緒だから」

母が、慌てて取り繕うように、ぎこちない笑みを浮かべて、仲夫のグラスにビールを注《つ》いだ。

「なーにが勉強だ。後ろから数えた方が早い成績なんじゃなかったっけか？」

「それでも高校受験だから、必死にやんないと」

「私立に行く金は出さないからな」

「本人も解ってるから、がんばって勉強しているんじゃありませんか」

母と仲夫の会話を聞きながら、私は、最近の兄の変わりようについて考えていた。

仲夫がこの家にやって来た当初、兄は、今みたいではなかった。仲夫を毛嫌いしているのは同じだが、前は、もっと露骨にそれを表明していた。ものの解らない子供がむずかるように不満を全身で発散させ、時には殺気立った様子で家具に当たったりしていた。

「勝兄ちゃんは、本当に勉強に集中してるよ」

私は、晩酌のたびに、兄の態度の悪さをあげつらう母と仲夫に嫌気がさして言った。

「夜中じゅうずっと起きて机の前にいるよ」

「変な雑誌でも見てんじゃねえか」

「違うよ！」

私は、きっぱりと否定した。驚くべきことに、それまでの勉強嫌いを返上して、兄は真剣に机に向かっているのだった。目を覚ました私が、スタンドの明かりの方に目をやると、そこには、音量をぎりぎりまで落として、ラジオを聴きながら、参考書片手に問題集に取り組む兄の姿があった。

「おれ、とにかく勉強して、いい高校に入る。そして、あんちゃんとこから自力で大学に通うんだ。なんも取り得ないから、そこからやるしかねえべよ。夢？ こっから出て行く以外に何があるって言うんだ。どうせ逃げ出すならやることやって逃げてやんだわ！」

母と伸夫は、兄の決意に、まるで気付いていなかった。はた目には、ますます冷淡さを増して行くように映っていた兄だが、実は、深夜に眠い目を必死にこすりながら勉強に励んでいたのだ。負けるもんか、負けるもんか、という呟きが、布団の中の私にも聞こえて来た。

「そうか。彼は、明らかに学力と成績を武器にしようとしていた。

琴音がそう言うんなら、そうなんだろうな。勝も、いよいよ自覚が出て来たか」

「第一志望は樫《かし》ノ宮《みや》高校だって」

私は、兄の言葉通り、県内有数の進学校の名前を挙げた。同時に、母も伸夫も吹き出した。

「冗談もいい加減にしろっての。あいつに樫高なんて無理に決まってんだろ」

　でも、と私は口をはさんだ。

「勝兄ちゃん、ほんと、がんばってるもん！」

　必死に兄に加勢する私をいじらしく感じたのか、伸夫は目を細めて言った。

「兄ちゃんを応援する琴音の気持をないがしろにしちゃあいけないね。信じるよ。でも、そんなに必死の受験生の側じゃ、琴音も気ぃつかっちゃうんじゃないの？　なあ？」

　問いかけられて、母は、そうねえ、と首を傾げた。

「で、おれの提案だけど、ほら、一番奥の納戸代わりにしてる六畳間、あそこ片付けて、琴音の部屋にしてやったらどう？　女の子なんだし、そろそろ兄貴と一緒の部屋ってのもねえ……」

　思いがけない申し出に、私は狂喜した。

「ほんと⁉　ノブちゃん、私、自分だけの部屋持てるの？　お母ちゃん、いい⁉」

「あそこは、前のお父ちゃんのもん、押し込んであるからねえ、自分で片付けられる？」

　もちろん！　と言って小躍りする私に伸夫が笑いかけた。

「おれも手伝ってやっから」

「わーい、わーい！　ノブちゃん、大好き！」

　本当に嬉しかった。実は、兄の邪魔にならないよう、息を潜めることもあったのだ。それから解放され、しかも、自分だけの居場所が出来る！　部屋の飾り付けは、どんなふうにしようか。可愛いカップを買って、お茶を飲めるコーナーを作ろう！

有頂天になっている私には気付けなかった。仲夫が、自分の思惑をおくびにも出さず、にこやかな表情の裏側で舌なめずりしていたことを。そして、母が、漠然とした不安と説明の出来ない嫉妬心を抱えながら、自分の男の横顔を見詰めていたことを。私は、ただの天真爛漫で無知な子供だった。

〈小さき者たち〉

「あー、やだやだ。真子、チャンネル変えていい？　私、この主題歌を聞くと、なーんか憂鬱になっちゃうんだよねー」

母は、返事を待たずにリモコンをかざし、テレビの番組を変えてしまいました。

その日は、午後からずっと、親子三人で、母の友達の真子ちゃんの家に遊びに来ていたのでした。子供同士で遊んだり、親たちがお喋りに夢中になったりしている内に夕方になってしまったので、皆でお好み焼をすることになりました。

日曜日なので、真子ちゃんのだんなさんである馬場さんも家にいて、飲み物やお菓子を出してくれたり、と何かと気をつかってくれるのでした。とても体の大きい優しそうな男の人です。

馬場さんは、母がテレビのチャンネルを素早く変えたのを見て笑いました。

「蓮音ちゃんも、月曜日が怖い病だった？」

「まあね。馬場先輩は違ったんですか？」

「おれもそう。あー、休み終わっちゃうーって、すげえブルーな感じになってた」

何、何？　と台所からお好み焼の材料を運んで来た真子ちゃんが話に加わろうとします。

「え？　日曜日の『サザエさん』の話。このテーマソング聞くと、明日からの学校とか仕事とかを思い出して暗くなる奴、多かったって話。蓮音ちゃんみたいに、今もそうなる人もいるんだよなー。でも、誰もが見ちゃってた。おまえ、そういうのなかった？」

ぜーんぜん！　と真子ちゃんは馬場さんににっこりと笑いかけるのでした。

「私は、明日、また学校で馬場先輩の顔が見れるんだー、と思って嬉しくてわくわくしたよ」

よせよ、と照れ臭いのか、ボウルに溶いたお好み焼のタネを真剣な様子でかき混ぜている振りをする馬場さんを見て、母が冷やかします。

「あーあ、相変わらず、二人共、仲良過ぎ！　真子が、こんなに一途だなんて思いも寄らなかったよね」

「蓮音、馬鹿にしてるね。でも、私、馬場先輩に会ってから、いつも明日が待ち遠しいなって思えたんだよね」

「御馳走様《ごちそう》！」

まだ何も食べ終わっていないのに、母は、大声で叫びました。何かおいしいものでおなかがいっぱいになったのでしょうか。

でも帰り道、桃太は母ののしり言葉を聞きました。あいつら気持わりぃんだよ！と。気持わりぃ、気持わりぃ、気持わりぃ……友達の真子ちゃんの家を出た後、母は、ずっとそう呟き続けていました。桃太は、本当に母の具合が悪くなったのだと思い、心配して尋ねました。

「あのお好み焼で気持悪くなっちゃったの？」

「違うよ」

「食べ過ぎちゃったの？」

「違うってば」

じゃあ、どうして、と問いかけようとして、桃太は口をつぐんでしまいました。母は、いつのまにか涙を流していました。萌音を乗せたベビーカーを押す両手が塞がっていたせいもあり、濡れた頬を拭うこともせず、声を立てずに泣き続けていたのでした。桃太は、何も言うことが出来ずに、母のオーバーブラウスの裾を握り締めたまま、必死に彼女の歩幅に合わせようとして歩きました。その内、母は、気持が落ち着いたのか立ち止まり、バッグの中からティッシュを出して鼻をかみました。

『サザエさん』観て、明日のこと考えてわくわくしてる女なんて、マジでキモイよね」

あのテレビアニメのことを言っているのが桃太には解りました。でも、大人たちが、何故、あの番組と日曜日の終わるやるせなさを結び付けようとするのかは、まったく意味不明です。

「私が、磯野家に生まれていたらどうなってたかなあ。さすがのサザエさん一家も家庭崩壊の危機を迎えちゃうよね。ね、モモ」

「カテイホウカイ……」

「そ。家庭崩壊。家族がぶっ壊れることだよ。モモ、あんたのママは、どこの家族の中に入っても、ぶっ壊すことしか出来ないんだよ」

母は、低い声で笑いながら言うのでした。

「だから仕舞いには、みーんなママを見ると逃げちゃうんだ。でも、そのおかげで、ママは逃げる必要なんてない。じっとその場でがんばってれば、皆、勝手にいなくなってくれる」

「ママ、ぼく逃げないよ。絶対に逃げないでママの側にいるよ！」

そうむきになる桃太の頭を引き寄せて、母は、ほおっと溜息をつくのでした。

「そっかー、モモはママと同じ人種で仲間だ。だったら勇気百倍。サザエさんちを羨ましがってる場合じゃないね。あんなうちに負けるもんか」

羨ましかったのか、と桃太はその意味を考えてみるのでした。

「真子って、あんなムカつく女だったっけか。変わったよなー」

お好み焼を真子ちゃんの家で食べた日あたりから、母は、それまで大親友と呼んでいた人を悪しざまに言うようになって来ました。その頃にはもう、心からくつろぐ居場所もなく、あちこちを転々としていたのです。実家に戻っては、桃太の祖父やその奥さんとの激しいいさかいの末に飛び出したり、地元にいる別の友達のアパートに居候しては疎《うと》ましがられたり。

そういうことが続いて、いよいよ行き場がなくなると、桃太の父親がいないのを見計らって、本来の棲み家に戻るのでした。そこは、決して狭くはないマンションで快適でしたが、母は少しも気に入っていないようでした。結婚した際に、父の実家に用意してもらったとのことでしたが、当の父は、ずっと実家に入り浸ったままで、子供たちに会いに来るということもありません。

「こんなマンションあてがって、恩着せがましいったらありゃしない。絶対、その内出てってやる」

母は、親指の爪を噛みながら、口惜しさをあらわにするのが常でした。それでも、結局は、このマンションに戻って来ざるを得ないようでした。そして、そのことは桃太を安心させていたのです。やがて、父も戻って来て、親子皆で暮らせるに違いない、とそんな希望が消えることはありませんでした。きっと、あの真子ちゃんちみたいになるんだ。そう思って、さまざまな不便にも耐えていたのです。

でも、そのことは口にしないと決心していました。一度、母を嬉しがらせようとこんなふうに話しかけて、ひどい目に遭ったのです。

「ママ、パパが来たらベランダでバーベキューしよう？　この間、テレビで、そういうのやってた。お肉、ジューって焼いて」

「モモ、おまえ、パパの顔なんてもう覚えてないだろ？」

「……会ったら解るもん」

「おまえのパパって、人間じゃないんだよ」

「嘘だ！」

「本当だよ。すごーくキモイ人形なんだよ。ほら、いつかデパートで観たあやつり人形の劇あったじゃん、あれみたいなの」

桃太は、思わず叫んでしまいました。

「モモのパパは、あやつり人形だから、自分の気持とは関係なく、上から紐《ひも》で動かされて、モモをバーベキューの火の上にのっけようとするよ」

「……のっけて……どうすんの？」

すっかり怯えてしまった桃太を見て、母は、ひひひと笑うのです。

「丸焼きにして、鬼に食べさせるんだよ」

そして、その直後、追い打ちをかけるかのように、わあっ！　と叫んで桃太を驚かしたのでした。

ひいっと言って息を呑んだままになっている桃太に気付いて、母は、今度は申し訳ないような表情で、彼を抱き締めました。

「ごめんごめん。あー、心臓、すごいドキドキ言ってるじゃん。やばーい、止まんないよね」

「ママー、心臓止まったら死んじゃうんでしょ？　やだー、そんなの、やだー」

桃太は、前に観たテレビドラマで仕入れた小さな知識が甦り、泣き出してしまいました。

そこでは、心臓が止まるのは死ぬことで、それは、皆とのお別れを意味していたのです。

「モモ、ママ、ふざけただけだから……」

笑っていた母も、桃太につられて泣き顔になってしまっています。

「大丈夫。ママは、絶対にモモの心臓を止めたりしないからさ」

そう言って、母は、桃太の左胸をさすり始めました。

「ほんと？　ママ、ほんとに？」

「ほんと、ほんと」

「じゃ、死んだりもしないね」

「当り前だよ。モモとモネとママは、運命共同体だもんな」

桃太の鼓動は、すっかり落ち着きを取り戻しました。母が、その内、絶対に出て行ってやる、と言ったマンションですが、親子三人が心から落ち着ける場所は、ここ以外にないような気がします。母だって、内心は、そう感じていた筈なのです。それなのに、何故、母は、自分たちを連れて、弾《はじ》き出されるかのように、この住まいを去って行くことになったのでしょう。

私は逃げる必要なんか、ない。そう何度も口にしていた母。それでは安らぐ場所の方が彼女から逃げ出してしまったのでしょうか。

「ママ、ぼくたち、どこに行くの？」

いよいよ出て行く時の桃太のその問いには答えず、母は、ただ、足を踏んばって立ち尽くすばかりでした。

〈娘・蓮音〉

どこで自分の人生がねじ曲がってしまったのかを考える時、蓮音はいくつものポイントを挙げることが出来るが、その中でもやはり最悪だったのは、音吉と離婚して二人の子供と家を出た時だろう。

その家というのは、結婚生活を送ったマンションのことだが、家族全員で仲良く過ごせたのは、ほんの短い期間だった。萌音が生まれてしばらくすると、音吉は、実家に入り浸るようになり、ほとんど帰って来なくなったのだ。

音吉の両親が与えた、その瀟洒《しょうしゃ》なマンションに、二人の小さな子供たちと取り残された蓮音は途方に暮れた。昔、自分の幼ない弟と妹を面倒見た時のことを思い出して、必死に世話をしたが、あの時とは何かが違っていた。母の琴音の不在中に死に物狂いになったようには、がんばれないのだ。自分の産んだ子たちだというのに。

一度、甘い味を知ってしまったからだ、と蓮音は思った。音吉にたっぷりと愛されたせいで、私は腑抜《ふぬ》けになっちゃった。経験したことのない甘やかされ方をして、いい気になっていたら、いつのまにかこんな事態を招いている。後悔したって遅い。

音吉とのゆるやかな日々の流れにまかせた結婚生活は、蓮音が昔の遊び仲間と再び交流を持つようになり始めた頃から亀裂が入り始めた。一度そうなったら、壊れて行くのは早かった。家の中ではいさかいが絶えなくなり、そこから逃げるように、蓮音は外出をくり返した。

そして、ある夜、子供たちを寝かし付けた後、夜通し遊んで帰宅すると、そこに音吉の姿はなく、代わりに義母がいて子供の世話や家のことをしていた。気まずい表情で立ち尽くしている蓮音に、義母は座るよう促した。

「蓮音ちゃん、あなた、何をしてるか自分で解ってんでしょうね」

子供を置いて遊び呆けていました。そう開き直って言いたいところだったが黙っていた。それが正しくないのは、いくら彼女でも解っていた。

「あの……音吉さんは」

「うちに戻って来ていますよ。可哀相に疲れ果てて……あなた、いったい何が不満なの？」

「不満はありません」

「当然です！　こんなに良くしてやってるのに。音吉は、あなたと子供のために大学だって途中で止《や》めたんじゃない⁉」

蓮音の妊娠が発覚し、それを音吉に告げた時、彼はとまどっているようだった。そして、少し考えさせてくれと言ったきり数日連絡を絶った。初めから手放しで喜ぶことはないだろうと踏んでいたので、彼女は落ち着いていた。別にいいや、どうせ堕《お》ろすことになるんだもん。そう不貞《ふて》腐れて呟いた。

妊娠したのはこれで三度目だった。最初の時は、他校の男子生徒たちに輪姦されて身籠もり、次は、いつも強引に体を重ねて来る仲間のひとりとの暇つぶしの結果だったから、どちらの場合も何の迷いもなく堕胎した。

自分にとって妊娠は、セックスに付きまとう不運なのだ。蓮音は、いつしかそう思うようになっていた。その不運が、あれだけ乱れた男たちとの関係で、たった二回。これって、幸運かもしれないよ？　そう悪びれることなく平常心を保って見せたこともあった。

音吉だって、所詮、男なのだ。思いがけない妊娠の知らせを聞いて、あたふたしているに違いない。ただ、あの人は、そういう経験がないみたいだし、優しいところがあるから、どうやって堕ろすよう説得すべきかと考えあぐねているに違いない。

蓮音は、そう自分に言い聞かせて、音吉から、どんな答えが返って来たとしても受け入れるべく心の準備をした。もしも、手術の日に病院まで付いて来てくれるようだったら、私は最高の男を選んだことになる、と。それほど、彼女の男に対する期待値は低かった。

ところが、音吉は、蓮音に対して、きっぱりと宣言したのだった。

「おれ、大学、止めるわ。父親になるからには、経済的に自立しないと」

そして、音吉は、将来の展望について、とうとうと語った。その様子に不安はあまり感じられず、むしろ一世一代の覚悟をした自分への誇りに満ちているようだったので、蓮音は困惑して尋ねた。

「……生活、出来るかなあ……」

すると、音吉は頬を染めて胸を張るのである。

「大丈夫だよ！　二人で希望を持って進むってことが重要なんだから。蓮音ちゃんは、おれの子、産みたくないの？」

「産みたい……産みたいよ！」

そう、声を張り上げたら、強烈な幸福感が襲って来た。ようやくセックスを、愛する人との子を作る行為だと思えた瞬間だった。

音吉の子を産み、新しい家族を作る。そのことを思うと、蓮音は、息が詰まるような高揚感に包まれた。与えられるのは新しい服でもアクセサリーでも携帯電話でもない。家族。新しい家族なのだ。それを、空想の世界においてでなく、現実の生活の中で手に入れるのだ。

音吉くん、私……と言ったきり、胸がいっぱいになってしまい言葉が続かない。

「蓮音ちゃん、おれ、うんと働くよ。だから結婚しよ？　結婚して、あったかい家庭を作ろう？」

蓮音は、初めて耳にする男の申し出に、すっかり混乱してしまっている。と、同時に、じんわりと薬効が染み込むように、結婚という二文字が、彼女を心地良く温めるのだった。

「だって、音吉くんのうちが許さないでしょ？　私みたいな女なんかと、さ」

「なんか、って何だよ。そんな言い方すんなよ。おれの選んだ女なんだから、もっと自信持たなきゃ。蓮音は、おれにとっては世界一なんだからさ」

そう別人のような口調ではっきりと口にした。音吉の心も相当高ぶっているようだった。

二人は、これから重大な局面に共に立ち向かう同志のように、両手を握り合った。

もちろん、音吉の両親も、蓮音の父も、その結婚には大反対した。せめて、音吉は大学を卒業するまで、蓮音は成人するまで待ってから、改めて考えるべきだというのが両家の意見だった。

「っていうことは、蓮音ちゃんのおなかの命を殺せとでも⁉」

音吉の言葉に親たちは嫌な顔をした。若者の主張する正論は、くつがえすのがひどく困難だと知っていたのだろう。

「きみたちが、やがて苦労すると解るから、今、結婚も子供を産むのも反対しているんだよ。生まれて来る子だって、幸せになれるかどうか解らない。別れろと言っている訳じゃないんだよ。ただもう少しだけ待ってみてはと言ってるだけなんだから」

音吉の父が、穏やかな調子で、嚙んで含めるように若い二人を諭そうとした。すると、それまで黙っていた蓮音が、突然、土下座して、額を床に付けて懇願したのだった。

「私のおなかにいるの、生きてる赤ちゃんなんです。殺したら、駄目なんです。私、人殺しになっちゃう！」

蓮音は、妊娠した際に自分の内に宿るものをあやまちの種ではなく、ひとつの生命であると遅ればせながら認識したのだった。

音吉と蓮音の熱意に根負けするような形で、両方の家も二人の結婚を許すことになった。話し合いには長い時間がかけられたが、その間にも、蓮音のおなかの子はどんどん大きくなって行き、とうとう親たちも折れるしかなかった。いくつかの条件を付けられながらも、ようやく結婚が許可された時、音吉は、まるで自分が劇的なドラマのヒーローになったかのように意気揚々と語った。

「おれたち、二人で人生の荒波に向かって漕《こ》ぎ出したんだね。この航海の先には、沢山の困難が待ち受けてるかもしれない。でも、二人でなら、乗り越えて行ける。そうだよね、蓮音ちゃん！」

　蓮音を感動させようとして口にしたに違いない言葉の数々だというのは解った。素直に嬉しさも感じた。しかし、どこか芝居じみているとも感じてしまい、蓮音はつい吹き出して、言った。

「最初から、音吉くん、力入り過ぎだって」

　そうかなあ、と音吉は不本意だと言わんばかりに首を傾げる。その様子は、つたない少年のようで、これから父親になろうとする男には、とても見えない。でも、そこがいい。蓮音は、ポーチから出した鏡で自分の顔を確認しながら、満足気に頷く。私たちはうんと若くて、超イケてるパパとママになる！

　桃太が生まれるまで、毎日、夏休みの予定を立てているような気分で過ごした。実行に移す前の予定表は、未来を輝かせるプラチナペーパーのようなものだ。何もかもが愛に満ちている。二人は、そう思い込むことで、不意に忍び寄る不安をなきものにしていた。

　資産家である音吉の両親は、元々、家賃収入のために購入してあった２ＬＤＫのマンションを新婚夫婦のために与えた。蓮音の父は、おおいに恐縮して断わったが、聞き入れられなかった。大学を中退してしまった息子の生活を慮《おもんぱか》っての親心だと言われれば、強くは出られなかった。孫の生活環境に関しても力説された。

父親づてにそう聞かされた蓮音は、音吉の両親に心から感謝した。心配してくれたり祝福してくれたりする、周囲のすべての人々にも感謝した。お産を手伝おうかと言ってくれた継母にも、だ。心がいつも感謝の気持で満ち満ちていることを幸せと呼ぶんだ、と蓮音は思った。でも、そこには感謝させてくれる人がいなくてはならない。

何もかもが上手く行っていたし、そのまま順風満帆に進む予定だったのだ。親族のみの内輪の結婚式を挙げ、その後、本当に親しい友人だけを呼んで披露パーティを開いた。どちらもささやかなものであったけれども、それまで受けたこともない祝福に、新郎新婦は酔った。

結婚の始まりって、こんなに楽しいものなんだ。双方の友人たちのすっかり打ち解けた笑い声を聞きながら蓮音は思った。誰かがギターを弾き、ラブソングを歌っている。そして自分は貸衣装だけれども、ウェディングドレスを着て、隣には、自慢のだんなさん。それまで出会って来たクズ男たちとは大違いの素敵な素敵なだんなさん。品が良くって、知的だ。自分の育った周辺では、滅多にお目にかかれなかった類の男。

妊娠して良かった。おかげで、こんな素晴しい人と結婚出来た。そう思い、音吉を見上げると、彼も同じように幸せをより合わせたような視線を蓮音に当てる。この眼差しは、私だけのものなんだ。そんな思いを嚙み締める。

するとその瞬間、幸福の眩しさの向こうが翳《かげ》り出す。目をこらすと、その影は、だんだん広がりながら色を濃くして行くのだ。慌てて気付かない振りをして、仲間たちの輪に混じってはしゃぐのだが、もういけない。

蓮音の背後に、そこはかとない恐怖が忍び寄って来る。そして、得体の知れない何かが耳許で囁きかけるのだ。

おまえは、そこにいて良い人間なのか、と。

――ママ、私、ここにいていいんだよね？

何故か蓮音が問いかけるのは、母の琴音である。娘が身籠もったことも、結婚したことも知らない母。何度も試みたが、結局、連絡はつかなかった。もっとも、とうに縁を切った父と顔を合わせてわざわざ気まずい思いをさせるのも気の毒だ。

でも、正直なところ、今日のこの姿を母に見せたかったと蓮音は思う。親のくせに、あんなにも娘に苦労させた、憎い、けれども、可哀相な母に、白いドレス姿を見せたかった。そして、ざまあみろと言ってみたかった。あんたなしでも、私は、幸せをここまで追いかけて来られた、と。そして、余裕で尋ねる。ママ、大丈夫？　と。

「蓮音ちゃん、大丈夫？　疲れた？」

我に返ると、音吉が気づかうように蓮音を見ていた。

——ママの結婚の始まりはどうだったの？

実母の琴音は、蓮音の周囲では、まるで亡き者のようにされていた。再婚して新しい妻を迎えた父は、前の結婚生活に関するすべてのものを捨て去った。もう今では家の中に母を思い出させるものは何もなかったし、彼女の実家とも付き合いを絶った。初めから琴音という女との関わりなどなかったように振る舞う父を見て、蓮音は、彼の心の傷の深さを思うことが出来るのだった。

蓮音は、自分に言い聞かせる。

あの父だって傷付いたのだ、と。傲慢《ごうまん》で、自分のプライドを守ることを第一と考える鼻持ちならないあの男ですら。

蓮音は、父の隆史に対して子供の頃から親しみを持つことが出来なかった。母の不在で心許ない時、これほど頼りになる存在もなかったが、それだけだった。甘える気になどまったくなれない彼は、家を守る門番のようなものだった。そして、彼自身もそれを良しとしていた。それこそが父親の役目であると信じて疑わなかった。そのことを証明すべく、いつも言葉のはしばしに威厳を滲ませていた。

蓮音は、子供心にも感じ取っていた。

父親は、いるだけで、父親たり得る。父の隆史がそう信じていることを。家長然とした父親のたたずまいがあるだけで、ひとつの家族は安泰であると、彼は、そう思い込んでいるのだ。でも、それって……と、蓮音は呟く。使えねえよ。全然、使えねえ。門番が子供に飯を作ってやれるか。オムツを取り替えてくれるのか。

父が何もやらなかった、とは言わない。しかし、彼が理想の父親像を演じて、子供たちを励まし見守っていた時、蓮音は寝る間もなく家のことに追われていたのだ。家族、力を合わせてがんばろうな！　その力強い応援を聞きながら、自分は、弟や妹の糞尿の処理をしていたのだ。

何という役に立たない前向きさだったことだろう、と蓮音は父を思って笑い出したくなる。でも、あの父だって傷付いたのだ。女房に浮気されて、逃げられて、プライドを粉々にされて。しかし、そんなことは、まるでなかったかのように、これからの人生を生きて行くのだろう。

だけどさ、忘れんな。何を捨てても私はいるんだよ。弟の勇太と妹の彩花もいる。子供たちを見て、父は自分をどん底に突き落とした女とは縁を切れないと、改めて知って行くのだ。いい気味。ね、ママ。

この人なら大丈夫だ。父のようにはならない。幸せと心配が入り混じった表情を浮かべて、膨んで来た自分の妻の腹を撫でる音吉を見て、蓮音は、いつでも落ち着きを取り戻すことが出来る。彼は、父と違って、空疎な励ましではなく、具体的な助けを自然に選べる男だ。

今、生まれて初めて、本物のくつろぎというものを知った気がする。蓮音は、共に過ごせる昼下がりに、意味もなく夫の名を呼ぶことがある。

「音吉くん」

首を傾げて、彼は妻に目で問いかける。

「なーんでもなーい。夫婦で、くん付けは変かなあ。あなた、とか呼んでみたいけどさ、恥ずかしいよね？」

「恥ずかしい！　マジ恥ずかしい。止《や》めて、お願い」

「でも、私は、音吉くんにおまえって呼んで欲しい気持もあるよ」

「あー、それも無理。おれ、女の人におまえとか言えないんだよね。なんか見くだしてるみたいでさ。おれの友達も、自分の彼女をそういうふうに呼んだりしないし」

「そっかー。そういや、音吉くんの友達って、みんな紳士っぽいもんね」

「ぽい、だけ。ぽいだけ。みんな女が怖いだけだから」

そう言って、音吉は冗談めかして笑って見せるけれども、蓮音は気付いている。彼は、妻の周辺の人々に気をつかっているのだ。明らかに自分を取り巻くのとは異質な空気をまとった蓮音の友人たちに対して細心の注意を払っている。たいした違いなどない、とさりげなく印象づけているのだ。

明らかに違うのに、と蓮音は思う。そして、自分や仲間たちに気づかいを見せる音吉をいじらしく感じるのだった。行儀良くしつけられたくせに、意識してそれを隠そうとしている。ひけらかそうと思えばいくらだって、そう出来るのに。

粗野な言動をさらけ出して一向に気にかけることのない蓮音の仲間たちの間に入ると、隠そうとする努力の甲斐もなく、音吉の品の良さは際立った。彼らは、そこに価値を置く訳もなく、親しみを込めながらも揶揄《やゆ》するように、音吉をこう呼んだ。

「坊ちゃん」

内輪の噂話の流れで、そのことを知った蓮音は、それの何が悪いと腹を立てた。あの人の優しさをからかうなんて許せない、と。

「すごいね。蓮音が男をそんなにも大事に思ってんの、初めて見たよ。びっくり、音吉くん、偉大だー」

真子の言葉に、少々ばつが悪くなり、蓮音は、ぷいと横を向いた。

「だって、陰で坊ちゃんって呼んでるなんて」

「お坊ちゃま、とかよりましなんじゃない？」

笑いながら言う真子につられて、つい蓮音も吹き出してしまう。そうかもね。

「でも、すごいよ、音吉くん。ほんとに蓮音と子供のために大学止めちゃうんだもん」

「うん。ありがたいよ」

「でもさ、彼、恵まれてるから、大学行きたくても行けない人間の気持とか解んないのかも」

「何、それ。真子、喧嘩売ってんの？」

「違うってー。簡単に大学入った人は、簡単に止めるのかなって思っただけだよ」

「音吉くんは、私と子のために人生のコースを変えてくれたんだ」

そういう偉い人なんだ、と蓮音は心の中で続けた。ただの坊ちゃんにそんなこと出来る筈もない。

音吉は、大学を止めた後、東京のアパートを引き払い、いったんは実家に戻った。そして、彼の伯父の口利きで地元の食品会社に就職したのだった。その後、両親の提案を受け入れ、彼らの持つマンションで蓮音と暮らすことになった。いきなり、あんな素敵なマンションで新婚生活をスタート出来るなんてラッキーだ、と友人たちに羨ましがられた蓮音だったが、すぐに問題は浮上して来た。

音吉の母の麻也子《まやこ》が、二人の新居をひんぱんに訪れるようになったのである。出産の心得を始めとしたさまざまな知恵を授けてくれるこの義母に、当初蓮音は感謝するばかりだったが、やがて、重大なことに気付く。

——自分とこの義母は、まったく馬が合わない。

愕然とした。あんなに好きな男の母親を、何故、こんなにも好きになれないのだろう。

「音吉は手の掛かる子でね、小さい頃はアレルギーがひどくて苦労したの。食べ物にはうんと気をつかってた。蓮音ちゃんも気にしてやってちょうだいね。駄菓子とかファストフードとかよく食べてるみたいだけど……ああいうジャンクは……」

「でも、音吉くん、好きみたいですけど……」

「あなたに合わせてあげてるんでしょ⁉」

麻也子は、ぴしゃりと言った。

強い口調で諭されると、蓮音はしゅんとしてしまうのだった。本当に自分が不甲斐ない駄目な人間に思えて言葉を失ってしまう。これまで、教師や継母などに散々逆らって来た彼女だったが、そう出来ない相手もいるのを知っている。父やこの義母のような正論を語る人々だ。

「私はね、蓮音ちゃん、あなたを自分の娘のように思って口を出すのよ。まだ若いから知らないことがいっぱいあるのは仕方ない。これからよ！　これから」

厳しい、けれども思いやりにあふれる麻也子の表情を見詰めている蓮音の心にどんよりとした重苦しいものが湧いて来る。これから……お義母《かあ》さんの言う「これから」が何だか、怖い。

新居の引っ越し祝いに訪れた真子を始めとする女友達は、蓮音の愚痴を聞きながら、口々に意見するのだった。

「お義母さん、全然普通だって。どんな優しい人でも、嫁にとっての姑《しゅうとめ》は、いつだってうっとうしいおばやんなんだからさ」

「じゃ、おばやんはひどいかんべ？」

「じゃ、おばさま？」

あれこれ勝手なことを言い合いながら笑い、結局は、蓮音は贅沢なのに不平を言ってる幸せ者、というところに落ち着くのだった。

「でも、この間なんか、お義母さん、こう言ったの。音吉が次男で良かったよって。後継ぎだったら、こんな勝手な結婚させられなかったってさ」

「うわ、それはムカつくわ」

「でしょ？　でも、本人、こっちに心を開いてる証拠を見せたくて、聞きたくもない話しにしょっちゅう来るんだよねー、やだくってー」

「げげーっ、勝手に心開いてくんなよ」

友人たちに訴えながら、蓮音は、ふと思った。そう言えば、父もよく「心を開く」という言葉を使っていたっけ。父とあの義母、どこか似ている。正論の人たち。目に見えない窮屈さを運んで来る。それに耐えながら彼らの言う通りにすると、高らかにこう言い放つのだ。やれば出来るじゃないか、と。

出来る出来ないにかかわらず、私は、やらなきゃいけないことだらけだったのだ。そこから逃げ出せないから、時には自暴自棄になるしかなかった。

でも、今、音吉という繭《まゆ》の中にもぐり込んで、おなかの子と一緒に面倒をやり過ごせる。蓮音は、今一番、幸せに人生をさぼっている。

蓮音は、夫になった音吉に身も心も許していた。しかし、それは、自分のこれまでの経験のすべてを洗いざらい話すこととは違っていた。彼のように、何不自由なく健《すこ》やかに育って来た人間が、妻の過去のどのようなエピソードで不愉快になるかを、彼女は充分に解っているのだった。それは、他の男たちとのセックス絡みの交友関係であり、また、そこから端を発した女同士のいさかいであり、未成年にあるまじき自堕落な遊びの数々であった。

蓮音は、その種の思い出話をすべて封印した。たまに訪れる女友達が、昔の悪事を蒸し返そうとすると、すぐさま遮った。そういう時、たいていの女は理解を示したが、中には、呆れる者もいた。

「だんなさん、蓮音のこと本当に愛してるんなら、どんな過去だって許す筈だよ？」

そう言われて、蓮音は、そうだよねえと相槌を打ちながらも内心は思ってしまうのだ。そんなのは綺麗ごとだよ、と。そして、自分は綺麗ごとの通じない世界で生きて来た。

絶対に隠し事は止めような、と音吉は言う。もちろん、蓮音は同意して、彼の体験談に耳を傾ける。そして、そのたびに溜息をついてしまうのだ。なんて、薄く、さらさらとした過去なのだろう、と。彼の歩いて来た道のりは、あらかじめ転ぶことのないよう整備されている。自分のそれとは大違いだ、と思う。そして、私は私でがんばろう、と決意するのだ。自分と共に歩き始めた最愛の人の行く先々に、ぬかるみを作ってはならない。決して。

「あー、早く生まれて来ないかなあ。待ち遠しくてたまんないよ。桃太ー、待ってるよー」

音吉は蓮音の腹に口を寄せて言った。男の子が生まれるのはもう判明していたので、二人で何日も悩んだ末、「桃太」と名付けたのだった。

「音吉くん、後、何人欲しい？　音吉くんのためなら何人でも産むよ？」

「うーん、何人でもいいけど、おれ、サザエさんちみたいなのどかな家に憧れるんだよね。蓮音ちゃん、ドラ猫、追いかけてくれる？」

「オッケー。ニャンコが魚をくわえたらね」

他愛もない会話から幸せがこぼれ落ちる。すべてを告白すれば良いってもんじゃない。

その蓮音の幸せは、やがて昔の遊び相手に再会し、「おまえ」と呼ばれる気楽さを思い出すまで続くことになる。

第六章

〈母・琴音〉

自分の子に、どうして人を殺してはいけないの、と尋ねられたら何と答えますか。雑誌の特集で、そんなアンケートを見たことがある。確か、ローティーンの男子が連続殺傷事件を起こし、世の中を震撼《しんかん》させていた時のことだ。誌面には、さまざまな回答が寄せられているようだったが、私は、それらを読むことなく雑誌を閉じた。世間の一般論なんて知りたくもなかった。どうせ、また、人の命の大切さとやらを持ち出すに決まっている。ひとりひとりが生まれて来て、今、生きていることが素晴しい奇跡なのだ、などと言ったりして。そして、そんな生命の火を身勝手に消すのは許されない、と結論付ける。

そうだろうか、と私は思う。私は、消されても良い命もあると言いたかった。殺されたって仕方ない人間だっている。認められる人殺しだってある。ずっとずっとそう思って来た。それは、その人間が報復されるに相応しい罪を犯した場合だ。

でも、私には殺せなかった。そんな勇気も力もなかった。ただ、死んでくれ、消えていなくなれ、とひたすら願っただけだ。もちろん、それは叶わなかった。気持のみで人を殺すことは出来ない。実の父の時のような偶然は、なかなか訪れない。

その内に、私は、ひとつの方法を思いついた。目の前から消えて欲しいと切望する人間が、あくまでそこに居座ったままでいるなら、自分の方から消えてしまえば良いのだ、と。殺したいのに殺せない奴の姿を見ないですむためには、先に自分自身を殺してしまえ、と。

死ぬことはあらゆるものから逃れられる究極の旅。別の世界に飛んで行ける。そして行き着いたそこで、私は、改めて生《せい》の実感を味わう。生き直す。

「変な話だけど、私、自分を殺すっていうことと、自殺っていう言葉を結び付けられなかったの。だから何回手首を切っても、あ、新しい私になるって感じてた。でも、時々、加減を間違えて、本当に死にそうになっちゃった。ま、半分は、そうなってもいいって思ってたんだけど」

信次郎さんは、とりとめのない私の打ち明け話に嫌な顔をすることもなく、いつまでも耳を傾けてくれる。性的虐待の過去について語れるようになるまで、私は三十年以上も待たなくてはならなかった。

私は、誰にも話さずに来た多くのことを、信次郎さんの前では、だらだらとたれ流すように口にしている。時系列も何もあったもんじゃない。ただ、話したいのだ。自分がどんなふうにして、ここまで辿り着いたのかを聞いてくれる人にようやく出会えたのだから。

蓮音たち子供らの父親である笹谷隆史には、真実など語れなかった。男気のある少年野球のコーチに憧れて、何食わぬ顔で押しかけ女房になった幸運な娘という役を演じようとしたのだ。結局、無理だったけど。

「ずい分、規則的に線引いて来たなあ」

信次郎さんは、私の腕の内側の手首から肘のあたりまでに付いている何本もの古い傷跡を見て感心したように言う。

「定規で引いたみたいに正確でしょ？」

冗談めかした私の言葉に信次郎さんは、もちろん笑わない。

「これ、結婚してた時、だんなに何も言われなかったの？」

「猫に引っ掻かれたって言った」

「嘘だろうよ？」

嘘だ。クラスで苛《いじ》められて、気分が落ち込んだ時にしてしまったリストカットの跡だと言った。その時、隆史は、可哀相に可哀相に、と私のその傷たちを撫でてくれたのだ。嬉しかった。見る間に皮膚が再生し、傷跡を覆い隠して行くように感じた。

私、笹谷コーチが大好きだ。男の人に対して、自分がこんな気持になれる日が来るとは思ってもみなかった。そう思い、胸の奥にじんわりと広がる熱をありがたく感じた。そんな私を隆史は、いじらしいものに出会ったような目で見詰め、こう言った。

「大丈夫だよ。もう何の心配もない。ぼくがちゃんと更生させてあげるから」

更生か……あの時は、目を白黒させただけだったけれども、今、思うと馬鹿みたいだ。私は、自分を包み込んでくれる男と初めて出会ったと錯覚してしまったのだ。だって、もう考えること自体に嫌気がさしていたのだもの。人を殺すことも自分を殺すことも考えたくなかった。

「琴音、無理に話す必要なんか、まったくないんだからな」

「話したいの。信次郎さんには全部聞いて欲しいの」

継父に性的に虐げられ続けたあの数年間のことを。

中学に上がると同時に、私には自分の部屋が与えられた。実父の遺品やら、大昔から捨てずにあったガラクタが押し込まれていた納戸代わりの部屋を、継父の伸夫が綺麗に片付けてくれたのだ。それまで兄の勝と同じ部屋で窮屈な思いをしていた私は、自分だけの広々とした空間を手に入れて大喜びだった。好きなように部屋を飾れるので、インテリア雑誌をながめてみたりもした。ようやく可愛い小物を部屋に並べられるのだ。

勝もほっとしたようだった。兄は、猛勉強の末、絶対に無理だと言われた第一志望の樫ノ宮高校に合格して周囲を驚かせていた。しかし、あちこちから祝福を受けながらも、決して浮ついてはいなかった。ひとつの目標を達成した兄であったが、その先にある、さらに高いハードルを越えなくてはならなかったのだ。それは、大学に入り、この家を出るということ。

「最初は、おれ、中学だけでいいと思ってた。それで東京にいるあんちゃん頼って出て行こうって。でも、誰かに頼んなきゃ生きて行けない人生なんて、おれ、もうやだ」

自分のレベルよりはるかに上の学校に行くのだから、これからも勉強に集中する、と勝は宣言した。だから、ようやくひとりになれた部屋にこもっていても気にしないでくれ、と。

「はあー、相変わらず可愛気のないガキだ。誰に似たんだかねえ」

伸夫は、呆れたように言って母を見た。

「誰にも似てませんよ」

母は喜びに水を差された気分になったのか、吐き捨てるように言った。

私は、二人のそんなやり取りを見ながら、本当にそうだ、と思った。勝兄ちゃんは、お父ちゃんにもお母ちゃんにも全然似ていない。親子だからって似るとは限らないのだ、と。親に似たくない子は、自分の意志で逆らうことが出来るのだ。

「それに比べて、琴音はいい子だ。こーんな素直ないい子、世界中捜したっていなかんべよ」

仲夫の手放しの誉めように、私は、しきりに照れた。嬉しくて得意な気持も湧いて来る。

「琴音、こっち来いこっち来い」

うん、と言って、私は仲夫の許に行き、犬ころのようにじゃれ付く。私を幸せにしてくれる新しいお父さん。御礼に何をしてあげたら喜んでくれるのだろう。

私は気付くべきだった。女子中学生が大人の男にまとわり付いて遊び戯《たわむ》れるのが、どんなに不自然な事態であるかを。

いや、本当は気付いていたのだ。でも、自分自身を誤魔化し続けた。失いたくなかったのだ。こんなにも父親に可愛がられる幸福感を。血がつながっていないとはいえ、仲夫は、私の父親そのもののように感じられた。長いこと思い描いていた憧れの父親像をはるかに越えた親しみ。それを私にもたらしてくれたのだった。

自分に体ごともたれ掛からせたり、肩を抱き寄せたりする仲夫に、やはり初めはとまどった。けれど、何の含みもないような彼の様子に次第に慣れて行ったのだった。変に勘ぐって、よそよそしくしたりしたら悪いのではないかとも思った。せっかく私を大事な娘として扱ってくれているのに。

今となっては、何と愚かだったのかと後悔してもし切れないが、私は、愛情深い父親というものがどう振る舞うのかを知らなかったのだ。実の父の前では、突然の暴力に備えて気を張っていなければならなかったので、心からくつろぐなんて、とても出来なかった。

常に、身も心も防御の態勢にあった幼年時代だった。

仲夫の気安さは、そんな私の緊張感をいっきに緩めた。

「ノブちゃんといると楽しいね」

「そうかそうか。じゃここにチュって」

そう言って、自分の頰を指差す仲夫の言う通りに、私は、した。音を立てて、何度も何度も。

「二人共、とうととうと、そんな馬鹿みたいなことして。笑われっから止《や》めなさいよ」

見咎める母は、唇のはしをひくひくと痙攣《けいれん》させているが、絶対に本気の怒りをあらわにしない。父と娘のおふざけの範疇《はんちゅう》に収めておきたいのだ。本当はやきもちを焼いてるくせに、と私は意地悪く思う。兄ほどではないにせよ、私も仲夫に対して母が噴き出させる「女臭さ」に反感を持ち始めていたのだ。

「ほっぺのキスは、外国だと挨拶代わりなんだよね、ノブちゃん」

「そうそう。仲良し親子の挨拶なんだから、しゃああんめ」

母の下唇が、上の歯で隠れた。あ、すごく怒ってる。でも、ノブちゃんの前では私を怒れない。やーだ、お母ちゃん、女臭いったら。

何故、中学に入ろうとする頃の私は、母をあれほど嫌悪したのだろう。どうして、いちいち棘々《とげとげ》しい態度を取ってしまったのか。あの人は、ただ若い夫の気を引こうと必死だっただけなのに。前の結婚で閉じ込めておくしかなかった、自分の内なる生温かい部分を開放したのは、そんなにもいけないことだったか。

私は、自分の中にも母と同じようなものが隠されている、と認めたくなかったのかもしれない。男の一挙手一投足に左右され、その感情の揺れに翻弄される女。母は、まさにそれに見えた。

思えば、死んだ夫に対してもそうだったのだ。彼の気に染むように自らを痛め付けさせていた。彼の発散場所になることに甘んじ続けた。まるで、家に常備されているパンチングバッグみたいに。打たれるだけの喜びなんてある訳? 常にそう思い続けて来たけど、あったのだ。彼の死に際に知った。そんな愛の形。

そして、新しい夫には、また違う形で言いなりになっている。実の父とは全然違う種類の男のために、私や兄の見たこともないような女に姿を変えたようだ。でも、本質は同じ。母は、永遠に男次第の女だってこと。

男が一番の女は、子供に目が届かなくなる。実父の暴力から、兄と私をどうにか守ろうとした母だったが、結局は今回もままならなかった。

たぶん、どういう男と一緒になったとしても、そうなのだろう。この女は、子供を助けられない。母に対して、そんな勘が働いた。そして、それが言いようのない嫌悪感につながっていたのだろう。

はたして、私の勘は正しかった。

「琴音、新しい部屋への引っ越し祝い何がいい？　なんでも買ってやるよ」

継父の仲夫の嬉しい申し出に、私は胸を高鳴らせて考えた。欲しい物が沢山あり過ぎてなかなか選べない。

「何が引っ越し祝いなんだか。同じ家の中で。あんまり甘やかさないでちょうだいよ」

母が水を差すようなことを言うので、私は、むきになった。うんと高い物を選んでやる。

「私、ベッドがいい！」

「何、調子に乗ってんの！」

母は即座に私をたしなめた。思いがけない物をねだられた仲夫も、最初はとまどっているようだったが、やがて、大きな決心をしたように頷いた。

「よし！　太っ腹のノブちゃんだ。買ってやる」

少し歩けば周囲には田畑が広がり、視線を上げた先には、どこまでも山並が続く。慣れ親しんだ景色で、決して嫌いではなかったが、自分は田舎の子なんだなあ、とつくづく思う毎日だった。叔母の類子さんが貸してくれる雑誌などをめくると、そこには、わくわくするような世界が広がっていて、私は、田舎の子である自分とのあまりのギャップに落胆してしまうのだった。

そう感じさせるのは街の風景だけではなかった。ページをめくるたびに、都会の女の子たちの暮らしぶりに溜息が出てしまうのだ。うんと狭い部屋のスナップなのに、センスの良さがあふれ出ている。そして、そういう部屋には、必ずベッドが置いてあるのだった。

「ノブちゃん、私、こういうベッドが欲しい」

どれどれ、と継父の伸夫は私の開く雑誌を覗き込む。

「なーんか、おもちゃみてえだなあ」

「そお？　これにパッチワークのベッドカバー掛けるんだ」

「……パッチ？　なんだ、そりゃ」

「ちっちゃい布をいっぱいつなぎ合わせて、大きな布にするんだよ。カントリースタイルっていうんだって」

通り掛かった兄が鼻で笑って言った。

「馬鹿か。カントリーって田舎って意味だぜ。そんなもんなくても、元々、ここはカントリースタイルだろ？」

「うるさい！　勝兄ちゃん、あっち行け」

ふん、と嘲るように言って、兄は自分の部屋に戻った。彼は、今では伸夫を徹底的に無視していた。たまに言葉を交わすような局面を迎えかけると、馬鹿にしているのをはっきりと解らせるように、冷やかな視線を送る。

「ノブちゃんは勝兄ちゃんのお父さんでもあるんだよ？」

一度、そう言ってたしなめたことがあったが、兄は私を激しくなじった。

「二つの家を行ったり来たりして、どっちにもいい顔してるのが、なんで父親なんだよ。琴音、いい加減に目を覚ませ！　母ちゃん、材木屋の馬鹿息子の愛人のままなんだぞ！」

そんな言い方はひどい、と思った。仲夫のおかげで、私たちの生活は成り立っているのだ。経済的な苦労をする必要もなく、前のように体に傷を付けられることもない。その時の私は、傷の種類に関して、あまりにも無知だった。

自分の部屋を手に入れてから、私は時間をかけて、そこを好みの空間に整えて行った。仲夫にねだったベッドも運び込まれた。ベッドカバーのパッチワークは無理だったが、家庭科で習ったばかりの刺繡《ししゅう》を枕のはしにあしらうことは出来た。

そんな細々《こまごま》とした作業をしながら、これもまた仲夫に買ってもらったおもちゃのようなラジオを点けて耳を傾けた。大ヒットしているビリー・ジョエルの「オネスティ」が流れていた。初めて知る洋楽の世界は、私を大人の世界に連れて行ってくれるような気がした。

欲しかったものをわずかな間に次々と手に入れた私は興奮を抑えられなかった。このお部屋、まるで、私の秘密の花園だ！　そんなふうにうっとりするのにかまけて、入ったばかりのバレー部を止《や》めてしまった。あんな埃《ほこり》っぽいコートにいるより、ここで過ごしている方がずっと良い。幸せに浸るという意味を、私は、生まれて初めて知ったのだった。

仲夫は、部屋にこもりがちになった私の様子を、たびたび見に来た。

「ほーっ、ずい分と可愛らしい部屋になって来たなあ。琴音、インテリアの才能あるんじゃないか？」

「えへへ、ノブちゃん、これ見て。その内、こんな感じにして行きたいんだあ」

いつものようにベッドに腰を下ろしている仲夫の横に移動して、私は、雑誌の特集ページを開いて見せた。

「ｎｏｎ－ｎｏ？　中学生のわりには、ずい分、ませたの読んでんのね？」

そう言って、仲夫は私の肩を抱き、息のかかるところで、熱心に雑誌を読もうとする。

「ノブちゃん、もうちょっと離れて。なんか暑苦しい」

ごめんごめん、と言って、仲夫は、すぐに体を離す。その様子には何の他意もない感じなので、私も屈託なく暑がって見せる。でも、本当のところ、私は、少しずつ違和感を感じ始めていたのだ。

会ってすぐに好きになった仲夫には、自分の方から積極的に近付いて行った。親しみを表現したくてまとわり付き、思い通りに距離を縮めた。ノブちゃんと琴音は仲良しになったよ。そう言ってははばからなかった。

しかし、ひとり部屋で過ごしながら、洋楽のラブソングを聴いたり、大人びた雑誌を読んでいる内に、いつのまにか私は、無邪気になれなくなっていたのだ。この触れ合い方は、何かが間違っている。仲夫の体の一部が自分に接触するたびに、そう思うようになっていた。何故だろう、少し前までは、楽しくて仕方のなかったじゃれ合いが、不自然なことのように感じられる。

仲夫は、いつも私の頭を撫でた。何かにつけて、琴音は良い子だ、琴音は可愛いと言いながらそうした。そのたびに、私は得意になった。自慢するように、母を見たこともあったかもしれない。

しかし、ある時、ふと、自分の髪を仲夫が梳《す》く、かすかなゆらぎの音が不協和音のように聞こえたのである。何だろう、全然、嬉しくない。

その瞬間、私はうろたえた。こんなふうに感じたら、仲夫に悪いのではないかと思ったのだ。誰もくれなかった優しさをふんだんに与えてくれる素晴しい男の人に。でも、嫌だ。何だか、とても嫌だ。

それは、訳も解らないまま、感覚が弾かれて発した呻《うめ》きだったが、口にすることはとても出来なかった。気のせいに違いないと必死に自分に言い聞かせた。私は、そんな恩知らずじゃない。贅沢させてもらって、少しいい気になってしまっただけなんだ。

私は、それまで通り仲夫に接するようにした。たまにどうにもしがたい不快感がこみ上げて来たが、体の調子が悪いに違いない、と思い込んだ。情けなかった。いったい何故こんなことに？　私は、急速に大人になり始めたのを自覚出来ずに混乱していたのだった。

親しさが、どんどん増して行く日々の中で、仲夫は何の断わりもなく私の部屋の襖《ふすま》を開けるようになっていた。そこに移った最初の頃は、必ず声を掛けて私の承諾を得ていたというのに。

襖は音もなく、すうっと開けられる。そして、伸夫は、私の部屋に足を踏み入れる。それと同時に、畳が、しゅっとこすられる。そんな時、勉強机に向かっている私は、伸夫の気配に身を固くしながらも、必死に取り繕って、振り返りざまに元気な声で笑う。

「やーだ、ノブちゃんたら、びっくりするじゃない！」

ごめんごめん、と言いながら伸夫は近付いて、私を机に向き直させる。

「勉強の邪魔しないから続けて続けて」

うん、と返事をして、私は言う通りにする。背後から覆い被さるようにして、伸夫は、私の胸許に腕を回し、その手はまだ固い乳房の上を偶然であるかのように上下する。

「……ノブちゃん、煙草臭い」

私は、身をよじりながらそう言ったが、そんなのは、ずい分前から続いていたことだ。最初に会った時、伸夫の体から漂う薄荷《はっか》煙草の香りを嗅いだ私は、いい匂いと思わず口にしたのだ。

その時、そうかそうかと御機嫌になった伸夫は、私に自分の煙草の箱を見せた。それは、美しいグリーンでまるで高価なお菓子の箱のようだった。ダンヒルのメンソールだと教えてくれた。その辺の煙草屋では売ってないいんだよ、とも。

「一本、口にくわえてみな」

「え？　駄目。お母ちゃんに叱られる」

私は、酒の肴《さかな》を作っている母に聞かれやしないかと、ひやひやして台所の方を見た。

「平気だよ。火ぃ点けないから」

そう言って、伸夫は、私に煙草をくわえさせた。唇に、ひんやりとした良い香りが滲んで行く。

「もっと口をすぼめて、ちゅうちゅう吸うみたいにして動かしてみ。もっともっと……」

言われるままにしていたら、吸い口が濡れてべとべとになったので、唇から外して伸夫に返した。すると、彼は、それをそのまま自分でくわえて火を点けたのだった。

ああ！　なんて私は無知だったのだろう。伸夫のその一連の動作を見て、私は、すっかり心を許してしまったのだ。この人は、自分を本当の娘のように扱ってくれている。そう大きな誤解をしてしまったのだ。きっと、暴力をふるわない普通の家の父親は、このように娘に対して接するのだろう、と勘違いしてしまったのだ。

「琴音、どうした。ノブの煙草の匂い好きだったんべ」

「そうだけど……」

今は、大嫌いだ。吐き気すらする……とは、とても言えなかった。本当は、あっちに行けと強い調子で遠ざけたかった。

でも、出来ない。念願の自分の部屋を手に入れたから、もうあなたは用済みだ、とは、口が裂けても言えない。それを口にしたら、再びすべてが破壊に向かうかもしれない。

その代わり、私は言った。仲夫の気をそらすための名案を思い付いたような気がして、ことさら嬉し気に。

「私、好きな先輩がいるんだけど、どう告白したらいいかな。ノブちゃん、教えて?」

しかし、それは名案どころか逆効果だった。その日から、仲夫は、私の布団にもぐり込むようになった。

仲夫は最初から何も変わっていなかった。やがて私の布団にもぐり込むことも初めからねらっていたのだろう。彼は、そこに向けて、着々と私を手なずけて来た。しかし、私の方が急激に変わった。少女から大人へと一歩踏み込もうとする過渡期だった。体も心も、自分自身がとまどうくらいに変化しつつあった。それまで良しとしていたものが、次々と色褪《いろあ》せて行った。数日前の自分ですら子供じみて思えるほどだった。

男と女のことに関しても知った。深夜のラジオや雑誌の記事、そして同級生たちとの雑談などで、下世話な情報はどんどん耳に入った。それらは、なかなか憧れのロマンティックな恋とは結び付かなかったが、やがて経験すればたちまち腑に落ちるのだろう、と予想出来た。

仲夫が自分に対して仕掛けて来ることは、そのどれとも違っていた。茶化して笑いに落くとし込んだり、うっとりとするようなヴェールで覆われたものでもない。ただただ生臭く苦痛なものだった。

　最初、伸夫は、添い寝と称して体を密着させているだけだったが、やがて、横抱きにするようにしがみ付いて来た。そして、マッサージしてやると言って、あちこちを執拗《しつよう》に撫で回した。私は咄嗟《とっさ》に伸夫を押し退《の》けて起き上がろうとしたが、彼の力がそうさせなかった。

「琴音、暴れるとお母ちゃん起きちゃうよ。それでもいいんけ」

「お母ちゃん、寝てるの？」

「うん。今日は、うんと酒飲ませちゃったし」

　母に聞かれないと知り、私は、ほっとしていた。この期に及んで、何故⁉　と自分自身に啞然とした。私は、この男と母に気をつかっているのだ。

「ノブちゃん、もう止《や》めにしようよ」

「まあだ、まあだ。だいじだいじ。手わすらだけだから、じっとしてな」

　幼ない頃、実の父に傷付けられた私と兄に、母はいつも心配そうに尋ねた。大丈夫？と同じ意味でだいじけ？　と。お母ちゃん、今、私、全然だいじじゃないよ。

「琴音が悪いんだかんね。先輩がどうとか言って、このノブちゃんにやきもち焼かすんだから。こんなに大事にしてやってんのに」

今の大事は、別な意味の大事。私は、ナメクジみたいな舌で大事に舐《な》め回されて、全然だいじじゃなくなって行く。

〈小さき者たち〉

母の中には色んなママたちがいる、と桃太は、常々感じていました。時には似ていて、またある時には別人のような、そんなママたちが次々と顔を出しては、桃太を混乱させるのです。

もちろん、桃太の一番好きなのは優しくって、あったかいママです。しつこいくらいに頬ずりをしてくれて、キスキスと言って唇を尖らせる。そして、抱きながら背中を優しく叩いて、あまり上手ではない子守り歌を歌うママ。

「モモとモネっちがいれば、ママは、なーんにもいらないもんね。こーんな宝物を持っている奴が他にいるかよ」

宝物がうんと大事なものだというのは、桃太にも解っています。

「ママもぼくの宝物」

え、なーに？　と母は片耳の横で手の平を立てて、聞こえない振りをします。

「も一回、モモ、も一回言って」

「ママはーぼくのー宝物ー」

「そっかー。モネもうちらの宝物だから、ここには宝物が三個あるね。宝物同士、これからもよろしくお願いしやーす！」

そのおどけた口調がおかしくて、桃太は大笑いしてしまいます。すると、意味など解っていないのに萌音も手を叩いて笑います。母から生まれた笑いは、子供たちにつながり、やがて輪になり、いつまでも止まることがありません。

しかし、そんなママばかりが顔を出す訳ではありません。意地悪なママも、乱暴で恐ろしいママも、たまに登場して、桃太の身をすくませてしまうのです。

乱暴なママ、と言っても、子供たちに暴力をふるうことは、ほとんどありませんでした。勢い余って、体を揺さぶったりする程度です。でも、その代わり、母が大声を出したり、物に当たったりする回数は日に日に増えて行ったのでした。そのほとんどは、そこにいない人に向けてぶつけられたものでしたが。

ふざけんなー、ふざけんなー。

母は、そう言いながら、くず籠を蹴飛ばしたり、壁を殴ったりした後、力尽きたようにぺたりと座り込んで、唸るように呻くのです。

「どいつもこいつも馬鹿にしやがって、死ね！」

ある時、そのまま泣き崩れたので、桃太が背中を恐る恐る撫でると、こう言ったのです。

「止《や》めろよ、お荷物のくせに」

宝物だった筈の桃太は、その時、お荷物になりました。

桃太は、尋ねてみたことがあります。

「ママ、ぼくとモネは、ママのお荷物になっちゃったの？　もう宝物じゃないの？」

母は、驚いたように桃太を見ました。デパートの屋上のペットショップで、仔犬やら仔猫を見ていた時のことです。こういう時、母は幸せそうに目を細めているので、怒られないだろうと予想したのです。

「何、言ってんの？　お荷物の訳ないじゃんよ。モモとモネは、ママの一番大切な宝物だよ？」

「ほんと？」

そうひと言、言った途端、桃太は、こみ上げて来るものを感じて口ごもってしまいました。

「……こ、ここのワンちゃんより、ぼくとモネの方が好き？」

「当り前だよ、何、言ってんの？」

でも、でも、と先を続けようとして、桃太はとうとうしくじってしまいました。目からあふれる涙をこらえられなくなってしまったのです。慌てて自分の脇の下に顔を押し付けるようにして涙を拭う桃太を見て、母はかがみ込み、彼と目を合わせました。

「モモたちを、こんなワンコやニャンコと一緒には出来ないよ」

「でも、でも、ママ、ここの子たち好きでしょ？　ここに来るといつも嬉しいでしょ？」

「う……そうだけどさ」

隣でケージを覗いていた若い男女が、歓声を上げました。きゃー、超可愛いー！　ねえ、うち、これ飼いたいよ。駄目駄目、おまえ面倒見れねえしー。えー⁉　お願い！

ちっ、うるせえな、と母は舌打ちをし、それに気付いた男女は不愉快そうな表情で、その場を離れました。桃太の耳には、彼らのやり取りが残ったままです。

「あんなに、きゃーきゃー騒いだら、ワンちゃんたち、びっくりしちゃうじゃん。馬鹿かよ。さ、モモ、気分変えてここ出たら、外のスタンドでアイス食べよっか」

嬉しい母の提案でしたが、桃太の体は固まったように動かなくなりました。

「ママ、ぼくとモネのこと、ずっと飼ってくれる？」

は？　と言ったきり母は立ち尽くしています。

「飼って下さい。お願いです」

桃太は深々とおじぎをしました。

桃太がゆっくりと頭を上げると、そこには困惑し切ったような表情で母が彼を見下ろしていました。

「モモ、言葉の使い方、間違ってるから。今の内に直しときな。飼うってのはペットに使う言葉だから。人間の子供には使わないの」

「そうなの？」

「そうだよ。ママは、あんたたちを飼っている訳じゃない。育ててるんだから。解る？」

「うーん」

「ここのケージに入れられてる犬とか猫とかとは違うんだよ」

「この子たちは飼われているの？」

「売り物だから、閉じ込められてるだけ。その内、誰かに買われて行って、飼ってもらうんだよ」

桃太は、重ねられたケージの中で、てんでにくつろいでいる犬や猫をながめました。何匹かは、敷かれた毛布の上で気持良さそうに眠りこけています。この子たちは、育てられるのでなく飼われるためにここを出て行くという。彼には、その違いが今ひとつ解らないのですが、優しい飼い主さんに引き取られて行けばいいなあ、と思います。

「ペットショップは癒やされるね。心が安まるよ。見てるだけなら飼い主の責任とか言われないしね」

「セキニン……」

母は、桃太の髪をくしゃくしゃと掻き混ぜながら、小さなアメリカンショートヘアーを見詰めています。

「ママんちにも、昔、猫がいたんだよ。マリモっていう名前でさ」

「今は、どうしてるの？」

「死んじゃったよ。冬の朝、気が付いたら、庭で凍ってた。外に出たのに気付かないで鍵締めちゃったからね」

「ママの猫？」

「ううん。ママのママの猫。あの人は飼い主失格。育て主も失格……だったよね」

桃太は、外で凍った猫の姿を想像してみました。すると、何とも言えない恐怖がせまって来て身震いしてしまうのでした。

「マリモ、可哀相……」

「うん、可哀相だったね。私が悪かったんだ。外に出たっきりかもって一瞬思ったのに、そのまま戸締まりしちゃったからさ。勇太と彩花でいっぱいいっぱいだったもんなあ」

まるで、弟と妹も飼っていたかのような言いようです。

その日は、半日デパートで過ごしました。屋上のペットショップを出た後は、隣接する海の家を模したビアガーデンの隅のテーブルに陣取って、長い午後をやり過ごしたのでした。

ここに来るのは初めてではありません。平日の昼に開いていて、しかも、その時間帯はあまり人がいないので時間つぶしには最適なのだと母が言っていました。子連れで気兼ねなく長い時間いられるところはなかなかないのだ、とのことでした。

母は、ある時から桃太と萌音を連れてひんぱんに外出するようになりました。そして、行く先々で携帯電話をにらんでいる。メールを打ったり誰かと話したり、ずい分と忙しそうです。

その間、桃太と萌音は、じっと待たなくてはなりませんでした。お菓子やおもちゃを買ってもらって楽しい気分も、そう長くは続きません。ベビーカーにくくり付けられたような状態の萌音はむずかり始めて、仕舞いには泣き出し、桃太の手には負えなくなってしまいます。

「ママ、今日は、おうちに帰るんだよね？」

ああ？　と母はメールを打つ手を止めて、子供たちの存在にようやく気付いたかのように、桃太を見るのです。

「今日は、マンションには帰れないよ。今、真子と連絡取ってるからさ、モモたちだけ、あそこんちに泊めてもらうかもしれない」

そう聞くと、少し安心します。桃太は、母に連れられて、あちこちを泊まり歩きますが、やはり真子ちゃんの家が一番だと思うのです。あそこのだんなさんもとても優しい。夫婦二人で、桃太と萌音を一所懸命気づかってくれるのです。たとえば、こんなふうに。

「おい、蓮音ちゃん、どうなってるんだ。うちにしょっちゅう子供たち預けてくけど、大丈夫なのか？」

「うん、今、職探ししてるらしいから、もう少しだけ待ってあげてよ」

「職って、風俗じゃないよな……ってか、キャバクラもクビになったし、それしかないか」

しっ、と言って真子ちゃんは人差し指を唇に当てました。どうやら桃太に聞かれまいとしているようです。

桃太は、御夫婦を心配させないように元気な振りをして言いました。

「大丈夫だよ。マリモは凍っちゃったけど、ぼくはここにいて、あったかいから平気だよ」


〈娘・蓮音〉


桃太が誕生した喜びを一生忘れることはないだろう。蓮音はそう思った筈だった。その妹の萌音が生まれた時も幸福に包まれた。しかし、桃太の産声を聞いた時の方が無条件に嬉しかったのは事実だ。それは、どちらをより多く待ち望んだかというような問題ではない。桃太の時と比べると、萌音の場合は現実に引き戻されるのが早かったということなのだ。

蓮音はすぐに、子供というものが実に手の掛かる生き物であるのを思い知らされた。可愛くてたまらない自分の分身、と何の屈託もなく思い込むためには周囲の助けがいるものだ。

桃太を育てながら、彼女は感じ入った。

そりが合わない筈の音吉の母は、驚くほど親身になって、産後しばらくの間、本調子でなかった蓮音の体調を気づかった。とまどうことの多い赤ん坊の世話も率先して引き受けてくれた。

こんな田舎で格差を強調したりして、ずい分と嫌な女だなあ、と先入観を持って接していた義母が実は世話焼きで頼りになるのに気付いた時、蓮音は我身を反省したのだった。自分の思い通りに周囲をコントロールしたがるきらいはあるけれども、この人といると確実に安心出来る。それは、人生における経験知というものによるのかもしれない、と。

あの頃より断然楽じゃないか、と蓮音は思った。母の琴音が留守がちになり、ついには家を出て行ってしまった頃のことである。まだ幼ないのに、さらに幼ない弟と妹の面倒に追われたあれらの日々。助けを求めようにも誰も側にいなかった。いや、本当はいたのだ。しかし、父を始めとするその人たちは、蓮音が差し伸べてくれる手を必要としているのに気付こうともしなかった。

「あ、お義母さん、いつもありがとうございます。この間、買ってくれたロンパース、モモにぴったりでした」

「そお？　あー、良かった良かった。なんか安っぽいもんばっかり着せてるからね。ああいうの赤ちゃんの肌に良くないの」

「そうなんですか？　でも、すぐに大きくなるだろうから高いもん買ってもなーって」

「駄目駄目。最初が肝心なんだから。音吉のお兄ちゃんには、まだ子供いないし、今のとこ、桃太は松山家の大事な初孫でしょ。蓮音ちゃん、どうせ気が回んないんだろうから、これからも私が選んであげるわね」

　ふざけんなー。蓮音は胸の奥で呻いた。

　義母の言葉は、何かにつけて、蓮音の内でどうにかなだめていた反感を呼び覚ますのだった。そのたびに蓮音は、奥歯に力を込めて我慢しなくてはならなかったが、仕方ない。義母が孫の桃太を常に気づかってくれるのは事実なのだ。いちいち楯突いている訳にはいかない。

　夫の音吉は、妻と自分の母親が非常に良好な関係を作り上げている、と信じ切っているに違いなかった。蓮音が義母に対して、時には腹立たしさをくすぶらせることもあるとは思ってもみないらしかった。

　音吉は、妻を、小さな頃に実母に捨てられた可哀相な生い立ちを持つ女、と認識しているようだった。だから、今、細々と世話を焼いてくれる新しい母を得て、どれほど幸せだろうかと思っているのだろう。小言のひとつひとつが蓮音にとっては、ありがたいものに違いないと。

　そうだろう？　と音吉は尋ねて、そうだね、と蓮音が答える。すると、彼は、微笑みを禁じ得ない、という様子で、妻と息子の顔を交互に見るのである。

「男の子は母親に似るって言うけど、まだ、ぼくに似てんじゃないの？」

「そうかな。今日、昼間、お義母さんが来て、自分に似てるって言ってた」

「おふくろってば、勝手なこと言って」

音吉は、蓮音の前では母親を「おふくろ」と呼んでいた。でも、母と二人きりの時には「ママ」と呼ぶのを聞いてしまったことがある。その時も無性に苛立った。いけない、お義母さんにはあんなに良くしてもらっているのに。

蓮音の心には、かすかな苛立ちが少しずつ少しずつ降り積もっている。もちろん、心優しい鈍感さを携えた音吉は、そんなことには、まったく気付かない。その呑気で幸せな様子。蓮音は、いいな、と改めて思う。この人のこういうところが好きなんだ、と。有り得ないくらいの平和なお馬鹿さんぶり。だから、私の嫌な部分を見ることもなく、愛してくれた。

そう、愛だ。音吉の蓮音に対する、蓮音の音吉に対する、そして、二人の桃太に対する、この家は、今、愛に満ちている。小説なんかの書き言葉でしか存在しないと思っていたその単語が結晶化して、彼らのまわりにちりばめられている。美しいよ。そして、優しい。

そんな空気にむせながら、蓮音の息は詰まりそうになって行く。

「なんか蓮音ちゃん、疲れてるみたいだね」

「そりゃ疲れるよ。何しろ初めての子育てだもん」

「大変だったら、いつでもおふくろ呼びなよ」

「うん。ありがと」

礼を言った瞬間に、あんなババァ呼ぶもんか、と思ってしまう。けれども、その直後に自分自身がすっかり嫌になるのだ。

どうして、私は、素直に人の好意を受け止めることが出来ないんだろう。お義母さんの助けなしにまともな子育てなんて私に出来やしないのに。素直に甘えて教えを乞う義理の娘にどうしてなり切れないんだろう。

やり方を知らないんだ、と思う。人に可愛く頼ったり、可憐にすがり付く方法が蓮音には、どうしても解らない。そもそも実の母親の琴音にすら甘えられなかったのだ。

思えば、夫の音吉と会う前に関わり合って来た男たちにも甘えるどころか、しなだれかかることもしなかった。本当は弱味を見せて、心許ないから一緒にいて欲しいと言いたい時もあった。それなのに蓮音は、そう要求するための柔らかい言葉を持たないのだった。抱き締めて優しくキスをして、と言う代わりに、やけっぱちな調子で自分の体を投げ出すのが常だった。

このままでは、自分は誰にも大事にされない。蓮音は、しばしばそう思った。自分の手で、自分に対する人々の敬意を奪っている。そのことは、とうに知っていた。悲しい。どいつもこいつも馬鹿にしやがって。でも、そう仕向けているのは自分のせいでもあるのだ。

音吉と恋に落ちた時、蓮音は、これまでとは違う自分が生まれつつあるのに気付いた。まったく知らなかった本性が脱皮するように姿を現わしたのだった。これが、男と女の間にある本来の愛というものなのか。寄り掛かりたい。そして、寄り掛かってもらいたい。そう願いながら、まるで毛繕いをするかのように、日々の瑣末《さまつ》な出来事において互いを慈しむこと。

音吉くんの前では弱くたっていいんだ、と蓮音は気付いた。でも、その弱さは、彼にとっての好ましいものでなくてはならない。

蓮音は、子供の頃から忸怩《じくじ》たる思いと共にあった他者への甘え方というのを、夫のために学んで行こうとしていた。しかし、そうしようとすると義理の母の存在が立ちはだかるのだ。

「私って、ほら、サバサバした性格じゃない？　だから、物をはっきりと言う性質《たち》なのね。その方が相手のためになったりするし」

義母がそんなことを口にし始めた時は要注意だった。その後には、必ず何かしら蓮音への小言が付け加えられる。

「ねえ、蓮音ちゃん、あなた、お箸とお箸で食べ物を受け渡すの駄目だって知らなかったんだって？」

「あの、どうしてそれを？」

「この間、音吉がぼやいてたのよ。朝、出勤前にうちに寄ってってたんだけど、その時にね……」

「音吉くん、どうしてそちらに？」

「何か置きっ放しにしてあったもの取りに来たって言ってたけど？　ほら、あの子の部屋、ずっとそのままにしてあるから」

「そうですか……」

「そうですかじゃないよ。蓮音ちゃん、あなたね、外では恥ずかしくないようにしてちょうだいよ」

　義母が言っているのは、この間の外食の時のことだと解った。土曜日の休日、久しぶりに外で食事をしようと、桃太を連れて三人でファミリーレストランに出向いたのだった。子連れの夫婦という自分たちの姿が、気恥ずかしいと同時に何だか誇らしくて、蓮音ははしゃいでいた。音吉もくつろいでいて上機嫌だった。会社勤めにもようやく慣れて、余裕が生まれたようだった。

　けれど、不愉快の元はどこに隠れているか解らない。音吉と蓮音には、一致しない不快のポイントが多々あるのだった。

「この生姜《しょうが》焼きの味付け、けっこういける。蓮音ちゃん、ちょっと食べてみ？」

そう言って音吉が箸でつまんだ肉を差し出した時、蓮音は、そのまま自分の口を近付けて、ぱくりと食べてしまえば良かったのだ。ところが、彼女は、何の気なしに自分の箸でその肉を受け取ってしまったのだった。

「やめろよ！　それ！」

突然、激昂した音吉に仰天して、蓮音は肉を箸ごとテーブルに落とした。

「箸と箸で渡すのは火葬場で焼かれた骨だろ⁉　縁起でもない。そんなことも知らないの？」

ごめんなさい、と呟いたら泣けて来た。自分には知らないことが多過ぎる。そう思うと、情けなくてたまらない。この弱さは彼の好みでは決してない、と蓮音は思う。

蓮音がぽろぽろと涙をこぼし始めたのを見て、音吉は我に返ったようだった。困惑した表情を浮かべて紙ナプキンを差し出した。

「……怒ったりして悪かったよ。箸から箸に食べ物を渡しちゃいけないって教えてやりたかっただけなのにな」

「ううん、私がものを知らないから……ごめんね、私、いつも音吉くんを怒らせちゃってるね」

蓮音は、紙ナプキンで鼻をかんだ。

「そんなことないよ。怒ったりするおれが悪いんだ。怒るのは駄目だ……本当に怒るのはいけない……怒ったら上手く行くものも行かなくなる……怒るなんて……」

音吉は、呪文のようにくり返して「怒る」という言葉を否定しようとしていた。

「怒ってよ」

蓮音が彼を遮ってひと言、口にすると、音吉は目で問いかけた。

「音吉くんは、私を怒っていい、たったひとりの人ってことにする。でも、私は怒らないよ。私、小さい頃から、ずーっとまわりの人に怒って来たから、もう怒るのやめる。お母さんが怒ってばかりいると、子供に空気感染しちゃうもんね」

音吉は、手を伸ばして、まだ濡れている蓮音の頰に触れた。

「二人とも、怒らないことを目標にしよう」

「うん、いいよ」

「じゃ、指切りげんまん」

子供みたいだ、と蓮音は、つい吹き出してしまう。でも、本当に好き合っている男女は、いつでも子供同士に戻れるんだ。

短い間だけ吹き荒れた嵐の後に広がっていたそこはかとない幸せ。それを実感し、日々発見に満ちている、と嬉しくなった自分。音吉も同じ気持だと信じていた。それなのに、何故、義母に言いつけたりしたのだろう。いや、言いつけたつもりなどなかったのかもしれない。ただ愚痴を洩らしただけだったのかも。あるいは、何の気なしに世間話の流れで話したのか。そう自分に言い聞かせながらも、蓮音の心はざわつき始める。駄目。私たちの目標は、怒らないこと、だもの。

「あー、それとね、お風呂上がった後、蓮音ちゃん、脱衣場、びしょびしょのままにして置くんだって？　次に使う人のこと考えなきゃ」

そう義母は続けたっけ。私と桃太の後の次の人なんて、ひとりしかいないじゃないか。

蓮音は、自分の内に怒りが芽吹くや否や、それを摘み取った。そして、それをくり返している内に、すっかり習慣化した。これまで、数々の怒りが彼女の日常をだいなしにして来たのだ。自分自身の家族を持った今、同じあやまちはくり返したくない。

幸せ！　って口に出して言うようにすると、本当に幸せがやって来るんだって。そんなことを教えてくれた友達がいた。蓮音は自身の幸せな立場を充分自覚していたけれども、それでも怒りがこみ上げそうになると呟いてみる。幸せ！　私、幸せだ。でも、幸せって自分ひとりで味わうのはつまらない。

蓮音は、色々なところで幸せをアピールしてみる。友達に電話してみたり、メールを送ってみたり。ブログだって始めた。書くのは、もちろん、幸せ自慢だ。題して「ハスのＨａｐｐｙ　Ｄｉａｒｙ♡」。少女趣味？　でもいいじゃない、と彼女は思う。少女の頃の自分が少女趣味に浸れたことなど、ただの一度もなかったのだ。

桃太の世話をして、家事を片付けて、音吉のために夕食の準備をして日が暮れる。何と平和で穏やかな毎日だろう。もの心付いてから、結婚に至るまで、こんな日々が送れるとは夢にも思わなかった。幸せ！　私、幸せだ。

それなのに。幸せな筈なのに、桃太が泣き止《や》まなくなったりすると、どうして良いのか解らなくなり、叫び出してしまうのだ。自分自身の叫び声を聞きながら思う。これは、私のものじゃない。怒りだ。怒りという生き物が勝手に叫んでいるのだ。でも、いったい何故⁉

幸せ！　私、幸せだ、と言おうとしたのに、蓮音は、泣き叫んでしまう。そして、桃太を持ち上げて床に叩き付けたい衝動に駆られるのだ。

そんな状態になったある日のことだ。義母がいつのまにか部屋に入って来て、蓮音から桃太を取り上げた。

「ちょっと！　蓮音ちゃん、何してるのよ⁉」

蓮音は、すぐさま冷静さを取り戻して義母を見た。そして、ああ、良かった、と思うのだ。私には、ちゃんとブレーキをかけてくれる人がいる。それを認識した途端に、ありがたさがこみ上げて来て、怒りらしきものは、跡形もなく消えて行く。

「お義母さん、ありがとう。本当にありがとうございます」

日頃のうっぷんなどどこへやら、蓮音は何度も何度も礼を言い続ける。

何してるの？　自分が何をやってるのか解ってるの？

この問いかけが義母の口癖のようになるのに時間はかからなかった。まるで挨拶代わりだな、と蓮音は苦笑する。どんな小言も叱り付ける言葉も、何度もくり返されれば、通り過ぎて行った車のクラクションほどにも気にならない。御忠告ありがとうございます、と頭を下げるのも条件反射になった。そうしていれば、義母は、文句を言いながらも、どこか楽し気に蓮音のいたらなさを補ってくれるのだ。

結婚によって新しい母が出来るのだ、という思いは当初、蓮音の胸に期待と緊張をもたらした。大好きな音吉を産んでくれた人を失望させたくない、と思ったのだ。

実母の琴音に関しては、もうとうに諦めていた。恋しく思うこともない。自分にすべてを押し付けて逃げ出したずるい女、と今は思うだけだ。長い間、どうしてママはあんなふうになってしまったのだろう、と考え続けた。でも、解る訳がない。そういう人間だったのだ、と思うしかない。母親には向かない人種だったのだ、と。

新婚の息子夫婦の許をたびたび訪れる義母と接していて、蓮音は、母親らしい母親というのを目の当たりにしたような気がした。息子は自分の一部だと言わんばかりの振る舞い。もう成人しているというのに。そして、あらゆることに口を出す権利を母である自分が当然のように所有していると信じ切っている。麻也子さんは、うんとうんと母親なんだ、と蓮音は、自分に言い聞かせた。いつのまにか、面と向かってはお義母さんと呼んでいるものの、心の中では名前になった。

この人は私の母親じゃないんだ、と一緒に時間を過ごすたびに思い知らされた。麻也子さんは、音吉くんのお母さん。でも、私のじゃない。私の母親は、気が変になって病院に入ったっきり、姿を消してしまったあの人。

突然、蓮音の脳裏に、幼ない頃に母といた情景の断片が甦る。そうだ、私のママは、とても綺麗で、はかなかった。母親業を上手くこなせず、頼りにならなかったけれども、出汁巻き玉子をとってても上手く焼くことが出来た。あの、美しい人、どこに行っちゃったんだろ。

「もう！　どういう育ち方して来たの⁉」

義母が腹立たし気に言う。私の母は、こんなうっとうしいおばさんじゃなかった。と蓮音は唇を嚙む。うるせえんだよ、麻也子！

萌音が生まれてから、蓮音は、「てんてこ舞い」という言葉の意味が初めて理解出来た。もちろん初めての子だった桃太を育てるのもすべてが手探りの状態で大変だったが、年子の赤ん坊が二人いるのは、その比ではなかった。何しろ寝る暇さえないのだ。いつも朦朧《もうろう》とした状態の彼女が、機嫌良く音吉に接するのは相当な忍耐を必要とした。それでも、怒らない、と夫婦で誓ったのだ。必死に作り笑いをしてがんばった。そして、幸せ！　と口にして自らを鼓舞した。

音吉も最初の頃は育児に参加して、慣れない手付きで子供たちの面倒を見た。しかし、その様子は、まさに「参加」という感じで、何かボランティアをしているようでもあった。子育てが、この先、何年も続くものであるとは、想像もつかなかったのだろう。

「桃太が高校に入ったら、一緒にツーリングとか行こうと思ってるんだ。自転車で風を受けながらさ。川べりに停めて、魚なんかも釣ったりしてさ。ちょっとサローヤンの小説みたくね？」

「誰、それ」

「アメリカの作家だよ。『パパ・ユーアクレイジー』とか書いた」

「知らない」

そお？　と言って、音吉は肩をすくめた。この種のことを説明しても、蓮音には意味不明だととうに諦めているのだ。

何がサローヤンだ。そんな奴、知らねえよ、と蓮音は声に出さずに毒づいた。ツーリングまでに、どのくらいの年月がかかるのか解ってんのか。後、何回、二人分のオムツを替えなきゃならないと思ってるんだ。

若い夫婦は現実に振り回されているかと思えば、夢想することでそこから逃避するのをくり返していた。そうする内に、何度も衝突を引き起こしたが、そのたびに、怒らないことという共通の目標を持ち出して、どうにか持ちこたえた。

いつも限界すれすれのところで踏んばっているような蓮音だったが、それでも二人の子らの母親である幸せに浸ることもあった。

暖かな午後、昼寝する子供たちの背を優しく叩きながら、自分もとろとろとした睡魔に襲われる時、小さな頃から夢見たすべてのものが手に入ったような錯覚に陥り、ようやく本心から呟くことが出来る。幸せ……私、幸せだ、と。このまま、この子たちと死んでしまっても悔いはないかもしれない、と。

子供たちの寝息を聞きながら死んで行くのは、さぞかし幸せなことだろう。でも、自分の死んだ後に残されたこの子らの心配で、死ぬに死ねないかもしれないな。あ、先に子供を殺しておけば良いのか。でも、そうすると、今度は寝息が聞けないな。虫の息ぐらい残す感じで殺しかけて、自分と同時に呼吸が止まるのが、理想。

蓮音は、ぼおっとした頭であれこれと画策している。もちろん、本当に死にたい訳でもないし、ましてや自分の都合で子供たちを死に至らしめるなんてとんでもない話だ。子供を道連れにした無理心中なんて最悪の犯罪だというのは彼女にだって解っている。それでも、眠りに落ちかける時に習慣となった幸せの概念に思いを巡らせることを続けていると、死という言葉に辿り着いてしまうのだ。

変なの、と蓮音は思う。幸せと死なんて、全然結び付かない筈なのに、私の中では最後にこの二つの言葉は仲良しになる。幸せぶりを色々な人々に見せつけたい私なのに、それが死ぬこととつながってしまうなんて。変なの。

音吉に出会ってから、蓮音は、それまで考えたこともない事柄について考えるようになってしまった。考える、なんて自分には向かない筈だった。日々をただ生きて行くというのが理想だった。

それなのに、音吉は眉をひそめて、こう言うのだ。

「それって、流されて行くっていうんじゃないの？」

非難されているんだ、と蓮音は、しょんぼりして口をつぐんでしまう。

「蓮音ちゃん、おもしろおかしいことばかり求めようとする傾向があるよ」

それは違う！　と蓮音は叫びたかった。今の生活では滅多におもしろおかしい目になんて遭えない。夢のまた夢。でも、それを知りつつ、空想の中で求めてみたってばちは当たらない筈だ。

心の中には反論の言葉が渦巻いているが、音吉に逆らうことは出来ないのだった。だって、彼の言うひと言ひと言が正しいのだもの。自分と子供たちのために大学を止《や》めてまで尽くしてくれる偉い人。そう自身に言い聞かせていた筈だった。それなのに、どうして昔の仲間に出くわすに決まっている場所に、のこのこと出向いてしまったのか。

その日、蓮音は、買い物の後にデパートの屋上のペットショップを覗いてから、隣接するオープンエアのカフェレストランに立ち寄った。近頃、お気に入りのコースだった。ここで、ビールを一杯だけ、大切に飲む。このカフェは、季節によってビアガーデンになったり屋台村になったりするのだが、彼女が寄る午後の早い時刻には、あまり客がいなかった。店員ものんびりしているので、せかされる感じもなく、心の底からくつろぐことが出来た。

昼からビールを飲《や》っている、なんて音吉に知られたら、彼は何と言うだろう。ううん、きっと何も言わない。それこそ呆れてものも言えない状態になるだろう。そして、不機嫌さをあらわにして部屋を出て行く筈だ。今晩は、うちに泊まるから、と言い残して。

うち。音吉にとってそれは、妻と子供たちの住むマンションではないのだ。思えば、結婚した当初から、実家をうちと呼び続けていた。そして、それを決して変えようとはしなかった。まさに蜜月と呼べるような新婚生活の中で、裸で睦《むつ》み合うことばかりくり返していた頃は、全然気に掛からなかったのだが。彼にとっての「うち」と、自分にとってのそれが違うのだと気付き始めたのはいつ頃からだったか。

蓮音は、唯一の贅沢である昼下がりの一杯のビールを舐めるように飲みながら、数日前に再会した仲間たちのことを思い出した。馬鹿で、野蛮で、女なんてやる道具としか思っていない男たち。でも、彼らとの記憶はなんて気の利いた酒のつまみになることだろう。

子供たちを寝かし付けた後、蓮音は、まるで夢遊病にでもかかったかのように、ふらふらと外に出たのだった。そして、音吉の不在を恨みながら歩いていたら、いつのまにか、結婚前に通っていたスナックに辿り着いて扉を押していた。

よお！　と遊び仲間だった純一が驚きもせずに片手を上げて言った。

「蓮音、おまえ、どこ行ってたの？」

おまえ、という懐かしい響きが蓮音を引き込み、時間はいっきに巻き戻された。

中学の頃、アルコール依存症の父親を持った同級生が嘆いていた。うちのアル中親父、せっかく酒止《や》めてたのに、スリップしてまた飲み始めてさあ。

それだ、と蓮音は思った。スリップ。自分も同じだ。

第七章

〈母・琴音〉

母が伸夫に献身的に尽くすのを見るたびに心の奥深くから相反する感情が交互に湧き上がり、私自身を押しつぶそうとするのだった。

そんな男に奉仕して、お母ちゃん、あんた大馬鹿者じゃないか。そいつがあんたの娘に毎晩何をしているのか知ってんのか。そう大声を上げたいくらいの激しい怒りがこみ上げる。

かと思えば、私がいい気になっていたせいで、こんな事態を招いてしまった。私が悪いんだ。お母ちゃん、ごめんなさい。騒ぎ立てたら、この家は滅茶苦茶になってしまう。そう思って我慢していたら、エスカレートして、もうどうにもならなくなってしまった。そんな取り返しが付かない思いに襲われ打ちひしがれてしまうのだ。

揺れ動く心を抱えて日々を過ごしている内に、自分のいる世界が現実なのか非現実なのか、その境目があやふやになって行く。夜中に私の布団に伸夫が滑り込んで来る時、夢だ、これは夢だ、と自身に言い聞かせるようになった。すると、本当にそれは眠りの中のことのように感じられて来るのだった。

けれども、目を覚ます時は確実に来る。あのねばねばとした伸夫の感触をどうにか消し去ろう、そうしてこの夢から覚めるのだ、と決意したら閃《ひらめ》いた。少しだけ強い刺激を与えてやったらどうだろう。体が目覚めれば、頭もはっきりするに違いない。

私は、手っ取り早いやり方を選んだ。机の上のペン立てにあったカッターナイフで肘の内側を切ったのだ。そこは、腕の一番柔らかい部分で、すうっと綺麗に線が引けた。見る間に血が盛り上がり、赤い爪楊枝《つまようじ》を置いたようになった。それを見詰めていたら、ようやく気分が軽くなった。なんだ、体の痛みって案外と楽じゃないか。伸夫にいじり回される不快感より、ずっとずっとましだ。

皮膚を切ることで息継ぎが出来るのを、私は知った。まるで、深いところに沈められていた水の中から、ようやく上がって来て顔を出したような、密閉された部屋に入れられて窒息寸前になった状態の時に窓が開けられたかのような、そんな気持。澱んでいた空気が、皮膚を切ることで一瞬の内に新鮮なものに交換される。

私は、何度もやった。くり返している内に癖になってしまった。まずいことになったと思わないでもなかったが仕方ない。だって、体を傷付ければ傷付けるほど、心の方が楽になるのだ。

仲夫が私にし続けたおぞましい行為を性的虐待と呼ぶのだと、ずい分と後になって知った。七〇年代の終わり、まだその言葉は一般社会に浸透してはいなかった筈だ。

性犯罪というものに関してなら、うすうす知っていた。それが、罪だということも。けれども、自分の受けている苦痛が、そのことによるものだとは認めにくかった。何故なら、私は、仲夫の言いなりになっていたから。激しく拒絶することも出来た筈なのに、そうしなかった自分が、犯罪の被害者とは言えない、と思い込んでいた。

それに、自分を犯罪の被害者と認めるなんて、あんまりにも惨めじゃないか！　私は、自分自身の幼ないプライドを守るために、継父の言いなりになっていたのだった。こんなことぐらいで傷付けられてたまるか、と歯を食い縛ってがんばろうとした。そして、傷付けられる前に、自らを傷付けることを選んだ。深過ぎない切り傷をカッターで付けて行くのは、どれほどの安寧《あんねい》をもたらしたことか。

苛々するたびに切った。上腕には我ながら惚れ惚れするくらいに鮮やかな傷が規則的に並んだが、やがて治りかけるにつれて美しさを失い、おばあさんの皺《しわ》みたいに醜く引きつれた。それを認めた途端、再び収拾の付かないむしゃくしゃした気持に襲われ、また、切る。

「琴音、これどうしたんだ？　おまえの腕、傷だらけじゃねえか」

ある日、暗闇の中で琴音の腕を撫でながら、仲夫が言った。

「なんでもないよ。学校で喧嘩しただけ」

「ほんだけっとが……」

琴音のパジャマの袖をまくり上げようとする仲夫を制して彼女は言った。

「苛《いじ》められたんだよ。皆に押さえ付けられて、かっつぁかれたんだよ」

「ほうか……」

何故か安心したように溜息をつき、仲夫は、今度は、パジャマの前のボタンを外して行き、琴音の胸をまさぐろうとした。

「琴音は、人一倍可愛いから目ぇ付けられれっちゃうんだろうなあ。可哀相、可哀相。今度なんかされたら、ノブちゃんが学校に乗り込んでやっかんね」

仲夫の体の重みにもがきながら、これを犯罪にするのは無理だ、と思う。自分にもう逃げ道なんかない。でも、本当はこのべたべたした体から、臭い息から、私、逃げ出したくってたまらない。

あれから三十年近い年月が流れて行く間、私は、ずっと逃げたいと思い続けて来た。そして、実際に何度も逃げた。その先で、しがみ付くように結婚した笹谷隆史との生活の中でも同じだった。子供たちは、私をつなぎ止める杭《くい》にはならなかったのだ。

ふと気が付くと、もう私の体は夫や子供たちと暮らす家にはなかった。そこは路上であったり、叔母の類子さんの店であったり、出会ったばかりの男の家であったりした。実家のこともあった。あんなに逃げ出したいと願った場所に我知らず戻っていたとは、何という皮肉か。いつのまにか、伸夫は姿を消していて、そこには、背中を丸めた母だけがいた。

「ノブちゃんねえ、あっちの家に連れ戻されっちゃったのね」

母は、そう言って肩を落としたが、そんなのは嘘に決まっている、と思った。長い間、のらりくらりと都合良く二つの家を行き来していたあの男が、突然改心して聞き訳良く妻子の許に戻る訳がない。私の精神状態が悪化したことでとばっちりを受けたくなかったのだろう。あるいは、新しい女が出来たか。いずれにせよ、母は捨てられたのだ。

「類ちゃんが、ここに来て一緒に暮らすって言ってくれてるんだけど、どうしたもんかねえ。そうなったら、ノブちゃんが帰って来にくくなっちゃうよねえ？」

いきなり何か棒のようなもので足払いにされた気がしてかがみ込んだ。私に見えない凶器は、そこら中にある。そして、いつまで経っても、自分に対して使われるまで、その存在に気付くことが出来ないのだ。倒されて呻いて、ようやく気付く。逃げなきゃ、私、逃げなきゃ。

思えば、小学生の頃、実の父親の暴力から逃げるために家出して以来、私は、ずっと逃亡者だった気がする。そうでなくなったのは、再び信次郎さんとめぐり合ってからだ。自分の内にあり続ける罪の意識について語る私に、彼は苛立って言う。

「あー、意地焼《いじや》けっちゃう。琴音の言うこと聞いてっと日が暮れっちゃう」

「ひどいよ。私の身の上話、ちゃんと聞いてよ。どうして、子供を捨てなきゃならなかったか……私、答えを見つけなくちゃならない」

「捨てちゃったものは、もういくら弁解しても仕方ないよ。琴音は、その時、逃げることにとり憑かれちゃったんだから」

伸夫が母の目を盗んでくり返す性的虐待は、高校に入るまで続いていたが、いつのまにか止《や》んだ。ある時、私が大声で叫び出したのだ。

それは、伸夫が勉強中の私に体をこすり付けて来た時でもなく、真夜中にこちらの布団にもぐり込んだ時でもなかった。点けっ放しのテレビの前で夕食の膳を囲むという、ごくありきたりな家族団欒に見えるひとときでのことだった。

私は、テレビ画面に顔を向けたまま、口に入れた食べ物を黙々と咀嚼していた。どんな番組をやっているのかも解らなかった。ただただ逃げ出すということに意識を集中していた。そう、自分は逃げなくてはならない。そうしないと、また夜、あの悪魔がやって来る。

無理強いされている自分というイメージが嫌で、私は、体に触られても、伸夫に普段のように接してしまうのだった。さらには、母や兄から気をそらすために愛想良く振る舞うことすらあった。自分がされているのは取るに足らない行為だと思いたくて必死だった。こんなの、どってことない。そう思うことで、私は感情を自分から抜き取り、その場をやり過ごそうとしていたのだった。

私の試みは、やがて習慣化したようだった。食事をしながらも、心を飛ばしてしまうようになった。そうすれば、伸夫と共に食卓に着くことに何の問題もない。しかし、時折、唐突に激しい感情の波がやって来る。腕を切り刻むだけでは間に合わない憎悪のようなものが。そして、何かが耳許でそのかすのだ。逃げろ逃げろ逃げろ。

何度も自分を抑え付け、その声を鎮めるのに成功して来た。ところが、その日の夕食時には何かが違った。口の中で唾液と混じり合った米粒が、とてつもなく嫌らしい甘ったるさに感じられたのだった。

「何これ、このごはん、変な味する。トイレの芳香剤みたいな臭いもするよ」

誰もが怪訝な表情を浮かべて顔を見合わせる中、私は、口の中のものをぺっぺと吐き出した。その瞬間、突然、食道から息が噴き上がったかのように、叫んでいた。怒りが声帯をくぐり抜けた感じだった。うおーっ、うおーっ、と獣じみた自分の声が家じゅうに響くのを聞いた。まるで、声の嘔吐《おうと》だ、と思った。その日、私は、この世界からのひとつの逃げ出し方を知った。

家族の皆が、叫び続ける私を唖然として見ていたらしかった。らしかった、というのは、その間じゅう、私の意識は飛んでしまっていて、ほとんど記憶がなかったためだ。

ひとしきり大声を出し続けた後、今度は呼吸が出来なくなり、私は、声にならない声で助けを求めた。そのあたりのことは覚えている。苦しさのあまり、我に返ったのだ。

母と兄が、私の背をさすったり、水を飲ませようとして必死になった。その甲斐あって、少し経って私は落ち着きを取り戻した。だいじけ？ だいじけ？ と何度も母は尋ねて、私はそのたびに頷いた。いつのまにか、涙と汗で、顔じゅうが濡れていた。

兄の渡してくれたタオルで顔を拭きながら、私は伸夫に視線をやった。彼は、顔面をひくひくと痙攣させながら、こちらを見ていた。かなり衝撃を受けているようだった。その情けない顔を見ていたら、いい気味だと思うと同時に、憐れみのようなものが湧いて来た。醜い男。私が大好きなくせに、体をいじくり回して、唾をなすり付けるしか能のない阿呆。伊達《だて》男気取りのくせに、口の臭い、救いようのない男。くず。でも、そのくずをお母ちゃんは好きで好きでたまらないんだ。

私は、タオルの陰から、にいっと笑いかけた。それを認めるや否や、伸夫は、ひっと小さな悲鳴のようなものを上げて、茶の間を急ぎ足で出て行った。

「なんだ？ あいつ。琴音が心配じゃねえのかよ」

兄の言葉に、私は、微笑んで見せた。

「まるで、妖怪でも見たみたいだったね。お母ちゃんも勝兄ちゃんも、ごめんね。私、もう大丈夫だから」

「もう！　琴音は、びっくりさせて。具合、前から悪かったんかい」

母は、そう尋ねながら、まだ私の背をさすっていた。兄も不安気に私を見詰めたままだ。

「琴音、おれ、来年、大学受かったら東京に行っちゃうんだよ？　だいじ？」

兄は、その頃、一年間だけという約束で浪人生活を送っていたのだった。一番行きたかった志望大学に落ちてしまい、諦め切れないから再チャレンジさせてくれと、仲夫と母に土下座してまで頼んだのだ。しかし、本当は、妹を見る仲夫の視線に不穏なものを感じていたのだろう。

でも、その時にはもう遅かったのだ。

自分の身も心も自分自身で守らなくてはならないんだ。私は、常に頭の片隅でそう考えているようになった。しかし、まだつたないこの頭では、具体的にどうして良いのかが解らない。

私は、叫んだり呼吸困難になってもがいたりした後に見せた自分の笑顔が、仲夫をぎょっとさせたことを思い出していた。そこにヒントが隠れているのではないか。

そう閃いて以来、私は、仲夫の前でわざと叫んだり、そして、その直後にへらへらと笑ったりしてみた。すると、彼は、おもしろいようにうろたえてしまうのだ。そして、薄気味悪いものを見るように私を見詰める。

夜中、私の部屋に忍んで来る回数も目に見えて減って行った。それでも時たま我慢が出来なくなるのか、こっそりと布団をめくり上げるのだった。

「ノブちゃん、横に入る？」

「琴音、珍しく優しいね」

「だって、ノブちゃん、手わすらしたいんでしょ？」

その言葉に誘われるように、伸夫は布団に滑り込み、私のパジャマの上着の下から手を差し入れた。その瞬間、爪のささくれが皮膚を引っ掻いたので、私は笑った。

「どしたんだい？」

「ノブちゃん、親不孝でしょ」

「何、言ってんだ」

ささくれが出来るのは、親不孝の証拠だって話だよ？　声に出さずに呟いた。私の人差し指の先にも出来ている。親不孝者だ。

「琴音、さっきから、なーに、くすくす笑ってんだ」

それには答えずに、今度は、うふふと声に出して笑ってみた。すると、どういう訳か止まらなくなってしまったのだった。うふふ、うふふ、うふふふ……。私の笑い声を聞きながら、しばらくの間、沈黙していた伸夫だったが、突然、飛び起きて、部屋を走り出て行った。何、慌ててんの？　馬鹿みたい、うふふ、うふふ。

そんなことをくり返していたら、病院に連れて行かれるようになった。でも、精神科の先生には嘘ばかりついていたので、私に何が起こったのかは、結局解明出来なかった。ただ自分が嫌いで嫌いで仕方がないのです、と告げると、先生は、私の腕の傷たちを見て、少し得意な表情を浮かべ、さもありなんとばかりに頷くのだった。

記憶が飛んで思い出せないことが多々あるとはいえ、私の心が、時折、深刻に病んでいたのは認める。自分を楽にする方法は、他の同級生たちのそれとはかなり違っているようなので、ああ、そうなのか、と気付いた。私は、いつまで経ってもアイドルに嬌声《きょうせい》を上げたり、はやりの可愛いらしい小物を欲しがったりはしなかった。けれども、皆と同じように振る舞うことだけは常に意識していた。集団からはみ出したくない、と強く思ったのだ。これ以上、生きにくい日々を送るのはまっぴらだった。

学校生活で精一杯作り笑いをして家に帰ると、たまっていたうっぷんをはらすかのように、腕を切った。そうすると、見る間に、すうっと心が軽くなる。自分の皮膚が、びりびりと切っても許される紙のような気がした。それは、御自由にお試し下さいと言わんばかりに、常に、私の腕に貼り付いているのだ。便利、便利。

その一方で、私は、わざと気が触れた人のような態度を取ったりもした。それは、主に伸夫も含めた家族の前で演じられる、ちょっとした寸劇のようなものだったが、彼らがいちいち困惑するのを目の当たりにして、私は、すっかり悦に入ってしまったのだった。

虚《うつ》ろな目をして、訳の解らないことを呟いて見せる時の伸夫や母の反応が愉快でたまらなくなり、何度も違うパターンを見つけてくり返した。そして、その内、演技なのか真実なのかが解らなくなってしまった。すると、学校でも、ふとした拍子に普通ではない言動が出るようになった。しかし、十代の少年少女たちは、それを愉快なものと受け取ったのだった。

私は、ちょっと変わったおもしろい人、と言われるようになった。すると、それが嬉しくて、皆の期待に応えるべく、ますます風変わりな女子高生を演じたくなってしまうのだ。そうしている内ににぎやかな女生徒たちの輪の中心にいるようになった。そこで、お道化《どけ》ているると、おもしろがって男子生徒も寄って来る。

いつのまにか、私は、異端の人気者として認知された。それが、異端どころかフェイクであるのを自分だけは知っていた。家で腕を切り刻んでいる人気者などいるものか。体じゅうを汚れた舌で舐め回された人気者など。私の毛穴は、あの男の唾液でとうに塞がれて、呼吸すら出来ないままなのだ。

琴音ーっ、プチコミック新しいの読むー？　と誰かが尋ねる。読むよーっと私は明るく答える。

とうとう私は、誘い勝手の良い女子として認知された。話しやすい雰囲気を醸し出しているらしく、人寂しい気分の時の相手としては持って来いという感じだったのだろう。気軽にちょっとした相談ごとを持ち掛けられるのもしばしばだった。たゆまぬ努力の成果だ。

自分たちとは異質だと感じる子らに意地悪くあしらわれた小学校時代が、まるで嘘みたいじゃないか。私の汚れた衣服や穴の開いたパンツを見て、嘲り囃し立てた子供たちを思い出すと、今でも残る冷たい怒りを感じて、極めて静かな気持で思う。あの子たち、死んでいれば良いのに。死ね。

「今度の日曜日、琴音、暇ない？　少年野球の試合付き合ってよ」

いつも何かと一緒に行動することの多い陽子《ようこ》が言った。

「少年野球？　高校生は高校野球観に行くんじゃないの？」

「弟がチームに入っててさ。その日、うちの親、親戚の用事で観に行けないんだわ。そのリーグの試合って、うちのビッグイベントな訳よ。母親が楽しみにしてたのに行けないんで、すっごく残念がっちゃってさあ、御弁当やら何やら持ってって応援して来なってうるさくって」

「何やらって、何？」

「レモンスライスの蜂蜜漬けとかさ」

「へー」

「へーって……スポーツ応援の基本でしょ」

十月なのに夏のような暑さが続いていた。埃っぽいフィールドで、子供の野球を観るのは、どうにも気が進まなかった。

「あ、そうだ。琴音が行きたくなる話、してあげるよ。弟のチームの監督さん、笹谷さんっていうんだけどさ、すごく格好良いんだよ。元高校球児でさ」

「おじさんでしょ?」

「そりゃまあ、あたしらからしたらそうかもしんないけど、監督さんには大人の魅力があるよ。ねー、お願いお願い、今度、オリオン通りで何かおごるから」

私は、仕方がないなあ、というポーズを取りながら承諾した。元々、断わる理由もことさらなかった。週末に家にいても、母の愚痴を聞かされるだけだった。伸夫の足は、我家から遠のくばかりだったから。

日曜日、野球場の観客席から手を振る陽子につられてベンチに目をやると、そこには、やがて私の夫になる笹谷隆史がいた。

「まだ試合時刻まで間があるから、挨拶しにベンチまで行こっ」

陽子に無理矢理連れて行かれるような格好で、私も観客席から降りた。フィールドでは選手たちが既にウォーミングアップをしていた。晴れ渡った空の下、何と健全な光景だろう。私は場違いな自分を感じた。

ベンチの中では、控えの選手たちが思い思いに試合の開始を待っていて、その前に仁王立ちしているのが笹谷隆史だった。時折、両手を口許に当てて開き、フィールドの選手たちにアドヴァイスを送っている。

　陽子に気付くと、隆史は微笑んで会釈した。その後、私に視線を当てて、とまどったような表情を浮かべた。

「あ、監督、この子、私の同級生の下田琴音さんです。今日、うちの親たち来られないんで付き合ってもらったんです」

「そうなの？　ずい分と大人っぽいからお姉さんか誰かかと思った」

「えーっ、琴音が大人っぽいですかあ？」

　陽子が媚《こ》びるように言った。すると、隆史は曖昧に笑い、二人はそのままチームの調子について話し始めた。

　私は、ぼんやりと彼らの様子をながめていたが、その時既に、笹谷隆史という男が自分にとって重要な意味を持つに違いない、と思っていた。直感、のようなものだ。

　最初に、陽子の脇にいる私に目を留めた瞬間の隆史の反応。何の前触れもなく、唐突に自分の好物を差し出された時に、男は、あんな顔をする。そのことを、私は、もう知っていた。だって、伸夫だって一番初めは、そうだったんだもの。自分好みだと気付かれないよう、たいして興味がなさそうに目を泳がせたりするのだ。

　伸夫には全身に浮き上がる灰汁《あく》のようなものがあったが、隆史にはまったくなかった。そこには、私に対する好意だけがあった。表に出す訳には行かないとばかりに何食わぬ顔をしていたが、それは見事に失敗していた。陽子との会話のさなかに、彼は、私と目を合わせ過ぎていたのだ。

私は、陽子に断わって、いったん観客席に戻ってから再びベンチに走り、クーラーバッグの中から持って来たタッパーを開けて、隆史に、はい、と差し出した。

「レモンスライスの蜂蜜漬けです！　笹谷監督のために用意しました」

陽子が口をあんぐりと開けたまま、私を見た。

後の隆史との結婚式で、私の友人代表としてスピーチに立った陽子は、この時のことをおもしろおかしく披露して招待客を笑わせた。

「まさか、私の仕込んだレモンスライスの蜂蜜漬けが、そのまんま、お二人の結婚の仕込みになるなんて思いませんでした」

私と隆史は、それを聞いて顔を見合わせ、微笑んだ。

少年野球の試合を観戦に行って以来、私は、隆史を追いかけて追いかけて、そして、高校を卒業したその足で彼に会いに行き、自分から結婚を申し込んだのだった。

「レモンスライスの蜂蜜漬けも知らなかった女が、ですよ？　私の弟の練習や試合を手作り弁当持参で観に行くようになって……、ええ、選手の姉抜きで……」

陽子の言葉に会場が沸く。親族席では母がハンカチを目に当てている。その横に伸夫の姿はない。絶対に招《よ》んでくれるな、と頼んだのは私だ。

自分の身は自分で守る、と決めた私があちこちを彷徨《さまよ》いながらも、ようやく辿り着いたのが、この結婚だった。病んだ心を抱えた私にとって、健全を絵に描いたような隆史は、あまりにも眩しく思えた。側にいるだけで鬱屈《うっくつ》している自分の心の中に立ち込める霧が晴れて行くような気がした。

隆史の言葉は常に明快で迷いがなかった。それは私にいつも真っすぐに入り込んで来て心地良かった。彼の言うことさえ聞いていれば、私は過去から解き放たれ自由になれるのだ、と確信した。もう、何も心配することはない。私は、結婚生活という安全地帯に逃げ込めたような気になっていたのだ。ここここそが私のシェルターだ、と。

でも、それが大きな間違いだったなんて、どうして、二十歳になったばかりの自分に解っただろう。

私の結婚の申し込みに、隆史は、嬉しさを満面にたたえながらも、こう言った。

「成人式を迎えるまで待たなきゃいけないよ。大人になってから、改めて、ぼくの方からプロポーズする」

大事に思ってくれている、と嬉しかった。でも、そんなことを言いながらもコンドームを着けずに私を抱いたから妊娠してしまった。母親になるにはまだ早いと思った私は、ひとりきりでこっそり堕ろしに行った。幸せには準備がいる。人の命が地球より重いなんて言葉が嘘っぱちだと解ったのは、収穫だった。

〈小さき者たち〉


「おなか、ちゅいた、おなか、ちゅいたよお」

萌音が横たわったまま親指をしゃぶり、桃太に訴えています。母が最後に姿を見せてから、もうどのくらいになるのでしょうか。空腹と喉の渇きは、ますますひどさを増すばかりです。おまけに閉め切ったこの部屋の蒸し暑さときたら。

そこには、狭いながらもベランダがありましたから、何とかして出てみようと幾度も試みたのですが、二つ付いている鍵の片方がどうしても動かないのです。

「上の方に付いてるやつは、空巣《あきす》よけなんだってさ。下手《へた》に触るとでっかい音が鳴るから、絶対にいじったりしないでよ」

母は、桃太に教え諭すように言いました。解った？　と何度も念を押す母を見詰めて、彼は、こくりこくりと頷きました。言うことをちゃんと聞ける良い子だ、と思われたかったのです。

でも、今となっては叱られても良いから、新鮮な空気を萌音に吸わせてやりたかった。でないと、どんどん弱って行ってしまう。それなのに鍵はびくともしません。

母は、言葉の遅い萌音に対して、しょっちゅう苛立っていました。

「あー、もう！　なんだって、こんなにも発達が遅れてんの？　モモがこのくらいの時は、ちゃーんとお話し出来るようになってたのに。何⁉　なんなの？　何が欲しいんだよ‼」

仕舞いには体を揺さぶられ、萌音はますます言葉を失ってしまい、混乱している内に泣き出してしまうのでした。そして、ひとたびそうなってしまうと止まりません。

「ね！　モネちゃん、ママさ、疲れてんのね。お願いだから泣き止《や》んで。ね？　ね？」

そんなふうに今度は懇願し始める母でしたが、萌音の泣き声はさらに大きくなって行くのです。

「もう、やだ……」

そう呟いて、今度は、母までが泣き始めてしまうのでした。床にぺたりと両膝を付けたような座り方で、天を仰ぐような格好で泣くのです。それは、まるで、前にテレビで観た大昔の雨乞いをする人のようでした。そして、最初は啜《すす》り泣きだったそのせつなげな声が、どんどん大きく、やがて叫びのようになって行くのです。

「もうやだよーっ、死んじゃいたいよーっ、誰か殺してくれよおーっ‼」

誰が、こんなにも憐れな母を殺せるというのでしょう。

手放しで泣き叫ぶ母と、まるでそのミニチュアみたいな格好で吠えるように声を上げる妹を、桃太は、ただ見詰めるしかありませんでした。

時折、二人に巻き込まれるような気持になり、鼻の奥の方から涙がせり上がって来るのを感じましたが、そのたびに歯を食い縛ってこらえました。男は泣くもんじゃない、と、ずい分前に祖父の隆史に言われたのです。ふと気持が緩んで涙がこぼれ落ちそうになると、その教えを必死に守ろうとする桃太なのでした。

「あれ？　どした？　モモ、泣きたい時には泣いていいんだよ？」

ある時、公園で他の子に意地悪をされて耐えていた桃太を見て、母の蓮音がそう言ったことがあります。

「でも、ぼく、おじいちゃんに言われたよ？」

桃太が祖父の言葉を伝えると、母は、肩をすくめて言うのです。

「男だって、泣くよ。むしろ、男の方が泣く」

「そうなの⁉」

「うん。男が泣くのも悪くないよ。私は、どっちかって言うと泣ける男のが好きだな」

誰のことを言っているのだろう、と桃太は思いました。

「大人の男の人でも泣くの？」

「そういう人もいるよ」

「でも、おじいちゃんは絶対に泣かないよね」

「あはは、そりゃそうだ。あの男は血も涙もないからな」

「血も⁉」

驚いている桃太の頭を、母はくしゃくしゃと撫でて笑いました。

「モモ、泣いていいって言っても、やたらと泣くのは駄目ね。こらえてこらえて、それでもこらえ切れずに泣くんなら良し！　ほんとのこと言うとね、ママ、モモが涙をこらえてるの見るの、大好きなんだ。もう、可愛くって、可愛くって、胸がきゅーんってなるよ」

　その言葉を聞いて桃太は、やはり泣くのは、ぎりぎりまで我慢しよう、と心に誓ったのでした。

「ぼく、泣かないよ」

「だからあ、モモは泣いて良いんだって」

「……泣かないけど……涙はこぼれるかも解んない」

　そういう時はね、と言って母は歌を歌い始めました。

「うっえをむういて、あっるこおお、涙がこぼれないよおおに……」

　母の蓮音が歌ったのは、「上を向いて歩こう」という昔の歌だそうです。ずい分と調子っぱずれのメロディなのが桃太にも解りますが、何だか涙の代わりに元気のしずくが落ちて来るようにも感じます。

　時折、自らを抑えられずに泣き出してしまう母に歌ってやりたい、と桃太は思うのでした。そして、思い出させたい。ほら、ママ、上を向いて歩くんでしょ？　そうすれば、涙がこぼれないんでしょ？　と。でも、母は、そんな歌など少しも慰めにならないくらいに、大量の涙を流して泣くようになってしまったのです。

母は、いつも二回に分けて泣きます。ままならないさまざまなことへの怒りややけっぱちの気持から、わあわあと身も蓋もなく泣きわめく。そして、ひとしきりそうした後、力が尽きたように静かになり、その内我に返って、今度は、静かに、さめざめと泣くのです。桃太と萌音を同時に抱き締めて、ごめんねえ、ごめんねえ、と詫びの言葉をくり返し、涙を流し続けるのです。これでは、いくら上を向いてもきりがありません。

「モネ、ひどいこと言っちゃったね。ママを許してね。こんなに可愛い娘に私ったらなんてことを、もう駄目だ……」

そんなふうに言いながら、萌音の顔じゅうに口を付けたり、頰をこすり付けたりするのです。萌音にしてみたら、何がどうなっているのかさっぱり解らず、ますます泣いて母の腕から逃れようと暴れるのです。

すると、母は、腕に力を込めてその内側で監禁するかのように、萌音を抱いたまままうずくまります。弾き出された格好になった桃太は、尻餅をついたまま、結び目のように固く絡まった母と妹をながめているのです。

萌音がなかなか上手く喋れるようにならないのは仕方がないんじゃないかなあ、と桃太は感じているのでした。赤ん坊の内からベビーカーに乗せられて、あちこちに連れて行かれた萌音は、母と桃太以外の人間と話したことがほとんどないのですから。

萌音が言葉を発し始めた頃から、母は、親しくしていた同じように子を持つ友達との交流を、ほとんど絶ってしまったのでした。子供ぐるみで遊ぶ誘いのメールや電話が来ても気乗りしないようでした。考えとく、と言って電話を切った後などには必ず、こう吐き捨てるように言うのです。

「幸せ自慢になんか付き合えるかよ」

母が楽しそうにしていないと、桃太は、自分もしょんぼりしてしまうのでした。そして、それが嫌なあまりに、常に母の機嫌をうかがってしまうのです。

母の幸せな気持は、いつも子供たちに移って来るのでした。その笑い声は、空気を伝って、自分たちをくすぐる。桃太は、そう思って、母の笑顔を待ち望むのでした。

「ママが笑うと、ぼくとモネも笑っちゃうよ？」

「ほんと？　不思議だねえ。モモとモネっちが笑うと、今度はママも笑いたくなっちゃうんだよ」

「お風邪が移るみたいだね」

「そうだそうだ。伝染病だ。幸せ病だ。モモ、こっちおいで。幸せ菌を移してやる！」

はしゃいで逃げ回る桃太を母が追いかけて、それを見た萌音が、訳も解らないまま自分も仲間に加わりたくて逃げまどって見せるのです。そして、三人、団子のようになって転がる。

「私、幸せだ。幸せなんだ」

母が弾む息でそう言うので、桃太は嬉しくてたまりません。

「ママ、ぼくも幸せ」

「そっかー。良かった良かった。めでたしめでたし」

「めでたしって？」

「ハッピーエンドってことだよ。終わり良ければすべて良し。蓮音かあさんと、その子供たちは、絶対、そうなる」

母の言う意味が飲み込めずにいる桃太でしたが、幸せという言葉だけで満足でした。

「モモ、幸せな時は、口に出して幸せって言うんだよ？」

「うん。ぼく、言うよ。きっときっと言うよ」

「幸せ？」

「うん、幸せ！」

よーし、よし、と母は頷き、微笑みながら目を閉じて、続けるのでした。

「どうせ、ハッピーエンドになる。絶対！」

それは、決意を表明したかのような、きっぱりとした物言いでした。その響きが、どれほど桃太を安心させたことか。母の声に希望が滲む瞬間ほど、子に力を与えるものはありません。

それなのに、ママは、「めでたし」から、どんどん遠いところに行ってしまおうとしている。桃太は、一日に何度も「上を向いて歩こう」を口ずさみながら、母を待つようになりました。けれど、なかなか幸せはやって来ないのです。

〈娘・蓮音〉

最初の頃は、夫の音吉のいない夜、子供たちを寝かし付けてから、そっと出掛けるようにしていた。勝手に足が向くのだ、と自身に言い訳してはみたものの、後のトラブルになるのを避けようとするくらいの分別はあった。ちゃんと家のことはやったんだし、と蓮音は自分の行動を正当化した。

夜道を歩きながら、呪詛《じゅそ》の言葉が次々と口をついて出た。

音吉がしょっちゅう、実家に戻り、その内入り浸るようになったこと。それを内心喜んでいるに違いない義母の麻也子が、人前では蓮音の落ち度のせいだと言いふらしていること。父に頼まれて、時折、様子うかがいの電話をかけて来る継母の嫌み。幸せな生活を見せ付けたいがために、家に自分たちを呼ぼうとする友達の真子。そして、ちっとも言うことを聞いてくれない子供たち。

膨れ上がった不満は山ほどあり、出口を求めた膿《うみ》が次々と皮を破って噴き出すように、恨みがましさはあふれ出る。どうして、皆、好ましい人物のまま側にいてくれないんだろう。私は、いつだって、あの人たちを好きになる用意はあるのに。そう思うと、蓮音は腹立たしくてならない。誰もが、こちらの気に染まない方へ方へと進んで行くようだ。

「なんだよ！　みんな私を悪者にしたがってる」

日常で感じる疎外感から逃れるために、蓮音は、夜、出掛けるようになる。行き先は、昔馴染みたちが集う喫茶店であったり、スナックであったり、ボウリング場やゲームセンターであったり。どこかに顔を出せば、必ず知り合いが彼女を見つけて手を振る。

「蓮音ーっ、おっせー！」

約束していた訳でもないというのに、そう声が掛かり、蓮音は、そちらに向かって急ぐ。歓迎されていると実感したい。嘘でも良いから、待っていたよ、と喜ばれたい。家に帰れば、子供たちだって、そうしてくれる。それは知っている。でも、蓮音は、必要とされる責任の重さとは無関係な場所で迎え入れられたい、と切に願うのだった。

「子供たちは？」

「寝た寝た」

「だんなは？」

「知らねー」

蓮音の言葉に無責任な歓声がどっと上がる。

昔の仲間たちと過ごすのが、夫の世話や子育てに奔走するより充実しているのか、と問われれば、全然そんなことはない、と即答出来る。家族の幸せを願いながらするあれこれは、満ち足りた気持を運んでくれる。ただし、それは、自分の思うように事が運び、こちらのした仕事に見合う感謝の気持や言葉が返って来た場合の話だ。蓮音は、不在がちの夫や手の掛かる年子の赤ん坊たちから何も返してもらえないような気がしている。

でも、これこそが、自分の望んだことなんだ！　蓮音は、たびたび途方に暮れたが、自分に与えられた大事な使命として、ひずみの生まれた夫婦の関係や子育ての負担を、正面から受け止めようとしていた。

今日、一日。今日、一日を乗り越えよう。がんばる、私、がんばる。絶対に母の琴音のような無責任な女にはなるもんか。蓮音は、歯を食い縛って、自分を襲う否定的な気持と戦っていたが、そもそも結婚とは、そんな忍耐を強いるものだっただろうか。とりわけ、子を持ったばかりの喜びを存分に味わうべき若い母親にとって。

——音吉くんは、もう私をそんなに好きじゃないのかもしんない。

この思いつきが頭をかすめた時、蓮音は愕然としたのだった。

音吉が実家に帰るたびに、母親大好きなマザコン野郎め、と彼を侮《あなど》っていた蓮音だったが、次第に、そうとも言えないのでは、と思い始めた。母親が好きでたまらないから母の許に帰るのではなく、妻が嫌だから避けようとしているのではないか、という考えに至ったのである。

「芸能人の離婚でさあ、すれ違い生活が原因だって言う人たちいるじゃない？　あれ噓だよね。すれ違うから愛がなくなるんじゃなくて、愛がなくなるからすれ違うんじゃん」

前に友達の真子が、テレビを観ながらそう言っていたのを思い出す。ほんとにそうだ、と、今、蓮音は頷いてしまうのだ。愛に夢中な時代、どんな困難が待ち受けていても、二人一緒に乗り越えようと誓ったではないか。死が二人を分かつまで。その言葉と共に向かい合った時の気持のままでいたら、すれ違いなんて、あり得ない。そして、音吉だって、いかにも自然な振りをして、実家に逃げたりはしなかった。

子供たちは、何故、連鎖反応を起こすように次々と泣くのか。桃太が泣き出すと、萌音も泣く。萌音が泣くと、つられて桃太も泣き声を上げる。そして、必死にあやしている蓮音も、やがて泣きたくなってしまうのだ。

桃太のもの心が付くまで、それは続いた。母親と子供二人が、同時に大声を上げて泣くこともしばしばあった。そんな時、蓮音は、どうにもやり切れない思いを発散させる。かまうものか、と叫ぶ。そうしながら、きょうだいの面倒を見ていた昔の記憶を甦らせている。がんばり屋さんだったんだ、私。そして、今もがんばっている。でも、そんなこと、誰も認めてくれない。私は、人から認められない運命なのか。ううん、そんなふうに考えては駄目。彼女は、いつも泣いている途中で、必死に気を取り直し、自身を励ました。これが、ずっと続く訳じゃない。もう一日だけなんだ。

そんな毎日を送っている内に、蓮音は、いつのまにか、桃太がつられ泣きをしなくなったのに気付く。その代わりに、母が泣き出すや否や、その頬の涙をごしごしと拭って尋ねるのである。

「ママ、だいじょび？」

初めて、その言葉を聞いた時、蓮音は、ただ、うんうんと頷くばかりだった。苛立ちが押し出すのとは違う種類の涙が湧いて来て止まらなかった。

この瞬間を、永遠に忘れないでいよう。

蓮音は、そう決意した。彼女はその時、子供たちのために自分を後回しにすることを学んだのだった。

桃太は、何度でも聞く。ママ、だいじょび？　私は、自分の子供を、こんなにも早く大人にさせてはならない。その前に、自分が成長しなくては。

そう固く誓った筈だった。それなのに。

何かが不意に蓮音の背を押し、その拍子に彼女は転んだ。今日一日、と酒を我慢し続けて日々を過ごして来たアルコール依存症患者が、あっと言う間に酩酊《めいてい》の罠《わな》に落ちるように、捨て鉢な快楽にはまって行こうとしていた。引き潮のような強い力に引っ張られたのだ。連れて行かれるのは、天国と地獄、恍惚《こうこつ》と自己嫌悪が共存している場所。

今日は、世のすべてを愛して、明日は、そのすべてを憎む。それをくり返しながら、蓮音は、憎しみの世界の主人公になる自分を恐れて、現実から目をそむける。

昔馴染みの連中は、皆それぞれの生活の中で幸せであり、そして不幸だった。でも、そんな個人のドラマなど人に見せたりはしない。一日限り、一夜限りの楽しさをその場で使い切って家に帰って行くのだ。

時には、誰かの家の事情が口の端に上ることもある。そういう場合は親身な振りをする人間が必ず出て来て温かい声音で提案するのだ。何とかしてやろうぜ、だって、おれらって仲間じゃん？ すると賛成の手が挙がり、あれこれと解決策をひねり出そうとするのだ。

「やーっぱ、いいよな、仲間」

「てか、地元？」

「地元の仲間じゃん？」

「じゃんじゃん言うな。どこの言葉だそれ。ぶっとばされっかんな」

「ほうだほうだ、しこっちゃって」

もう、あまり使われなくなった土地の方言を親しい仲間内の共通語として駆使しながら、噂話がひとつの娯楽になって形作られて行く。連帯感という限られた世界でのお楽しみだ。

そこでは、情けをかける人間が優位に立てる。

「蓮音んとこの坊ちゃんと、おれ、この間、すれ違ったよ」

「ふうん」

「気取って通り過ぎようとしたからガン飛ばしてやったっけ、急におどおどしてさ、すげー、びびってんの」

「あんまり苛《いじ》めないでよ。一応、うちのだんなさんなんだからさ」

蓮音のその言葉に、居合わせた女のひとりが尋ねる。

「うまく行ってんの？　おたく」

ここで、もちろんなどと答えては、皆を楽しくさせないのを蓮音は承知している。幸せと不幸をバランス良く調合しなくてはならないのだ。

「ダーリンはすっごくいいの。でも、母親がさあ、鬼！」

マジでーっ？　と周囲はのけぞって笑う。

「そしたら、蓮音、そんなうち出て、おれんちに嫁に来れば？」

「ばーか、あんたんちのお母ちゃん、鬼じゃないけど化け物でしょ？」

誰かがそう返して、全員が大笑いする。

くだらない、と蓮音はつくづく思う。本当にくだらない。意味がない。でも、意味がない時間って、なんて楽なんだろう。私、今だけは、なーんにも考えなくてすむんだ。彼女は目を閉じて、その空疎さに救われる。

男たちと性的に戯れた訳じゃない。酔っ払って手の付けられない振る舞いをした訳でもない。だいたい車で出掛けた時は、ひと口でも酒を飲んだら、代行車を呼んでもらうことにしているのだ。子供たちが起きそうな時間には必ず家に戻るようにしている。もちろん、外泊なんか一度もしていない。

それなのに、家に帰る時、何故、こんなにも罪悪感にさいなまれるのか。ほんの少し息抜きの時間をもらっているだけなのに。地元の仲間との他愛もない会話でくつろぐのはいけないことなのか。

蓮音は、家に戻る道すがら、どんどん重苦しさを増す心持ちに耐えなくてはならない。先ほどまでの楽しさが、まるで嘘のようだ。ただ軽薄に過ぎて行った時間を、あんなにも大事だと感じていたなんて、どうかしていた。

まるで、夢から覚めたような気持で、子供たちの許へ急ぐ蓮音の顔は蒼白《そうはく》になっている。そして、早くあの子たちの健やかな寝顔を確認しなくては、というあせりが冷汗をかかせるのだ。何も悪いことなんかしていない。そう自分に言い聞かせても、足取りは追い立てられるように速くなる。行きはよいよい、帰りはこわい。まさに、あのわらべ歌みたいな感じ。

ようやく辿り着いた家に駆け込んで、子供たちを確認すると、ほおっと溜息が出る。はねのけた布団を掛け直してやりながら、もう止《や》めようと思うのだ。明日からは、絶対に出歩いたりしない。

ところが、昼間、散々てこずりながら子供たちの世話に追われて、夜、やっと寝かし付けた後に、蓮音は飢餓感に襲われて呻くのだ。ほんの少しだけでいい。ここから出たい。

そして、あの馬鹿な連中との愚にも付かないやり取りで、息をつきたい。そう感じ始めると、もう我慢が出来ない。いつのまにか睫毛《まつげ》の上下に、たっぷりとマスカラを塗り外出の準備をしている。化粧も服も、仲間たちの中で浮き上がらないよう派手にする。それが夫の音吉の大嫌いな格好と知りながら、もう途中で止められなくなってしまうのだ。

地味な外見になるのは避けなくてはならない。だって、不幸に見えるもの。

不満を抱えた幸せ者。蓮音が、自らに課したセルフイメージは、それだった。そこを目指して装いながら、彼女は、段々、気分が高まって行くのを感じる。そして、不満を吐きながら目的の場所に向かう時、あー、またやってるよ、と自嘲する。

昔の仲間と再び付き合い始めたのを、蓮音はずっと夫の音吉には言わないでいた。何も悪いことはしていないのだ、と開き直る一方で、夫婦のルールを破っているのは自覚していたのだ。

蓮音には、自分の昔馴染みと音吉を取り巻く世界が、ほとんど重なり合わないように思えた。そもそも共通言語が違うのではないか、と感じていた。同じ国の同じ県内、しかも、限られた狭い区域に生きる人間たちでありながら、異人種のように見える。彼女が双方を取り持ってグループ交際を画策するのなんて想像しただけで困惑してしまう。

もちろん、どちらサイドも、偶然会ったりした時などは、大人の対応でにこやかに挨拶を交わし合う。そつなくこなすためだけに発せられる言葉で、ああ、お久し振り、なんて。

好きでもない。かと言って、嫌うほどの関心もない。ただ、必要以上に近付かないようにするための防御策。

「なーんか、まだヤンキー引き摺ってるって感じだねえ、あの人たちってさ。奥さんの方、昔はやったギャルみたい」

ばったり会って、挨拶を交わして通り過ぎた蓮音の友達夫婦を振り返り、音吉が声を潜めて言ったことがある。

蓮音は、曖昧に頷きながら薄笑いを浮かべたきりだったが、あちらはあちらで肩をすくめて音吉の印象を口にしているのだと知っていた。何だか、頼りなさ気《げ》な坊ちゃんだよね、相変わらず……とか何とか。そして、次に蓮音ひとりきりの時に、改めて笑い者にするのだ。彼女もそれに乗る。仲間同士の連帯感というお楽しみのために、自分の夫を嗤《わら》う。

ひどい女だ、と蓮音は自分自身に呆れる。途端に、心の中で音吉に平謝りしたくなる。ごめんなさい、ごめんなさい。本当は好きなの。大好きなの……と何度も何度も声に出さずにくり返す。そして、最後にこう呟く。もう、どうにもなんない。

どうして、どうにもならないのかは解らない。ただ元に戻ってしまっただけ。夜の安っぽいライトの中で、再び、吸ってはいけない空気を吸っちゃった。そうしたら、それがまた必要になる。知っていたのに。スリップ。

彼女は、なし崩しに理性を麻痺させて行き、やがてその空気の持つ毒に笑いながら侵された。

いくら実家に入り浸り始めたからといって、音吉は蓮音の夫には違いなかった。責められるぎりぎりのところで、自身の家族のいるマンションに戻り、義務を果たしていた。家事や育児を手伝い、団欒の時を積極的に作り、子供たちが寝静まると妻を抱いた。そのやり方は、少しも儀礼的ではなく、心から欲していたように、彼女には感じられた。

「久々に蓮音ちゃんとこうすると、エネルギー湧いて来て止まんない。全然、飽きてないんだなあって思う」

「私もだよ」

蓮音は言って、薄暗い中、手を伸ばして音吉の頰に触れた。その手の平から、じんわりと温かいものが伝わり、しずくのようになって彼女の心の柔らかいところに落ちる。

やっぱり、大好きだなあ、と呟くと、音吉も、おれもおれも、と言って、二人はますます体を密着させながら、上になったり下になったりする。楽しい。小さく叫んだり、溜息をついたり、笑ったり。途中、桃太の寝言に中断されて、様子をうかがっては、また再開する。そして、自らも相手も楽しませるべく集中する。充実している。最高。

こうしている以外の時間なんて、人生の付録じゃないか。蓮音には、そんなふうに思えて来る。子供たちが健やかに寝息を立てている隣で、ひっそりと夫婦が抱き合うこと。ここには、世界で一番ちっぽけな、けれども、自分たちにしか解らない幸福が凝縮されている。彼女が初めて得た宝物。この瞬間をくれた何か大きな存在に心からの感謝を捧げたくなる。そして同時に、数々の自分勝手な所業を思い、許しを乞いたくもなるのだった。

もう、しません。そう声に出さずにひと言呟いてみる。すると、それをきっかけに激しい後悔が後から後から湧いて来るのだ。こんな幸せを手にしているというのに、何故、あんな振る舞いをくり返してしまうのか。

救いがたい愚か者だ、と蓮音は、自分の頭を殴りつけたくなる。音吉との出会いで、それまでの人生はリセットされた筈だったのに。私は、また自分から不幸せに浸り、腐って行く道を選んでしまった。なんで？　ねえ、なんでなの？

どうか、時間を戻して下さい。もう一度、あの新鮮な幸福から始めたい。そうしたら、今度こそ……。蓮音は、ひれ伏すような気持で祈るのだった。

お願い、お願い、でも、いったい誰に祈っているのか、と彼女はふと我に返る。神様か。自分は神様に祈りながら夫と交わる人間になり下がったのか。

幸福は、まだ、この手の中にある。夫に抱かれながら、そう改めて確認して嬉しさを噛み締めたのもつかの間、再びそれは、消えてしまいそうになっている。

「蓮音ちゃん、疲れた？　大丈夫？」

急に心ここにあらずという調子になった蓮音を、音吉は優しく気づかった。

「うん。全然平気。でも、ちょっと疲れたかな」

音吉は、低い声で笑いながら体を離した。

「さっきから、ずっとやってたもんね」

「久し振りだったから」

「休憩しよっか」

音吉は、そう言って腕枕を作り蓮音の頭をその上に促した。

「やっぱり、おれ、実家に行き過ぎだよね。解ってるんだけど、あっちに寄ると、ついずるずる居座っちゃって。駄目だなあ。ちゃんと帰らなきゃいけない場所があるのにさ」

「それって、ここ？」

「当り前だろ⁉」

音吉は、心外だと言うように頭を上げて彼女を見た。

「おれの家族がいるのは、ここだもん。大好きな妻と可愛い子供たちを愛するのが、このおれの使命」

蓮音の心に黒くて固い粒のようなものが投げ付けられた。それは、怒りや不快さを感知するセンサーのようなものを震わせ、彼女に知らせるのだった。すると、今まで幸せだと思っていたものが、どんどん遠のいて行く。

蓮音は、知らず知らずの内に音吉に毒づいていた。

――じゃあ、なんで帰って来ない。そんな使命を持っているなら、どうして母親の言いなりになっている！

ついさっきまで愛らしい妻でいられたのに、と蓮音は慌てる。でも、もう遅いのだ。邪悪な感情が、もくもくと湧いて来て、いつのまにか抑えることが出来なくなっている。それまでたっぷりと満ちていた音吉への感謝の気持も急激に干上がってしまった。そうなると、あんなにも自分に重くのし掛かっていた罪の意識や自戒の念も、あっと言う間に消えて行く。ふざけんなー、と口癖が出るまで、後少し。

蓮音の気分の浮き沈みは激しく、時には音吉を気づかう余裕もないまま、苛立ちをさらけ出してしまうのだった。そして、直後に慌てて取り繕おうとするのだが、もう間に合わない。音吉にしてみれば、自分が家にいることをあれほど喜んで、甘い声を出していた妻が、何かの拍子に別人のような感じの悪さを態度に表わすのだから、何が何だか解らなくなり呆気《あっけ》に取られてしまうのも当然である。

せっかく自分の望んだような家族の光景が目の前でくり広げられているのに、と蓮音は、自身が歯痒《はがゆ》くてたまらない。幸せ、すぐそこにあるじゃないか。なんで、それつかんで満足出来ないんだよ。

あんなにも欲しがっていたのに、手に入れたら、すぐに嫌になる。そして、すぐに別なものを求めてしまう。喉がからからに渇いて、ようやく水にありついたというのに、やっぱり飲みたいのはコカ・コーラだったと思い直すような不遜《ふそん》な気持。水より大事なコーラなんてある筈もないのに。

蓮音の態度が、そんなふうに予測不能なものだから、せっかく気を取り直して家族と楽しくやっていた音吉も、突然味わわされる居心地の悪さに耐え切れず、実家に足を向けてしまうのだろう。そこには、無条件で自分を受け入れてくれる母がいる。

いくら不在がちになっているとは言え、蓮音の行状が、音吉に知られるのに時間はかからなかった。蓮音を見かけた口さがない連中から、良くない情報が次々ともたらされた。何度聞かされても、くだらない嫉妬故《ゆえ》と笑って取り合わなかった音吉だが、母にまで咎め立てされ、愕然とした、と語った。

「蓮音ちゃん、あんたがあっちに帰ってない時、遊び歩いてるよ」

「ママまで、そんなこと信じてるの？　蓮音ちゃんの知り合いは、性質の悪いのが多いから、あの子がひとりだけ幸せになってってやっかんでるだけなんだよ。地元の仲間意識だけで固まってるくだんない連中なんだから！」

「そのお仲間たちと遊び呆けてるかどうかは、ママには解らないよ。でもね、言うと心配するから黙ってたけど、蓮音ちゃんの朝帰りは一度や二度じゃないよ」

そんな自分と母とのやり取りを、音吉が伝えた時、蓮音は、身じろぎもせずに聞いていた。そして、口を開いてひと言、言った。

「くだんない連中って、何よ」

蓮音の目が、こみ上げる怒りで据わっている。

「結局、音吉くんは、私を取り巻くすべてのものを馬鹿にしてるんだ」

「そうじゃないよ!」

音吉が、蓮音の両腕をつかんで顔を覗き込んだ。

「そうじゃないんだよ……蓮音ちゃん」

「そうだよ。お義母さんだってそうだ。こんな狭い世界で、自分たちが格上みたいに偉そうにしてさ。何様だよっ⁉」

「……本気で言ってるの?」

言い過ぎた、と蓮音は思った。自分は何においても取り返しの付かないことばかりしている、と唇を噛み締めた。

音吉は、しばらくの間、黙ってうつむいていた。しかし、やがて自嘲するように低い笑い声を洩らして言った。

「何様なのは、どっちだよ。狭い世界で偉そうにしてるのはどっちだよ。馬鹿にされてたのは、おれの方だろ? なんで、ちゃんと勉強して大学に入った奴の方が馬鹿にされるんだよ。行儀いいのは、ださいか。言葉づかいが丁寧だとへなちょこなのか。母親を大事にするのがマザコンなのか」

音吉のこのような物言いを初めて聞いて、蓮音は言葉を失った。

「坊ちゃんって呼んでるんだろ？　おれのこと。坊ちゃんに、仲間内の便利な女、盗られて口惜しがってるんだろ？　そういう奴らをなだめに毎晩出掛けてたのか！」

顔を上げて、蓮音を見詰める音吉の瞳は濡れていた。それを認めた瞬間、彼女の胸は後悔で締め付けられた。

ごめん、と言って、今度は、蓮音が音吉の腕にすがり付いた。

「私が、音吉くんに甘やかされ過ぎたせいでこんなになっちゃった……」

と言いながら、蓮音は思った。そうだろうか。確かに音吉とその家に甘やかされたかもしれないが、それが理由で、私は妻としての、親としての責任を放り出そうとしたのか。

「もし、蓮音ちゃんがいない夜に火事になって、桃太と萌音が焼け死んじゃったらどうするつもりだったの？」

そうなった時のことを想像したのか、音吉は、しゃくり上げ、やがて、さめざめと泣き始めた。

蓮音は、たまらず音吉を抱き寄せて頭を抱えた。なんて弱虫なの？　そう呆れながらも、夫の涙がいとおしくて、たまらない。もう傷付けたくない、と心から思う。

第八章

〈母・琴音〉

死ぬ間際の母に、私は一度だけ尋ねたことがあった。自分の情人であり、表向きは私の継父であった伸夫が、あなたの娘に何をしたのかを知っていたのか、と。

すると、母は、しばらく逡巡するかのような表情を浮かべた後、言った。

「知らない」

知っていたのだ、と私は思った。どうしてそんな質問をするのか、とも聞かずにその話題を遠ざけようとしたからだ。

不思議なことに腹は立たなかった。話を蒸し返して、事の善悪を問いただして糾弾するには、母は老い過ぎていた。ただ、どうしようもなくやり切れない思いとすまないという気持は残った。取るに足らない出来事だと必死に思い込もうとしていた、いたいけな少女だった自分自身に対して。そして、想像もつかないような葛藤を抱えたであろう母の心中を慮って。

私の実の父である前夫にあれほど痛め付けられても、なお、愛した母。彼の逝った後にまだ残る痛手を癒やそうと、伸夫の持つ毒を薬と信じてしがみ付いた。そして、さらなる地獄に突き落とされて行った。突き落とした手のひとつは私のものだ。

「お母ちゃん、ごめんね」

死の床にある母の手を握って、言った。母は、その瞬間、目を大きく見開いた。

「でも、私は、お母ちゃんが今でも憎い。伸夫も憎いけど、お母ちゃんが、もっともっと憎たらしい」

母の瞳に悲しみがたたえられているように感じたので、泣くかと思ったら、そうではなかった。彼女は言った。

「お母ちゃんもね、とうとうと、あんたが憎ったらしいと思ってたよ」

「……それ、ノブちゃんが好きな余りにやきもち焼いてたってこと？」

「あんな男、好きじゃなかった」

「え？」

「好きじゃなかったけど、欲しかった」

「それ……違うことなの？」

「うん。あんたのお父ちゃんは欲しくなかったけど、好きだった」

言葉の意味が飲み込めずにいる私に、母は、琴音、と呼びかけた。

「伸夫といた時のお母ちゃん、狂い咲きみたいだったね。ごめんねえ、もうじき神様に殺されてやっから、許してねえ」

そこまで言って、ようやく泣いた。

母があの時の自分を「狂い咲いた」と花か何かのようにたとえた、と信次郎さんに話したことがある。もう母が死んでしまった後のことだ。

「言われた時は、何、言ってんの？　こっちが、どんなに嫌な思いをしたか解ってたんじゃないの？　って、腹が立ったの。性欲の問題？　って、汚ならしい感じがした。母親だったら、そんなの抑え付けなきゃって。でも、今になったら解るような気がして来た」

「お、なんだ、なんだ。突然、理解ある大人みたいなこと言って」

「……大人って……もうおばさんだよ。でも、だからこそ解る。お母ちゃん、最後のめくるめく思いにしがみ付きたかったんじゃないかな」

「それ、年増の深情けってやつ？」

「ちょっと違う。深情けかけるの、相手にじゃなくて、自分に、だもん。かろうじて残ってる自分の若さに好き放題させたかったんだよ」

「そう言えば、琴音も、今頃になって布団の中で狂い咲いてる感じする」

思わず、やめて、と言って照れ隠しのために信次郎さんをにらみ付けたが、彼は、ただ飄々《ひょうひょう》としている。

「琴音が、すっかり気を許して、おれに身を預けているのを見ると嬉しくてたまらないよ。大事に大事に抱いて、懇切丁寧に可愛がっているつもりだから」

「何、それ？　まるでペットか何かみたい」

「大人の男と女の特権。情を交わす時にはなんでもあり。だろ？」

うん、と言って、私は、ここに来るまでの長い道のりを思い出していた。

「狂い咲きっていい言葉だね」

「そうか？」

「咲きって付いてるのがいい。だって、昔の私って、ただの……」

「言うな。その先は言わなくていい」

信次郎さんに優しく遮られて、従った。それでも、私は、心の中で、ひっそりと軌跡を辿る。そして、ここまで来られたことに感謝すると同時に、詫びる。しかし、何度詫びても、私が罪人であることに変わりはない。

娘の蓮音は、子供たちを殺した。人殺しだ。でも、彼女を人殺しに仕立ててしまったのは私ではないのか。あの子の一部は、私によって、とうに死なされていたのだ。

蓮音。母親が私だったばかりに、さまざまな重荷を背負うことになったあの子を思うと、もう遅いと知りつつ涙が滲む。

思えば、私の人生は、逃げることとの連続だった。人間や場所やしがらみなどから、逃げて逃げて、その内に逃げたかったのは自分自身からだということに気付いた。だから、逃がしてやった。自分から、自分を。そうなると解放感が立ち込めて、何をしでかしても平気になった。自分をいくら傷付けようと、他人がどれほど傷付こうとも知ったことじゃなくなったのだ。楽になった。けれど、それは背後にある苦しみと常にセットになっていて、またすぐに、どうしようもない焦りが追いかけて来る。そのくり返しなのだ。

それでも、唯一、逃げる気など起こさずにいられた数年間があった。笹谷隆史と結婚し、三人の子らに恵まれた十年たらずのことだ。私は、夫の隆史の庇護の下、何の心配もせず家事と育児にいそしんだ。夫の言うことさえ聞いて、その通りにしていれば、すべては上手く行くのだ。そう思うと、安堵の溜息が洩れて、いっきに脱力するような気がした。ここは、休息の地。

初めての育児に手こずりながらも、こんなに楽なことはない、と感じた。結婚生活なんて、簡単。男らしく甲斐性のあるだんなさんの世話をして、赤ん坊の面倒を見れば良い。そして、どちらの機嫌も上々であれば、それが、女の幸せ？……じゃ、幸せなんて、簡単。

自分は、過去という代物を見くびっていたのだ、とずい分後になって気付いた。私にまとわり付いていた過去は、消え去った訳ではなかったのだ。それは、私自身に深く浸透し、潜伏し、発症の機会を待っていた。まるで、とてもたちの悪い病のように。

でも、結婚当初、そんなことには、まったく気が付かなかった。出会った瞬間から、私を新しい世界に連れ出してくれる人、と直感した隆史は、私の期待を裏切らなかった。彼のさらりとした汗が、裸の私の上に降って来た時、自分がとうとうあの愛憎で粘つく生家から脱したのを知った。

「コーチ」

抱き合う最中、私は、夫をそんなふうに呼ぶことがあった。そして、それは、彼をたいそう喜ばせた。彼には、性欲と同じくらいの教育欲があった。

私は、何年もの間、夫婦生活に何の疑問も持たないで来た。夫の隆史のすべての言葉が、そのまま自分のものと信じた。主人がそう言っておりますので、と口にする時、得意な気持がよぎったりもした。

こんな私でもりっぱな奥様になれている！　その事実を確認するたびに嬉しかった。実の父を見殺しにしたり、継父からの虐待に抵抗すらせずに甘んじて来た私なんて、もうどこにもいない。だって、あの自分は、もうだんなさんに飲み込まれてしまったんだもの！

今、ここにいるのは、結婚と出産によって作り変えられた、新しい私。

まるで、自分が完全犯罪をやってのけたような気がしていた。私の犯した罪の目撃者は、もういない。下田琴音が、笹谷琴音になった瞬間に消されたのだ。

正直に言えば、結婚前に隆史に抱かれた時は、怖気付いた。彼に対して、乙女のような夢見心地でいたいと願う一方、伸夫が私に与え続けたようなぬるぬるべたべたした不快な感触にまたもや耐えなくてはならないのか、と絶望的な思いに襲われた。でも、そこで止《や》めてしまう訳には行かなかった。逃げ続けて来た私が最後の最後に逃げ込む場所は、隆史の腕の中だけだという自分の直感を信じたのだった。

震えて、じっとこらえている私を見て、隆史は、自分の都合の良いように誤解して喜んだ。大丈夫、全部、おれにまかせて、と嬉し気《げ》に囁いて、私を好きにした。最初は、嵐が過ぎ去るのを待つような気分で、体を強《こわ》ばらせていた私だが、身を預けている内に、予期していなかった感情が湧いて来てとまどった。

私は、心の内で、こう呟いたのだ。

「なあんだ」

途端に力が抜けた。隆史の手は伸夫の手ではなかった。そして、隆史の皮膚は伸夫の皮膚ではなかった。唇も、舌も、唾液も、同じではなかった。肌触りも、舌触りも、匂いも、何もかもが違っていた。

「初めてか」

そう聞かれたので、正直に答えた。初めてだ、と。新しい男の人によって、前の男とのことはちゃらになる。私は、この新発見とも呼べる思いつきに有頂天になった。私は、もう前の私じゃない。

人好きのする、スポーツマンで正義感の強い、りっぱな夫と健康な三人の子供たちに恵まれた幸福な家庭の主婦。私に与えられたその役割を、まるで最高の贈り物のようにして受け取って大事にしていたのは、いつ頃までだったろう。

あれは、確か、一番下の彩花が歩き始めたあたりだったか。すぐ上の勇太と二人を寝かし付けた後、私も一緒にうとうとしてしまったのだった。

ふと、体に重みを感じて目を開けようとしたのだが、ままならない。意識は覚醒しているのに、体が疲れ果てていて動かない。金縛りだ、と思った。この頃、頻繁に同じ状態に陥るので慣れっこになっていた。体を勢い良く反転すれば、すぐさま体は自由を取り戻す。それが解っていたので、この時も、同じように試みた。それなのに、いつものようには行かず、仰向けになったまま、体は硬直したままだった。しかし、脳と肉体の眠りが一致しない時に起こる現象だと聞いていたから、不必要な抵抗をせずに目を閉じたまま呼吸を整え、体を拘束するものが外れるのを待った。なのに、体は、なかなか動きを取り戻してくれない。それどころか、何かが体の上にのし掛かるようにして、どんどん重みは増して行く。とうとう我慢が出来なくなり、あらん限りの力を込めて目を見開いた。

仲夫が、いた。私の布団の上に腹這いになり、今にも唇を寄せんばかりの距離で、こちらの顔を覗き込んでいた。

それを認めた瞬間、私は絶叫した。長い長い叫びだったと思う。隣で寝入ったばかりの勇太と彩花が驚いて目を覚まし、泣き出した。隣の部屋でテレビを観ていた蓮音が勢い良く襖を開けて、電気を点けた。

明るくなった部屋のどこにも、もちろん伸夫の姿などない。

「ママ、大丈夫⁉」

抱き付いて来た蓮音の背を撫でながら、私は、ばつが悪そうに言った。

「ごめんね、ママ、怖い夢、見ちゃった」

「ほんとに大丈夫？　パパ、もうじき帰って来るけど、電話しようか？」

ううん、平気、と言いながらも、動悸《どうき》は収まらない。何故、今になって、という怯えが全身を震わせる。私は、過去という病の保菌者でいたのか。

その日から、私は、たびたび悪夢に襲われるようになった。金縛りが伴う場合もあれば、うとうとした寝入りばなの薄い夢のこともあった。

いずれにせよ、嫌な夢だった。目を血走らせた死んだ実の父が出て来て、母と兄、そして私を手加減せずにぶちのめしたり、伸夫が蛇のように先の割れた舌で私を舐め回したかと思うと、八岐大蛇《やまたのおろち》に変わって尾で締め付け、いたぶった揚句に飲み込もうとした。そんな様子を人々が見物しながら、手を叩いて喜んでいる。

私は、睡魔に引き込まれそうになると同時に、必死にもがいて夢の手前で、どうにか逃げようとした。そうしながら、半分、目覚めている頭のどこかで思う。

ああ、また逃げる日々が始まるのか。

幼ない頃から、叔母の類子さんに、さまざまな影響を受けて来た。中でも、心にとどまったまま、決して消え去らなかった口癖がこれだ。

〈そんな時は逃げちゃえばいい。逃げるが勝ちだよ〉

どうやら、私は、正しいとは言えないやり方で、それを実践して来たらしい。幼なかったあの日の夜、たったひとりで家を出た。あの侘しくも素晴しい孤独の夜が、すべての始まりだったか。

以来、私は、時には意識的に、時には無意識のまま、あらゆる方法で逃げた。それが、私にとっての成長するということだったのだ。

「ママ！　どうしたの⁉　ねえ、ママったら」

体を揺さぶられて我に返ると、蓮音が心配そうに私の顔を覗き込んでいる。

「ママ、今、大声出してた。わーって言って、それから……死ね、死ねって……」

そこまで言うと、蓮音は、我慢出来ずにしゃくり上げた。

「変だよ、近頃のママ、すごく変だよ」

本当だ、と思い、何度も謝った。子供たちを怖がらせて、私は最低の母親だ。でも、何故、また、こんなふうになってしまったのか。もう、とうにあの忌まわしい十代は過ぎ去ったというのに。まるで、病気が再発してしまったみたい。

「ごめんね、蓮音。ママ、お母さんなのに、ちゃんとしてないね。これから気を付けるね」

そう言って安心させようとするのだが、蓮音も、そして、私自身もまたくり返すに違いないと予想している。私は震える娘に、言う。

「蓮音は、絶対に、ママみたいに逃げちゃいけないよ」

逃げるって？　とあの時、娘の蓮音は、しつこいくらいに何度も尋ねた筈だ。どこへ？　どうして？　何から逃げるの？　と。

私は、そのどれにも答えられずに、ただ脂汗をかいていた。

ようやく思い出したのだ。私は、他の女たちのように、結婚、出産という喜ばしい平凡を経て、今、ここにいる訳ではなかったのだ、と。何年もの間、幸せな妻、そして母でいられたのは、必死で過去を脳裏から消して、記憶喪失になったからだ。

結婚も出産も、そこに行き着くために捨て身で上ったステップだったのだ。

成功した、と長いこと思い続けた。私は、これ以上ないくらいの幸せ者になれた。そう満ち足りた気持でながめる子供たちの、何というとおしさ！　自分から、こんなにも可愛い生き物たちが産まれ出て来たなんて、とても信じられない。

私は、子供たちそれぞれを飽きずにながめることが出来た。余計な考えが近寄って来ないように、家族の生活を整えることに全力を尽くした。何も出来ないまま結婚した私なのに、愛情という手間のかけ方はすぐに覚えた。我ながら惚れ惚れとした。夫が毎回誉めずにいられない、この出汁巻き玉子の美しさといったら、どうだろう。

でも、本当は、そんな喜びの奥深くで、過去という化け物が息を潜めていたのだ。それは、時折、私を脅そうとして、その存在を知らしめようとしたかもしれない。満たされた心に閉じ込められているのにも飽きて、外に出て暴れることを欲したかもしれない。

しかし、子供の可愛らしさは、私を鈍感にしていた。あらかじめ付けられたいくつもの傷が疼き出そうとするたびに、子供へのいとおしさが、それを麻痺させてしまった。

今になって気付くなんて、何という浅はかさだろう。不幸は、いつだって、すぐそこにあった。私の中の芯の部分に絡み付いたまま、いつ牙を剝いてやろうかと機会をうかがっていたのだ。

そして、とうとうその時が来てしまった。せっかく、自分から自分を逃がしてやったのに。たった数年で過去に追い付かれてやがる。堤防代わりに築いた幸福な家庭も何の役にも立ちゃしない。

焦燥感に駆られて呼吸は苦しくなる。頭にぴっちりとビニール袋を被せられているようだ。とにかく、このビニールを破らなきゃ。今にも窒息しそうだ。思い詰めた私は剃刀《かみそり》を手にして、久々に腕を切る。

数年ぶりに自分の皮膚に盛り上がる何本もの血のラインを見て思ったのは、リストカットなんてもんは若い子にこそ相応しいってこと。子供が三人もいる私には全然似合わない。気持はすっきりしたけれども、それは一時的なもので、すぐさま自分が傷だらけのみすぼらしいおばさんになった気がして落ち込んだ。

でも、また、やった。何度かくり返した。この体の奥に詰まっている汚ならしいものを取り出したくてたまらなくなり、やってしまうのだった。

それなのに、気持は少しも収まらない。苛々が高じて何かに当たりたくなるが、そうも出来ない。物に当たったら家の物が壊れる。せっかく家族の団欒のために心地良いように設《しつら》えたのに、そんなことは出来ない。夫に当たるなんて、もってのほかだ。私の人生を引き受けてくれたあんなりっぱな男の人に。捨てられたら、たちまち路頭に迷う。

そして、私が一番恐れていたのは、子供たちに当たってしまうことだった。もしも、あの子たちを傷付けたりしたら。そう思うだけで、目眩がするほどの恐怖を感じた。親の暴力のおぞましさを、私は痛いほど知っている。あの子たちを、決して、昔の私のようにしてはならないのだ。

私は、段々、自分自身をコントロール出来なくなって来ていた。何かのスポットに入り込んだように、その瞬間、我を忘れる。そして、嵐が過ぎ去った後、失態に気付くのだ。その回数が明らかに増えていた。

叫んだり、腕を切ったり、自責の念に囚われて泣き伏したり。どうにもならないのだった。まるで、自分が自分でないように感じた。それでも、どうにかひとりで解決しなければとこらえていた。しかし、結局、普通ではない自分自身に我慢がならず、罰を与えようと行動に移してしまう。

もちろん夫の隆史も子供たちも、私がいつもの機嫌の良い「お母さん」でなくなりつつあることに勘付いた。

「ママは、具合が悪いんだ」

隆史はそう言って、子供たちに理解を求めてくれた。しかし、時々、心底うんざりしたように、こんな言葉を投げ付けた。

「頭のおかしいおまえの相手するの、ボランティアより大変だな」

言われた数日後、私は、精神科病院に入院した。

診断結果は、境界性人格障害と呼べるもので、どうやら私は、心の病と元からの性格の歪みのボーダーラインを彷徨っているらしい。大丈夫！　大人になれば治るんだから、と担当の先生に励まされて気は楽になったが、良く考えたら、私、とうの昔に大人になってるんじゃないか。

それに、元からの性格が歪んでるんじゃ仕様がないと思おうとした瞬間、じゃあ、こんな性格に誰がした、と再び怒りがこみ上げて来る。今のこの気持をどこにぶつけたらいいって言うんだ。

私は、常軌を逸した振る舞いに出ては、病院の世話になるというのをくり返した。子供たちには何も知らされていなかったので、普通に家にいて家事をしていると、私の側を離れようとせずに甘えた。

もうものの解る年頃になっていた長女の蓮音は、私の肩に赤ん坊のように頭をこすり付けながらも、時折、ものを言いた気《げ》にこちらを見詰めるのだった。

「ママ、どっかに行っちゃうの？」

「え？　蓮音、何、言ってんの？　ママは、ちょっとだけ具合が悪くて、念のために、お医者さんに診てもらってたんじゃないの」

私が慌ててそう言うと、蓮音は、いっそう強く体を押し付けて来た。もう離れるもんかと訴えているようで、いじらしくてたまらなくなった。

「でも、ママ、もうパパのこと嫌んなっちゃったんでしょ？」

私が言葉を失っていると、蓮音は、続けた。

「だって、ママが行くの、お医者さんだけじゃないんじゃないの？　どっか遠い国」

顔から血の気が失せるのが解った。

「ごめん、もうどこにも行かないよ」

「約束する？」

「うん、約束」

指切りげんまん、と涙声で節を付ける蓮音を見て、私は、今度こそ、母親本来のあるべき姿に戻ろう、と誓うのだった。止《や》めよう。腕を切るなんて子供じみたこと、もう絶対に止めよう。

それから、しばらくの間、私は、上腕を切って気を楽にしたいという気持をどうにか抑え付けることに成功した。大人に、ようやくなれたと思った。

しかし、その偽者の大人は、ふらふらと外に出て別の刺激を得ることを覚えてしまった。自分の皮膚を順番に切り開いて行ったように、今度は、親切な男たちが私の足の間を開いて、裂け目を広げてくれるようになったのだ。

私の行状が夫の隆史に知られるのに、さほど時間はかからなかった。むしろ、頻繁な外出を咎《とが》められるようになってからは、わざとばれるように仕向けた部分もある。

高邁《こうまい》な理想論を語る隆史の、希望に輝く顔を汚してやりたくてたまらなかった。何故かは解らない。最初は、彼のそういう部分に強い憧れと尊敬を抱いたというのに。でも、もしかしたら、ただ、もの珍しかっただけなのかもしれない。だって、小さな頃から夢や希望とは無縁で来たのだもの。

子供を産み育てる過程で、毎日、夫から聞かされる明るく前向きな性善説は、どれほど私を楽にさせたか。だから、三人の子を元気に途中まで育てられた。途中まで、だ。やがて、私の内側から、腐った嫌な感情がしたたり落ちたかと思うと、それは洪水のように氾濫した。そして、そこに巻き込まれながら病院を行き来することになった。

それでも、子供たちのために、私は、もう一度自分を立て直した。そう出来たと信じていた。それなのに、実は家族をよりいっそう崩壊させる道に進んで行っていたとは。

初めて行きずりの男と寝た時、こんなにいいものか、と正直思った。何のしがらみもない男、愛情の欠片《かけら》もない男。指の爪に垢が溜《たま》って黒ずんでいた。当り障りのない社交辞令の会話など、まったく交わしたくないタイプの男だ。敬意なんて、これっぽっちもない。それなのに、そういう男と肌を合わせるのは何と楽しいことなのだろう。伸夫に持ち続けたような嫌悪もない。隆史を仰ぎ見た時の敬意もない。私は、自分の何にも影響を与えないであろう男によって、とてつもなく解放されている⁉

その思いに至った時、私は安堵の溜息をついた。晴れ晴れとするとは、こういう気分のことなのか。他の人々は、こんなプレゼントを、人生の折々で与えられていたのか。この、あまりにも清々《すがすが》しい気分。ただ性欲を解消するだけで得られる清涼剤。お得なタブレット。どうでもいい男。

性欲、という代物を感じたのも生まれて初めてだった。そして、それを解消する楽しさと来たら！

すり寄られる男にはこと欠かず、私は、得意になった。すぐさま、再び暗い闇に突き落とされることになるというのも知らずに、夫に恥をかかせ、彼のプライドをいちじるしく傷付けたまま、子供を置いて、また逃げた。

〈小さき者たち〉

上を向いて歩こう
にじんだ星をかぞえて
思い出す夏の日
一人ぽっちの夜

母がいつも歌っていたので、桃太は歌詞を覚えてしまったのでした。その歌は、母の口から自然にこぼれて来るようでした。そして、歌っている内に、笑顔になったり悲しい顔になったりするのです。

「モモ、滲んだ星って、どんな星だか解る？」

首を横に振ると、母は頷いて桃太の肩を抱き寄せました。

「お星さまが水の中に落っこって、ぼやけて見えるのを言うんだよ」

「お星さまが水に落っこちることとあるの⁉」

空のあんな高い所にいるのに！　と桃太は驚いて尋ねました。すると、母は、ふふっと笑うのです。

「やっぱ、違うな。水に落っこってるのは、お星さまの方じゃなくて、人間の方だ。自分の涙に溺れて空を見てる」

「そうすると滲んだ星って見えるの？」

「うん。でも、モモには見えない」

「なんで⁉　ママ、なんで」

「滲んだ星なんてモモにはママが絶対に見せない。見せるもんか」

滲んだ星は、どうやら見てはいけないもののようだ、と桃太は思いました。

「ぼくもママに滲んだ星、見せないよ！」

「そりゃありがたいや！」

そう言って、母は、のけぞって笑いました。

「頼むよっ、息子！」

うん！　と元気良く母に返事の出来る自分が誇らしく感じられた桃太でしたが、母は、そのまま仰向けに倒れて、両手の甲で目を覆ったままになってしまったのでした。

ママ、大丈夫？　と言って、桃太が母の顔から両手をどけると、その目には涙がなみなみとたたえられているのでした。

「ちきしょう……私の見る星は、いつも滲んでばっかだよ」

母は、今にもあふれそうな涙に溺れているのか。溺れかかったら、大声で助けてーって叫んで浮輪を投げてもらうんだよ。前に海水浴場で言われたことを思い出している桃太です。でも、こんな場合には使えない。

「どこでどう間違ったんだ」

母に浮輪を投げてやる人はいなかったのでしょうか。

思い出す夏の日……ずい分前に母が歌っていたフレーズは、今、桃太の乾き切った唇から、吐息になって染み出して行きます。

夏は暑い時期。冬は寒い時期。母は桃太にそう教えました。その間には、春と秋があって、その二つは、とても優しい季節なんだよ、と。

「ママも、どっちかって言うと、春と秋の方が優しいでしょ？」

「えー解んなーい」

「でもね。それはママの気持が季節につられてるだけ。ほんとは、モモもモネっちも一年中愛してる。それ、解ってね」

「うん！」

そう、萌音と元気良く返事をしたのはどの季節の時だったでしょうか。確か、淡いピンク色の桜餅を食べていたから、春だったかもしれません。そこに巻かれた葉を萌音が喉に詰まらせて、えずいていました。

「この食いしんぼさんめ！」

母が笑いながら萌音の口の中から葉を取り出してみると、葉脈だけが残っていました。

「モネは青虫さんだ」

指でつまんだ不思議な形状の葉っぱを渡されて、桃太は、いつまでも、それを見詰めていました。

「青虫は葉っぱを食べるの？」

「そうだよ、偉いんだ。モモもこれから野菜をいっぱい食べるんだよ」

「えー？　ぼく野菜やだ」

そんなこと言うな、とげんこつで桃太を叩く真似をした母の目は、あくまで優しさに満ちて笑っていた。

あれは、春だったからなのでしょうか。

今、桃太は、身動きも取れない暑さの中で床にうずくまっています。夏です。彼には、解ります。とてもとても、夏です。母が帰って来なくなった夏。優しくない季節につられて、自分たちのことを忘れてしまったのか、と押しつぶされそうな気持で考えています。

夏が悪いんだ。あっち行け、夏。

いったい、いつ頃から母は戻って来なくなったのか。暑くなってから、というのは解ります。リビングの外に出る扉に鍵を掛けられてしまってから、もうどうにも出来ずに桃太と萌音は、ただ空腹と渇きに耐えるしかなくなってしまったのです。苦労して開けた冷蔵庫には何も入ってはいませんでした。それどころか、電源さえ切られてしまっていたのです。

夏を。楽しかった夏を思い出せ。こんなにも苦しめられるのとは違う夏が桃太にもありました。必死に自身を励ましていると、さまざまな情景が浮かんで来ます。

桃太の夏は、ほとんどが母の蓮音と共にありました。まだ幼ない彼の記憶には、さほど多くは刻まれてはいませんが、いくつかのエピソードは、鮮明なまま保たれています。

母は、歌を口ずさむのが好きでした。そして、そうする時は、いつも少し寂し気で優しい。それは、桃太の大好きな母の様子であると同時に、何だかもの哀しさも漂わせていて、べそをかきたくなったりもするのでした。

　夏が来れば思い出す
　はるかな尾瀬《おぜ》　とおい空

「尾瀬……どこ？」

「ここからずっと北の方に行ったとこだよ。山の上の方で、大っきい池みたいのがずーっと広がっているらしい。歌の続きに、水芭蕉《みずばしょう》の花が咲いているーってあるから、いっぱい花が咲いてんだろうなあ」

夢見るような目をしてそう言う、母の横顔を見ていて、桃太は、はっと思い出しました。

「そこって、もしかしたら、前にママが言ってた絵描きのモネさんが描いたとこじゃないの⁉　ほら、スイ……スイレ……」

「睡蓮？」

「そう！　うちのモネっちと同じ名前の人の」

「違うよ。クロード・モネは尾瀬の絵なんか描かないよ」

なあんだ、と桃太はがっかりしてしまいました。モネという人の描いた場所に、すぐにでも行けそうな気がしたのに。

「でも、似てる場所かもしれないね。尾瀬なら行けないことないし……今度、行ってみようか」

うん！　と返事した途端にわくわくしてしまう桃太です。

「安らぐだろうなあ。安らぐ場所には、いつも静かな水が広がっているんだ」

静かな水。あの時、母の口にしたフレーズが桃太の脳裏に広がって行きます。それは、何と心魅《ひ》かれるイメージを広げることでしょう。冷たい鏡のような、おいしい水。

干からびたおにぎりを喉に詰まらせて、げぼげぼと吐いた萌音は、それきり動かなくなってしまいました。おにーちゃん、と掠《かす》れた声で呼ばれたのが話しかけられた最後でした。

吐いたものがこびり付いて、かさかさになってしまった萌音の口許を、桃太は自分の力ない親指でこすってやりました。けれども、なかなか綺麗にならないので、今度は舐めた親指で濡らして拭き取ろうとしました。それなのに上手く行きません。彼自身の口の中がすっかり渇き切ってしまい、唾液が出て来ないのです。

もう、萌音は、むずかることもしません。いつも、ぐずったり聞き分けのないことを言ったりする妹に腹を立てずにいられなかった桃太ですが、今は、頼み込んでそうしてもらいたいくらいでした。

怖いのです。妹が妹でなくなってしまったようで、怖くてたまらないのです。叫び出したい。それなのに、叫ぶ力が出ないのです。

しばらく前、まだ力が残っている頃、桃太は、ありったけの知恵を働かせて、インターフォンの受話器を下に落としました。部屋にあったくず籠を逆さにして、それを踏み台にして、側の飾り戸棚によじ登ろうとしたのです。そして、手を伸ばして、どうにか受話器を払い落とした。

その瞬間、桃太は床に転がり落ちて、しばらく立ち上がれませんでしたが、伸びたコードにぶら下がった受話器が目の前にありました。彼は、それを両手でつかんで叫びました。

「ママー!! 早く来てーっ、早くーっ、モネ、死んじゃう! ぼくも死んじゃうよお!」

外からの気配は、受話器から伝わって来たものの、応答はありませんでした。

何度も何度も母を呼びました。すると、どのくらい経ってからでしょうか。玄関のドアの鍵が開けられる音がしたのです。そして、慌ただしい様子で母が入って来たのです。リビングのドアの磨《す》りガラス越しに見える母のシルエットは、桃太を瞬く間に安心させました。もう、これで心配はいらない、とぐったりした萌音の耳許で伝えました。

母は、自分で取り付けたリビングのドアの外側の錠を外すのに手間取っているようで、何度も舌打ちをしていました。

「ママ！」

ようやくドアは開き、桃太は、もう走り寄る力も湧かずに、どうにか這って母の許に行きました。それなのに、母は、顔をしかめて鼻と口許を覆い、そして言ったのです。

「モモ、なんでママに恥かかせんの？　もう、インターフォン禁止だよ！」


〈娘・蓮音〉


蓮音が収容されている女子刑務所の脇には「恋し川」という名の川が流れているという。それは、かなり幅のある蛇行した川で普段の水かさは少なく、ただの湿地帯が広がっているように見えるそうだ。

「でもね、大雨が降ったり台風が来たりすると、いっきに氾濫して、まさに牙を剝くって感じになるんだよ」

幼ない頃、この刑務所から遠くない所に住んでいたことがあると言う同じ受刑者の富田《とみた》安子《やすこ》が教えてくれた。彼女とは、金属組立ての作業グループで一緒になった。

「水のない時の恋し川の川っぺりに来て、ばあちゃんと十五夜のススキを刈ってたの。そしたら、ばあちゃんが川の向こうを指差して言ったんだ。あそこには悪さをした女がいっぱい入れられてんだって。まさか、ばあちゃん、孫が入ることになるとは思わなかったよねえ」

雑談の許される運動時間の終わりに懐かしそうに安子はそう語り、蓮音は聞くともなしに聞いていた。恋し川か。刑務所の側を流れる川に、そんな名前が付いているとは、何と皮肉なことだろう。外で待つ人々の恋慕う思いが水に流されてしまうのか。それとも中にいる受刑者たちが、自ら恋しさを川に捨て流してしまおうというのか。

恋しい。蓮音は、ここに来た当初、何度もそう感じた。死なせた子供たちはもちろん、夫だった音吉、あんなに反発していた義母、敵としか思えなかった父と継母、地元の仲間。自分が関わり合ったすべての人間たちが恋しくてたまらなかった。もちろん自分を捨てた実の母である琴音も。

でも、もう遅い。その事実を嚙み締めながら、一日一日をやり過ごした。刑務所以前、刑務所以後で、自分の人生は区切られてしまった、と思い至ったものの、それは全然正しくないのは、すぐに解った。

まったく、違う！　そんな区切り方は、まるで間違っている、と蓮音は自身を激しくなじるのだった。自分は、刑務所に入る以前から既に、人生を切り裂いて罪人の側に立ってしまっていた。もう元には戻れないと知りながら、分別を失くした振る舞いに出た。現実を見るための目を自ら潰しながら生きていた。

恋しい、と蓮音はふさがれた胸から唸り声を洩らした。あの頃の私が恋しい、と。子を産み、新しい家族を作り、ひとりひとりの笑顔を確認して眠りについていたあの日々が恋しくてたまらない。

私にだって幸せな時代があったのだ、と蓮音は唇を噛む。音吉と何度も声に出して言った。し・あ・わ・せ、と。

確かにそこにあった幸せ。でも、それを恋しがる資格は自分にはない。そう戒めようとすると、ますます恋しくなり、やがて、苦しみが襲う。肉体を刻まれる方が、まだましだと思えるような地獄の苦しみだ。募る恋しさを断ち切りながら、蓮音は自身に拷問を与え続ける。

「ママ、だいじょび？」

息子の桃太は、いつもそう言って心配そうにこちらを覗き込んでいたっけ。あんなに小さいのに、ある時から、母を守ろうとナイトのような態度を取るようになった。妹が泣いて訳の解らないことを言うと、兄さんらしくたしなめたりもした。

健気だ。蓮音は、健気という言葉に特別に反応してしまう。心が雑巾《ぞうきん》のように捻《ねじ》られ絞られるようだ。でも、涙は一滴も出ない。出ることを自身に許してはいない。

私も健気な子供だったことがある、と蓮音は思う。あの頃、弟と妹の面倒をひとりで見た。がんばるもん、私、がんばるもん、と呪文のように唱えて、不在の母の仕事をすべて引き受けようと必死になった。幼ない自分には不手際ばかりだったが、出来る限りのことはやった。

もうどうにもならない、とついに降参して父の付き合う女たちの手に委ねるまで、たったひとりでがんばったのだ。そして、その甲斐あって、弟の勇太も妹の彩花もすくすくと育った。不幸な子供にならなかったのは、自分のがんばり故だったと思う。

それなのに、どうして、大人になって授かった自身の子供たちのために必要最小限のことすらやってやれなかったのか。下のきょうだいたちを育てたのが、何故、予行演習にならなかったのか。

蓮音は、思う。弟と妹の面倒を無心に見られたのは、自分もまた子供だったからだと。大人は駄目だな、と彼女はひとりごちた。無我夢中で弟や妹の世話をしたひたむきさは、大人になるにつれて削られてしまった。その分、知恵もついたが、邪心も湧き続けた。そんな中でバランスを崩した彼女は、少女時代のがんばりを自分の子供たちには応用出来なかったのだ。失敗した。

だけど、そんな私だって幸せだって思いたい、思われたい。そのつたない願いが、愚かな選択への第一歩だった。

「川の向こうの牢屋《ろうや》は哀しくて憐れな女連中の吹き溜りだよ。でも自業自得の馬鹿もんだからしゃああんめ、なんてくり返すばあちゃんの声が、今でも時々聞こえて来て、ほんっと、やんなっちゃうんだわ。自分が、とてつもなく惨めに思えて来る。まあ、それが罰なんだね」

富田安子は、そう言った後、長過ぎた私語に周囲を気にして立ち上がった。

「でも、あんたよりましだね、きっと」

そう言い残して小走りで去って行く安子の後ろ姿を見詰めながら、蓮音は呟いた。自業自得か。安子は覚醒剤所持の再犯だという。確かに自分よりましだ、と自嘲の笑いを浮かべずにはいられない。

もう耐えられないそうよ、と蓮音に告げたのは、義母の麻也子だった。あれは、結婚して四年目に入った頃だったか。娘の萌音が生まれてまもなくだ。蓮音は、結婚生活が壊れたのを、第三者によって知らされたのだった。

何度も駄目だと感じ、終わりの予感がよぎりながらも、その都度どうにか修復して来た二人の結婚生活。静けさを取り戻すや否や、どちらかによって、破局の方向へと導かれてしまう日々だった。

音吉は、静かに関係を腐らせて行ったし、蓮音は、自分勝手な言動で、せっかく何度もつなぎ止めた愛情を切り離してしまった。それでも二人が覚悟を決めて始めた結婚生活だ。いよいよという時の落とし前だって自分たちで付ける。そう彼女は決意していたのだ。

もしも、その時が来たら、こう言おう、と蓮音は台詞の準備すらしていた。悪いのは、全部、私。私は、この結婚に向かない女だった、と。目に見えるような解りやすい裏切りで、夫を傷付け続けた自分が一番悪いのだ、と。

そして、でも、と続けたかった。私にもどうしても我慢出来ないことがいくつもあって耐えられなかった。そこだけは解って欲しい。勝手な言い分なのはじゅうじゅう承知しているけれども、一度は、あれほど互いに慈しみ合った二人なのだから、最後に嘘のない気持を言わせて欲しい、と。

二人きりで、静かに話し合いたかった。そうして、お互いへの思いやりを保ったまま諦めたいと蓮音は願ったのだった。すると、久し振りに音吉への敬意も湧いて来て、前向きに考える決意も生まれた。

けれど、夫婦だけで向き合う時間を持つことは、もう叶わなくなっていた。

その日は土曜日で、蓮音は、久し振りに家にいる音吉に子供たちを見てもらい、ショッピングモールを徘徊《はいかい》していた。里花子《りかこ》とマリという女友達二人と一緒だった。

「あ、このピアス良くない？」

「それだったら、こっちのが……ほら！」

「いいねいいねっ……てか、フードコートでなんか食いたい」

三人は移動して、マルーン5の流れるコーヒーショップの前のテーブルに陣取り、フラッペチーノに舌鼓を打つ。

「あー、なーんか、楽しーっ。このメンバーだと独身に戻った感あるーっ」

「戻っちゃえ戻っちゃえ……ってか、蓮音、結婚すんの早過ぎーっ」

「真子みたいに、あっと言う間におばちゃんになっちゃうよ？」

「別れなー、決まり！」

結婚して、すっかり落ち着いた母親になった仲間の真子をやっかみとからかいで話題にするのはいつものことだ。

「でもさあ、だんなが馬場さんなら、超良くない？」

まあねー、という間延びした相槌を聞きながら、蓮音は、メールの着信音に気付いて携帯電話を開いた。音吉からだった。

〈早く帰って来なよ。今晩は一緒にめし食おう〉

何だよ、もう！　と呟く蓮音の手許を覗き込んだ里花子が、おっと声を上げる。

「やっぱ、いいね、結婚！　蓮音んとこの音吉坊ちゃんは、ちゃーんとごはんに誘ってくれる。何だかんだ言ったって上手く行ってんじゃん」

「早く帰ってやんな。後で、あたしらが悪もんにされたらやだしさ」

えへへ、と照れ笑いをして、蓮音は、女友達の冷やかしを背後から受けながら、家路についた。

途中、ハンドルを握りながら、蓮音の口は自然とほころんだ。何だかんだ言ったって上手く行ってんじゃん、という里花子の言葉が甦る。ほんとだ、と蓮音は、新しい発見をしたように嬉しくなった。音吉くんと私、駄目だ終わりだ、と言いながらもくっ付いてる。これが夫婦ってやつなのかも、と肩をすくめた。

しかし、そんな自分が呑気に過ぎたのを、家に着いた蓮音は思い知ることになる。音吉と彼の両親、そして蓮音の父親は、リビングに足を踏み入れた蓮音を一斉に見たのだった。

あの時の彼らの顔を思い出すと、蓮音は今でも身震いしてしまう。もう気持が寄り添うことなどない、と知りつつも、どこかで、家族なのだしとタカをくくって接して来た人たち。でも、自分を見詰める目で解った。彼らは裁く人たちで、自分は裁かれる人。いつのまにかそうなっていた。

私がそうさせたんだ、と蓮音は、取り返しがつかない場所に皆を連れて来てしまった責任を初めて感じて愕然とした。自分で自分を見逃してやっていた。でも、周囲の人たちはそうでなかったという当り前のことにようやく気付いたのだった。

仕様がない奴だと広い心で許してくれていた人は誰もいなかった。妻であり、母であるとはそういうことなのだ。すべてにおいて、心掛けのきちんとしていない女に、その資格はない。

「どうして……どうしてなんだ」

父の隆史がぐもった声で尋ねた。たぶん、義母の麻也子から、蓮音の行状を詳しく聞いたのだろう。もしかしたら、かなり大袈裟に伝わってしまっているのかもしれない。しかし、父にとっては、蓮音の立場で、出歩いたり子供を置いて昔の仲間たちと会ったりすること自体、決して許せるものではないのだ。

「蓮音ちゃん、私、前に警告したよね。音吉がうちに帰って来てる時、私が朝早く抜き打ちでこっちに来てみると、あんた、いつもいなかった。子供たち置いて、ひと晩中遊び歩いて朝帰り。絶対に、それ駄目だって言ったよね。あんたの母親とあんたは違うんだからって……」

「ママ！」

麻也子の言葉を音吉が遮った。息子の咎めるような視線を受けて、彼女は、気まずそうに口をつぐんだ。そして、自分の唇を三本の指で仕置きをするように、ぺんぺんと叩いた。

その様子を見て、蓮音は、強烈な嫌悪を感じた。キモイ。もう少しで口に出してしまうところだった。ママ、と呼ぶ息子もキモイ。そして、そう呼ばせて、嬉し気に猫っ可愛がりしている母親もキモイ。あんたら、超キモイんだよ！

父は、それまで怒りのあまりか赤黒い顔をしていたが、今度は、見る間に蒼白になり、貧血でも起こしそうな様子だったが声を振り絞った。

「音吉くんに、嘘つきまくってたそうだな。メールや領収書に平然と証拠残してたのもばれてるんだぞ？　おまえ、もう人間として駄目になってるんだな」

今、まさにこの時、父は私と母の琴音を重ね合わせている、と蓮音は感じていた。それまでは、妻と娘の悪しき共通点などまるでないかのように思い込もうとしているふしがあった。いくら他人から陰口を叩かれても、だ。

そういう意味では、この人もがんばって来たんだ、と蓮音は、他人事のように思う。妻に裏切られ続けた情けない夫というポジションを、情の深い人間愛にあふれた男というイメージで塗り替えて来たのだ。心を病んだ妻の代わりに三人の子供の面倒をしっかり見て、少年野球のコーチとして地域にも貢献している。人々に、そう思わせるための努力はいかばかりだったか。

私は、それを全部ちゃらにしちゃったんだね、パパ。

「まあ、まだ若いんだし、そんなきつい言い方をしなくたって……」

音吉の父が言った。彼は、最初から馬の合わなそうな蓮音には関わらないと決めているかのようだった。松山家の実権は、すべて義母が握っている。

「人間として駄目になったなんてひどいですよ、お義父さん」

音吉が涙声で抗議した。泣くのかよ、と蓮音は唇を噛んだ。音吉くんが好きだ。そんな声を聞くと、彼女の心まで湿って来て、せつなくなってしまうのだ。音吉くんが好きだ、と改めて思う。

「蓮音ちゃんは、おれの奥さんなんです。人として駄目になる前に……」

皆、音吉に目で問いかけて、次の言葉を待った。

「駄目になる前になんだって言うの⁉」

苛立った義母が尋ねる。この人は、どうしても、今、この場で決着を付けるつもりなんだ、と蓮音は、いよいよ追い詰められた気持になり、身動きも出来ない。

「おれたち、別れた方がいいと思う」

音吉は、ようやくそう口にして、下を向いたまま、正座した自分の膝に涙をぽろぽろと落とした。その後、まるですがるように蓮音を見詰めて懇願する。

「でも、蓮音ちゃんは嫌だよね。嫌なら嫌って言ってくれよ。おれ、考え直してもいい」

蓮音は、しばらくの間、音吉を凝視していたが、やがて口を開いた。

「キモイ。おまえ、キモイんだよ」

蓮音！　と父の怒号が飛んだ。彼女の結婚生活が終わりを告げた瞬間だった。

子供たちを連れたまま、あちこちを転々とする生活が始まった。

もちろん最初は、誰も母親失格の烙印《らくいん》を押された蓮音に子供たちをまかせる気などなかった。蓮音以外の誰かが面倒を見て行く筈だ、と家族会議にいた全員が思った筈だ。しかし、結局、手を差しのべる者はいなかったのだ。夫の音吉でさえも。

音吉とは、養育費の支払いについて何度か会って話し合った。そして、義母が、こう言っているのを知った。

「うちの孫でもあるんだから、そりゃ、心は痛むのよ。でもね、あの蓮音ちゃんの血を引いてると思うとねえ……それって、あの子のお母さんから続いている血ってことでしょ？うちで引き取る訳には行かないよねえ」

音吉が気まずそうに伝えるのを聞いて、蓮音は、呆然としたままひと言、呟いた。

「……血……」

何を言っているんだ、この男は。そして、この男の家族は。私に流れている血が悪い血だと言うのか。そして、子にも流れている悪い血を重要視して、私たち母子との関係をなきものにしようというのか。

「音吉くん」と言って、蓮音は、既に夫ではなくなった男をまじまじと見た。その視線に耐え切れないのか、彼は目をそらした。目尻が濡れている。でも、もう、それを見て彼女の心がそそられることはない。

「新しいお嫁さん見っけて、新しい子を作んなよ。今度は、綺麗な血の子をね」

ごめんごめん、と言いながら、音吉は号泣した。その嗚咽を聞きながら蓮音はつくづく思う。泣きゃいいってもんじゃねえよ。泣いて良いのは、愛されてる男だけだよ。

父は怒りながらも、蓮音たち母子の力になろうと言ってくれた。しかし、今さらあの継母と仲良くやって行くのは無理だった。いよいよ世話にならずにはいられなくなり訪ねて行っても、すぐにいさかいが始まってしまう。しばらく離れていた実の弟の勇太や妹の彩花とも上手く調子を合わせられない。いつのまにか、その家は、蓮音の実家でありながら、受け入れてくれる場所ではなくなっていたのだった。

「ち、恩知らずな奴らだよ。私が育ててやったのにさ。ほんっと、きょうだいは他人の始まり、だね」

転がり込んだ先の馴染みの男たちに、蓮音はよく愚痴った。けれど、耳を傾けてくれる彼らの誰ひとりとして救いの手を差し出す者はなかった。

結局、誰も蓮音の子供たちを引き取ることなく、誰かしらが面倒を見るという提案も保留にされたまま、母子は放り出された形になった。

すがり付くという選択肢が何故自分になかったのか。後に、考えても考えても蓮音には解らない。プライド故なのか、と尋ねられればそんな気もする。でも、可愛い子供たちのために、ちゃちなプライドに似たものを捨てられなかったのか。ただ、なりふりかまわず叫べば良かったではないか。助けて！　と。でも出来なかった。だって、幼ない頃から助けを求めたことがないのだもの。彼女のその声は、いつも封じられて来た。

母の琴音が姿を消してから、蓮音は誰かにすがるという行為を自分に禁じたのだった。あらかじめ頼ろうとしなければ、断られて傷付くこともない。呪文を唱えて必死になった。がんばるもん、私、がんばるもん。

母は、今、生家に戻り、彼女の叔母である類子さんの喫茶店を引き継いでいるという。

昔、蓮音を気に掛けてくれたあの人だ。二年ほど前に亡くなったと聞いたけれど、葬儀にも出ていない。何しろ父と仲が悪くて、母がいなくなった後は絶縁状態になった。

ふと、母と一緒に暮らしたらどうだろう、と思いつき、直後、蓮音は首を横に振った。

——出来る訳がない。

でも、とたまに夢想したりもしたのだ。何年も離れて過ごした空白の時間を、少しずつ少しずつ埋めて行ったらどうだろう、と。

私は、ママの病み上がりの心を労って看病して、ママは、自分の子たちを置き去りにしたのをつぐなう代わりに桃太と萌音を慈しむ……。そんな想像を巡らせていると、心は段々温かくなり、薔薇色の未来が閉じた瞼のスクリーンに広がる。けれども、少し経つと薔薇は、あっと言う間に枯れてしまうのだ。現実という厳しい風にさらされて。

誰もあてにしたりするもんか。蓮音は、子連れで立ちすくむ向こうに荒涼とした景色が広がっているのを見ている。

町を出ていくか。

だんなと幸せにやっている女だからこそ、その悪さもまた幸せの内、と仲間内では思われていた。でも、もう違う、と知られるだろう。だんなに捨てられてまで悪さを続けたら、ただのうざい女に成り下がる。そんなの絶対に嫌だ。

桃太が生まれた翌年の二〇〇七年から始めたブログ「ハスのＨａｐｐｙ Ｄｉａｒｙ

♡」で、蓮音は少しずつ自分の情報を流すことにした。

〈この間、東京に行ってびっくりするようなことがあったよ！　なんとなんと！　この私が銀座でスカウトされた!!　残念ながらモデルちゃんとかじゃなくて、ホステスさんなんだけどさー、すごくなーい？　チョー高級クラブらしいぞ、どーする？〉

もちろん、そんな事実はなかった。蓮音は、生まれ育った土地を惨めな状況で出て行く訳ではないと、さりげなくアピールしておきたかったのだ。

〈うちのダーリン♡にいちおー聞いてみたら、大反対。やっぱ、ミズにはへんけんあるよー。でも、銀座でいい女になって帰って来たら、どうゆー顔するかなー〉

実際に勤めることになったのは、池袋のキャバクラだった。それも、スカウトされたのではなく、求人広告を見て面接を受けたのだった。「子連れ可」で、「社宅完備　託児所付き」という文言に引かれて行ってみたら、社宅とは名ばかりのレンタルルームのような部屋だったが背に腹は替えられなかった。何しろ生活して行かなきゃならない。

地元の仲間たちからは、次々とメールが届いた。

〈すげー、銀座就職おめでとー！　高い女になって戻って来なよー〉

〈高級クラブっていくらもらえんの？　黒服のクチあったら紹介しろ。ムリかなー、なまりあるし〉

〈銀座だからって、気取るんじゃねえべな。おれらのハスだしよ〉

いつのまにか、蓮音は、電波の上で自分のライフストーリーを修正して行った。銀座でスカウトされ、どうしてもと請われて、店にマンションも用意されて、最初は仕方なく、しかし次第に都会の水に馴染んでいきいきと働く女としての自分を、言葉と写真だけで創り上げた。もちろん、子供たちに対する店のケアも万全であると。

しかし、一番近くにいた長年の友達である真子は誤魔化せなかった。

「蓮音、いったいどうなってんの？　桃太と萌音ちゃんはだいじ？　音吉くんとは別れたの？　私に何も言わずにいなくなっちゃうなんて、あんまりなんじゃない？」

真子の電話の声は、真剣だった。

「ブログ読んだんでしょ？　あの通りだよ」

蓮音は、突き放すように言った。彼女は、望まない深刻さをいきなり運んで来た真子に苛立っていた。

「子供たち第一に考えなきゃいけないの解ってるよね？」

今、そんな正論聞きたくねえんだよ！　声には出さなかったが、そう真子を怒鳴り付けたい気分だった。相変わらずお節介な女め！

「ね、真子さあ、なんだって、今、水を差そうとするの？　みーんな、銀座でがんばれ、とか励ましてくれるのにさ」

真子は、電話の向こうで溜息をついた。

「こっちらへんの奴らのこと言ってるんなら、それ全然違ってるよ。そりゃあ、最初は、あんたの話題で持ち切りだったけど、もう忘れてる。あの人たちにとっては、どうでもいいことなんだよ！　適当に励ました振り。仲間の家が大変なことになったって、それは騒ぐためのネタ。酒のつまみみたいなもんなんだから」

「別に、私んち大変なことになんてなってない」

「だって、音吉くんと別れたんでしょ？　あの人、一回、うちに、あんたのこと捜しに来たよ。彼が連絡先知ってるあんたの友達、私だけだから」

「中途半端なことしやがって」

え？　と真子はとまどったように聞き返した。

「ハンパなんだよ、あの男は。子供を育てる気なんかないくせに、都合のいい時だけ父親面する。いい人ぶって、罪の意識から解放されようとする。私と結婚したのだって、上から目線の施しなんだよ！」

「蓮音、桃太と萌音ちゃんの父親だよ？」

だからあ！　と蓮音は声を荒らげる。

「自分の優しさの確認のために、父親って立場を利用しないで欲しいんだよ！　皆で、寄ってたかって、私と子供らを殺したくせに」

どういうこと⁉　ね、蓮音！　と真子は大声で問いただそうとしていたが、蓮音はいきなり電話を切り、彼女のアドレスと番号を削除した。

そうだよ、と蓮音は流れる冷汗を拭いながら思う。殺されたら、新しい人間に生まれ変わるしかない。リアルな自分なんて錯覚なんだ。自分で上書きするフェイクだけがすべて。真子、あんた、いらねーっ。

この時、蓮音は、フェイクという概念が子供にはないことに気付かないまま、ただひとりのリアルフレンドを失ったのだった。

第九章

〈母・琴音〉

結局、娘の蓮音は誰にも頼れないまま、子供たちを死に至らしめた。そのことを思うたびに、私の心臓は、きりきりと絞り上げられるようだ。でも、どんなにそうされても血はしたたり落ちない。うずくまって、苦しみの発作が去るのを待つばかりだ。なんてひどい母親！

でも、仕方ない。だって、どうして良いのか解らないんだもの。そう、私は、ずっと昔、まだ幼ない頃から、どうして良いのか解らなかったのだ。解らないまま、逃げて逃げて、その末に、蓮音の父親との結婚に逃げ込み、そこから、また逃げた。

蓮音は、皆に見放された後、誰にすがり付くこともせず、助けも求めなかった。子供たちの父親からも、養育費を受け取らないままだったと聞いた。頼まれれば、すぐに渡せる状態だったのに、と週刊誌の取材に応じたその親族は語っていた。

自分の親に申し出ることもなかった。私は、もちろんのこと、父の隆史にも。彼なら、娘を許せなかったとしても、孫たちのためには何らかの手を打っただろうに。あの、ヒューマニズムを標榜《ひょうぼう》するごりっぱな男なら。でも、誰も、あの母子のために何もせず、そして蓮音自身、何も求めなかったのだ。そして、子供らを置き去りにして死なせてしまった。

いったい何故？ プライド？ 持って生まれたいい加減さ？ それともあらかじめ欠けていた人間としてのモラル？ いいえ！ 私は、そのどれでもないと思う。

見捨てられた娘。それが、私の娘、蓮音。自分の居る場所から決して逃げ出そうとせず、どうにか栄養分を吸い上げながら生きて行こうとしていたのだ。彼女の栄養分。それは、ある時には、昔馴染みの仲間たちであり、次々と知り合った男たちであり、はしゃぐためだけの女友達であったり……。彼らから、どうにか、生きるに必要なエキスを得て、子供たちと歩いて行こうとした筈だ。

でも、持ちこたえられなかった。逃げ方を知らなかった女の子は、とうとう間違ったやり方で放り投げてしまった。

実は、私は、こっそりと蓮音の家族を見に行ったことがあった。彼女の離婚前のことだ。叔母の類子さんから、ずい分前に聞いていた住所の周辺を訪れてみたのだった。マンションに直接行く勇気はとてもなく、近くの公園をうろついていて彼らを見つけた。

　蓮音たち夫婦とその子供たちが、ブランコを囲んではしゃいでいた。団欒。それを認めた途端、私は背を向けた。娘夫婦の笑い声に追いかけられながら、早足で公園を後にした。やがて段々と駆け足になり、仕舞いには全速力で走った。猛スピードで駆けて行く途中、あふれた涙の粒がいくつも後ろにはじけ飛んだ。

　気持は興奮の極致にあった。でも、それは、いつものように閉塞感に耐え切れず叫び出してしまう類のものではなかった。私は、その時も逃げていたが、喜びをどう扱って良いのかが解らずそうしたのだった。いつのまにか、逃げる以外に自分を表現する術《すべ》を失っていた。

　なあんだ！　と私は泣き笑いしながらひとりごちた。蓮音の奴、ちゃんと幸せになってるんじゃないか。私なんかいなくたって、ううん、いなかったからこそ、あんなにも素敵な家族の絵を描くことが出来たのだ。良かった、本当に良かった。あの子は、私のように過去という病の保菌者にならずにすんだ。

　今思い起こすと、自分の調子の良さに呆れ果てるばかりだ。素敵な家族の絵、だって？　それが、どれほど脆《もろ》いものであるか、この私が一番良く知っていた筈なのに。

　私は、蓮音を突き放した人々を決して糾弾出来ない。彼女は、二人の子供たちと共に、一度は、実家に身を寄せていた私を訪ねて来たのだ。何を要求する訳でもなく、ただ孫を見せようとした。それなのに、私は、その寄る辺ない身の上を思いやってやることすら出来なかったのだ。

本当は、どれほど助けて欲しいと口にしたかっただろう。娘が母親に頼るという当り前のことすら出来ずに蓮音は去って行ったのだった。あんたには、元々、何も期待してないよ、とひと言、残して。

すばしっこい小動物のような桃太も、ベビーカーに乗せられたキューピー人形みたいにぷっくりした萌音も可愛くてたまらなかった。それなのに、何故だろう。同時に、私は、子供たちが怖くてたまらなかったのだ。あらかじめ壊れると解っている宝物のような気がして。

壊れる前に自分から手放した方がましだと思ってしまった。だから、そうした。そして、何の手立てもなくなった蓮音は騒ぎ立てることすらせずに去って行った。

鬼母と呼ばれるべきは、私の方ではないか。最後に私に憐れむような視線を送った蓮音の瞳が忘れられない。去り際、ママ、またおばあちゃんに会いに来るでしょ？　と桃太が聞いた。蓮音は答えた。ううん、二度と。

蓮音の言った通りになった。私たちは、それきり顔を合わせることはなかった。こんな母親とは縁を切ってくれ、と思った。自分にはどうすることも出来ないのが解っていた。普通の女が娘にしてやれることを、何ひとつしないで来た私に今さらどうしろと言うのか。

この病んでたれ流した膿に濡れた手で、どのように娘の手をつかんだら良いというのだ。

それでも時々は狂おしいほどに蓮音を求めた。もう一度、一から育て直させて欲しいと切望した。でも、ある時期までやれたとしても、自分は、やはり発狂するだろう。子供の頃から長年溜め込んで来た毒が、ついに体の外にあふれて発火し、やがて狂気の炎が燃え上がるだろう。そして、また子捨てをくり返す。

そんなふうに自嘲しては、兄の勝や信次郎さんに励まされて気を取り直す日々が続いた。そして、やっと希望の薄日が差し始めた頃、蓮音は子らを死なせて逮捕されてしまった。

その一報を受けた時、私は震えながら呟いた。病むのか、私、また病んでしまうのか、と。そんな私に言い聞かせるように信次郎さんが言った。

「もう、飽きたろ？　琴音、おまえさん、心患い、もうとうに飽きちまったろ？」

しばらく考えて、私は、うん、と返事をした。もう飽きた。

「いつまでたっても病み上がりじゃ、勝兄ちゃんに悪いもん」

「ほうだ、ほうだ」

夫と子供たちの許に帰らなくなった頃、飲み屋街やパート先で知り合った男たちとのその日暮らしに身をやつしながら、私は、ますます心を病んで行った。

最初の頃は、手軽な女とおもしろおかしく日々を過ごすつもりで、私の居場所を作ってくれた男たちも、途中で面倒が見きれないとばかりに、口実を設けては二人きりになるのを避け始めた。露骨に二度と近寄らないでくれと言う者もいたし、親切心で母の家に連絡してくれる人もいた。はっきりと、頭おかしいから病院に行けよ、と言われたこともあった。行ったよ、と心の中で叫んだ。行ったたって、おかしいままなんだよ！

結局、私は、実家に戻らざるを得なくなり、そこと病院の往復生活が始まった。

私の人生、こんなもん、と投げやりな気持で入院していたある日のこと、東京で暮らしていた兄の勝が訪ねて来て、言ったのだ。

「もう飽きたろ、琴音。ここ出よう」

兄は、一年浪人した後に無事志望大学に合格し、卒業後、資格試験に合格して税理士事務所に勤めていた。私のことは何かと気に掛けてくれていたが、隆史と結婚して三人の子供が生まれてからは、すっかり疎遠になっていた。

「真面目な良いだんなを見つけてくれて、ようやくおれも用済みか、と思ったけど、まさかこんなことになってるなんて……」

母も類子さんも、私の精神状態が悪くなったのを出来るだけ隠そうとしていた。いつも母と私を心配して、少ないながらも仕送りを欠かさなかった兄には、なおさら言い出せなかったそうだ。

「ちょうど、保護室から出て来たばかりなんだってな。面会出来て良かったよ」

そう言って、兄が、子供の頃のように頭を撫でてくれた時、私は、人目もはばからず泣き出してしまった。

　そこは、ちょうど昼食がすんだばかりの食堂で、まだ何人もの患者さんたちが残って雑談に興じていた。その内のひとりが抑揚のない声で呟きながら、私と兄の脇を通り過ぎて行った。

「泣くほど嬉し、泣くほど嬉し、泣くほど……」

　その人を目で追いながら、兄は吹き出し、私に視線を移して言った。

「まるで、お経みたいだな」

　私もつられて笑った。

「あの人、なんでもお経にしちゃうんだよ」

　へえ？　と言って兄は、ハンカチを差し出した。ぴしりとアイロンの掛かったそれを見て、私は、女の人の存在を感じたので、そう言った。

「おれ、小さい頃から自分のことは自分でやってただろ？　だいたい、お母ちゃんに洗濯とかアイロン掛けとかしてもらうと、糊《のり》はバッキバキに付いてるし、アイロン掛け過ぎてうっすら茶色に焦げてるしで、どうにもなんなくなってることが多かったしな」

「お母ちゃん、超が付く綺麗好きだったもんね……。でも、私たちの下着とかは、いつも古くて汚れてた。穴、開いたパンツを穿《は》かされてることもあって、私、恥ずかしかったよ」

「ちっちゃい頃の話だ。忘れろ」

私は、再び泣き出してしまった。誰も私に忘れろと言ってくれなかった。だから、私は、自分で忘れようとするしかなかった。でも、無理だった。あのこともあのこともあのことも……。

「勝兄ちゃん、私、私ね……」

私は、兄に、今こそ打ち明けてしまおうと思った。継父の伸夫が、少女の私に何をして来たかということを。その性的虐待が、どのように私の心を壊して行ったのか、ということを。

けれども、何度口を開いても正しく言葉が出て来ないので諦めてしまった。言うべきではない、という思いが頭の中を占めていたのだ。伸夫を忌み嫌っていた兄が真相を知ったら、逆上して何をするか解らないと危惧したせいもあるが、主に私の自尊心の問題によるところが大きかった。

今さら自尊心など持ち出すのはおかしなことかもしれない。でも、私は、あんな伸夫のしたことくらいで自分が崩壊したとは死んでも思いたくないのだった。あんな下衆《げす》野郎に人生を滅茶滅茶にされたなんて、屈辱的過ぎるではないか！

私は、伸夫に体じゅうをいじくり回されている最中にもそう考えようとしていた！　自分は惨めな子になるつもりなんか、絶対にない、と。私は、この男に、されているのではなく、させてやっているのだ、と。仲良しのノブちゃんに施しを与えているのだと信じ込もうとしていたのである。小さな体に潜む、大きなプライドを守るために。何びとも、この私を傷付けることは不可能なのだ、と。

その不自然さは、少しずつ、私の心に膿を溜めて行ったのだった。そして、ある時、爆発した。膿は噴き出し、私は、いっきに楽になった。けれども、私は、本当に自由を得た訳ではなかった。できものの根は、既に私の奥深くまで伸びており、もう遅かったのだ。

「結婚生活、そんなにつらかったのか」

兄の問いに、私は、うん、とひと言答えた。それは本当だった。仲夫の存在がなければ素直に夫の隆史に従う妻でいられたかもしれない。いや、それ以前に彼と結婚していなかったかもしれない。私の人生のレールはずっと歪んだまま延びている。

「笹谷さん、良い人そうに見えたけどな」

「いい人だよ。すごくりっぱな人。りっぱ過ぎたんだよ、私には」

そうか、と言って兄は立ち上がり、いとまを告げた。これからは、ちょくちょく寄るよ、と言い残したが、その通りになった。

私は、兄によって落ち着かされ、癒やされて行った。そして、担当医の勧めもあり、退院と同時に上京して、兄と暮らし始めた。

三十なかばをとうに過ぎて、ようやく私は生き直す力を得たのだった。

兄との数年間の生活で、私は、穏やかさというものを学んで行った。彼には、同じ税理士の佐和《さわ》さんという長い付き合いの恋人がいて、三人で過ごすことも少なくなかった。

「あの、私、二人の邪魔してませんか？」

兄のところの居候となった当初、私は、たびたび尋ねた。すると、佐和さんは、決まって笑い飛ばすのだった。

「あー、その質問、やめっ！　自分のこと邪魔者って思うと、本当にそうなるよ」

「そうなの？」

「そうそう、ね、勝くん」

「そうか？　時々、自分が邪魔者なのに、全然気付いていない邪魔者もいるよ？」

そう言って、二人は仕事仲間の名を挙げて大笑いする。共に同じ事務所に勤めているのだ。

佐和さんは、離婚して、ひとり息子を育てるシングルマザーだ。明るいけど、あれで結構苦労人なのだ、と兄が言っていた。苦労人という響きはいいな、と私は思う。私なんかみたいに駄目人間に成り下がったままで来た奴には恐れ多い存在のように思える。

新しく生き直すつもりで兄の許に身を寄せた私だけれども、世間的に見て「使えない人間」であることに変わりはなかった。もう、噯《おくび》によって気分をすっきりさせるような調子で、上腕を切り刻むようなことはしなかったし、突然叫び出したり、自暴自棄になったりすることもなくなったが、それでも、前向きな気持になれずに途方に暮れてしまうことがしばしばあった。

佐和さんは、そんな私に的確なアドヴァイスをくれ、それでもどうにもならない時のために、精神科のクリニックを紹介してくれた。

私は、そこで話した。幼ない頃から沈み続けて分厚い層を成した澱《おり》を、すくってはぶちまけ、すくってはぶちまけするように、話し続けた。途中、吐き気がして何度もえずいたり、涙が止まらなくなったりもしたが、もうやめられなかった。

私は、話すために、ここまで生き延びて来たんだ！　そんな思いに駆られて喋り続けた。

「先生、私は、被害者でいるより、加害者になる方が、はるかにましだと自分に言い聞かせていたんです」

言いながら、そうだったのか、と腑に落ちた。私は、母を裏切る男の共犯者に自らを仕立て上げていたのだ。

精神科のクリニックに通い、自分について語る術《すべ》を覚えた私は、恐る恐る兄の恋人である佐和さんに身の上話をするようになった。私が望まない事柄に関しては、決して、兄に言ったりしない、と約束してくれてありがたかった。彼女は、私が信頼して心の内をさらけ出せる唯一の女の人になった。

急速に佐和さんに心を許して行く私を見て、兄は、時たま苦言を呈した。

「琴音、あんまり佐和にべったりするなよ。佐和には佐和の抱えているものがあるんだから、そこを考えてやって欲しいんだ。おまえが、どんどん元気になって行くのは嬉しいんだけど、依存しちゃ駄目だ」

　そう言われるたびに、はっとした。そうだ、知らず知らずの内に、私は寄り掛かり過ぎてしまっている。根気良く耳を傾けてくれる佐和さんの優しさに甘えて、これまで溜めて来たつらさの捌け口にするところだった。

「勝兄ちゃん、ごめん。私、人との距離感がなかなか取れなくて。そもそも、私を解ってくれる友達なんていたことなかったから」

「じゃあ、これから友達付き合いに関して学んで行くんだな」

兄の言葉に、しゅんとしてしまった。世の中は、自然に友達付き合いが出来てしまう人々であふれているのに、私は、自ら学んで行かなくてはならないのだ。

「あんまり難しく考えんなよ。琴音は、いつも考え過ぎ。まわりくどく人を思いやって自分を追い詰めてくんだから。素直になればいいだけだから」

私は、もしも自分の話がうっとうしかったら言って欲しいと佐和さんに伝えた。

「なあに？　それ、勝になんか言われた？」

「ちょっと……私、信頼して話せる友達とかいたことなかったから、佐和さんと仲良くなれて、いい気になってたかも……」

私の卑屈な物言いを聞いて、佐和さんは、大声で笑った。

「うっとうしくない人間なんて、この世にいないのよ、琴音ちゃん」

「そうなの？」

「そう！　でもね、いいこと教えてあげる。そのうっとうしさがなくなったら寂しいって感じられる人を身内って呼ぶの。琴音ちゃん、あんたは、もう私の身内だよ」

血のつながりがあろうとなかろうとね。そう続けた佐和さんを見て胸が熱くなった。私の身内。

佐和さんと過ごす中で、私は、ようやく待ちかねた水と養分を与えられた植物のように生気を取り戻して行った。

兄の勝の言葉に従って、私は、注意深くバランスを取りながら佐和さんを慕った。寄り掛かり過ぎずに、離れ過ぎずに、ありのままの自分を見せることが出来ていると自覚した瞬間は、どんなに嬉しかったことだろう。

「被害者と被害者ぶるってのは、全然違うんだよ。琴音ちゃんは被害者。その立場になってしまった自分を救いたい気持は解るよ。惨めな傷ものになりたくなくてもがいたのも仕様がない。でもね、あんたは被害者なの。その事実をちゃんと見なくちゃ。そして、それは、あなたのせいでも責任でもないの」

「……じゃ、誰のせいだって言うの？」

そんなの……、と言って佐和さんは肩をすくめた。

「男のせいに決まってるじゃない。お母さんの男、伸夫だっけ？　そいつと、それから、お母さん。お母さん、見て見ぬ振りしてたんじゃないかしら」

「……まさか」

後に、佐和さんの予想通りだったと判明するのだが、その時の私には、とても信じられなかった。ことさら伸夫の気を引こうとしたのは私だったし、それがきっかけとなってエスカレートして行った彼の悪業を母にだけは気付かれたくなくて、隠し通したのも私だった。

もし、母が知っていたのだとしたら……。そう思うと、目の前が暗くなるようだった。私は、母の娘である自分を惨めな被害者にしないために必死になって来たというのに。

急に押し黙ってしまった私を佐和さんは気づかった。

「本当のところは、私みたいな部外者には解らないよ。大事なのは、琴音ちゃんが琴音ちゃんのままだってこと。他人から付けられた傷をずっと傷として取っておくんだったら、それでいいよ。古傷になっても痛みがぶり返すようなら、私たち身内が何度でも手当てしてやるから」

なんて頼もしいことを言ってくれるのだろうと、私は心強い気持で佐和さんを見詰めていた。しかし、彼女は、本当は私を励ましているどころではなかったのだ。

その年の暮れ、佐和さんの息子が亡くなった。生まれつき重度の障害を抱えていたというのを、私は、嗚咽する兄から聞かされた。

佐和さんの息子は、わずか七歳だった。生まれた時から脳に損傷があり、重症心身障害児施設に入所していたという。元々、先天性の心疾患もあり、長くは生きられないと言われていたそうだ。

「おれ、子供が生まれる前から佐和のこと知っていたんだけど、結婚して妊娠したとまわりに伝えた時の幸せそうな顔ったらなかった。でも、子供が生まれた後は、もっと幸せそうだったんだよ。だから、まさか障害のある子だなんて思いもしなかった。あいつがつらそうにしていたのは、それより後の離婚の時だったたし」

「勝兄ちゃん、力になってやれたの？」

「おれに出来る限りのことはしたつもり。あんなに男まさりでがんばり屋の佐和が隠れて泣いているのを見て、おれ、たまらなかったよ。可哀相で」

「同情？」

「かもな。でも、それって、独占欲の伴った同情っていうのかな。おれ以外の男に同情してもらいたくないっていう強烈な気持。この女に同情する権利があるのは、おれだけだっていう……」

私は、よく意味が解らず首を傾げた。

「その根拠は？」

「愛かなあ……」

思わず吹き出してしまった。

「……勝兄ちゃん、照れないの？」

「馬鹿。本当に真剣に愛してると、照れてる暇なんてないんだって」

目の前の兄を見知らぬ男のように感じた。それも、かなり好感度の高い素敵な、でも、まったく馴染みのない男だ。彼はもう妹の私の行く末に心を煩わせてばかりの勝兄ちゃんではないのだ。

「琴音、もうそろそろひとりで立って歩け。アパート借りるんなら金貸してやるし、もういっぺんお母ちゃんとこ戻ってもいい。今は、類子叔母ちゃんと二人で暮らしているらしいから気が楽だろ？」

「私を追い出すの？」

兄は、少しの沈黙の後、言った。

「おれ、佐和と結婚する。今こそ、おれが必要だと思ってもらいたいんだ」

じゃあ、まあ、と言って、私は、おどけたように告げた。

「追い出されてやるか」

すまん、と頭を下げる兄を初めて見て、これが愛の力か、と私は目を見張ってしまう。

「あせることないのよ。琴音ちゃんのペースで、ゆっくりゆっくりやってけばいいんだから」

兄の許を出て行くことを告げた時、佐和さんはそう言ってくれたが、実行に移すのは早い方が良いと、私自身思っていた。このまま、二人に甘えていたら、私は、何も出来ないままおばあさんになってしまう。もう四十に手が届こうとしている。それなのに、いまだ私と来たら、病み上がりのか弱いお嬢さん然として、兄に面倒を見てもらっているのだ。

「佐和さん、私、実家に帰ります。まだ自立出来る訳じゃないし、パートに出たり、叔母のやってる喫茶店を手伝ったりして、とにかく人に慣れないと」

「そお？　でも、困ったらいつでも連絡するのよ」

「うん。勝兄ちゃんをよろしくお願いします。兄ちゃん、佐和さんのこと愛してるんだって。よく言うよね、あの顔で」

佐和さんは、私の言葉に頬を染めて恥じらいを見せたが、すぐに悪戯《いたずら》っぽい笑顔を浮かべて、言った。

「私の男は、すごくいい男だよ」

そうだね、そして、その男は、私の兄ちゃんなんだ。声に出さずに、そう呟いた。さようなら、私を助け出してくれた人たち。

しかし、実際に実家に戻るのには、それからまた時間がかかった。少しでも自分のお金を作ろうとコンビニエンスストアでバイトをしたりもした。しかし、何よりも心の準備が必要なのだった。大丈夫、琴音、大丈夫だよ。

兄と佐和さんの声に力付けられ、そして、自分自身にも言い聞かせながら、ようやく私は、母と叔母の類子さんの許に戻ったのだった。二人共、すっかり年老いていた。病を得ていた類子さんの具合はおもわしくなかったが、老いは、姉妹を柔らかくほとびさせ、穏やかな笑みを浮かべている。その表情を見て、私の緊張はいっきに解けた。

「そういや、琴音、フジタパンの三男坊、覚えてる？」

類子さんの口から意外な名前が出て驚いた。

「……信次郎さんのこと？」

「そうそう。あの人、早期退職したとかで、こっち帰って来て、うちの店、手伝ってくれてんのよ」

懐かしくて温かいものが、じんわりと胸に広がった。逃げて逃げて、逃げ続けた私の人生。まだひどく疲れているし、心細くて震えてる。それでも、ついに逃げ切ったその先には、希望が広がり、私は、そこに差す薄日に包まれて、やっと今、目を覚ました。

〈小さき者たち〉

悪いことをした子には、ばちが当たるよ。

前に、母の蓮音に何度か言われたこの言葉を、今、桃太は思い出しています。「ばち」の意味が良く解らないままでいた桃太でしたが、今のこのことなのかなあ、と考えて慌ててしまうのでした。ばちが、こんなにも大変な事態だなんて、と気付いたのです。

母に謝って、このばちをどうにかしてもらわなくては。桃太は、すっかりあせってしまい、とりあえず起き上がろうとするのですが、どんなに体に力を入れようとしても、動くのもままならない状態なのです。

「ママ」と、桃太は、声にならない声で母を呼ぶのでした。もう悪いことはしないので、ばちをなしにして下さい。何度もそう願っているのですが、母は帰って来る気配がありません。

「ぼくのした悪いことは、全部謝るよ。ごめんなさい、ママ、ごめんなさい」

まるで、「ごめんなさい」が魔法の呪文であるかのように、桃太は、呟き続けました。けれど、本当のところ、どのあやまちに関して詫びたら良いのかが全然解らないのです。

泣き止《や》まない萌音に腹を立てて、その手をつねってしまったことなのか。朝ごはんの玉子焼が焦げていたので、口を付けようともせず、そっぽを向いて抗議したのが母を傷付けたのか。あの時、母は、いつものように怒ることなく、哀しい口調で言ったのでした。

「ママのママは、玉子焼がすごく上手だったんだけどねえ。教えてもらっときゃ良かったねえ」

どんな玉子焼でも食べておけば良かったんだ、と桃太は、今さらのように後悔するのでした。もう空腹は限界を越えて、気持が悪くて何も食べたくない状態ですが、母の玉子焼なら、どんなに焦げていても喉を通ると思うのです。ママの玉子焼ならば。

あ、もしかしたら、あのことでばちがやって来たのかもしれない、と桃太が思い出すのは、ある夏の午後です。猛烈な暑さに汗だくになって歩き続けていたあの日。あてにしていた友達に何かの頼みごとを断られたとかで、ベビーカーを押す母は、とてもつらそうにしていました。

桃太もふらふらでしたが、どうにか母を力付けたい、と、お道化《どけ》て見せたり、ふざけた歌を歌ったりしていました。

そんな時、自分たちの前方に、きらきら光るものが落ちているのに気付いたのです。

「宝石だ！」桃太は叫びました。

湯気が立つような真夏のアスファルトの上で、それは、太陽の光を反射して輝いていました。

「ママ、あれってブローチじゃない？　ママの大好きなブローチだよ！」

桃太が指を差した方を見て、母も言いました。

「あー、ほんとだ。誰かが落としたのかな？　すごく綺麗だね」

「ぼく、取って来る！」

桃太は、全速力で走りました。母が、きらめくアクセサリーに目がないのを知っていたのです。でも、お金がなくなってしまったせいか、デパートや駅ビルの売り場で、あれこれ手に取っては溜息をついていたのでした。その姿をながめながら、ぼくが大人になったら、絶対プレゼントするんだ、と誓ったのです。それが、びっくりすることに道に落ちていた！

全速力で走りました。拾ったそれを自分の手で母に渡したいと、桃太は、強烈に思ったのです。

ところが、近付いて見た途端、それがブローチでも何でもないことが解りました。つぶれた黄金虫の死骸だったのです。誰かに踏まれたのか、羽を広げた状態でぺしゃんこになっていたのでした。ぎらつく太陽が羽のグリーンに照り付け、光が反射していただけだったのです。

肩で息を切らせながら呆然と立ち尽くす桃太に、追い付いた母が言いました。

「ま、エメラルドに見えないこともなかんべ。見たことないけどさ、本物のエメラルド」

怒り出すと思われた母が、そう言って低い声で笑ったので、桃太は意外に感じると同時にほっとしたのでした。

ベビーカーを押す母と桃太は、再び炎天下をのろのろと歩き始めました。萌音は暑さをものともせずに寝息を立てています。

「ママ、ブローチ落ちてなくてごめんね」

「いいんだよ」

「ぼく、大人になったら、ママに買ってあげるよ」

「いらねえよ」

「ほんとだよ、ほんとにブローチ……」

「うるせえよ、いらねえって言ってんだろ」

さっきまで、機嫌の良かった筈の母が突然苛立ったように桃太の頭をこづきました。

「モモにそんなこと言われると、悲しくなんだろうが⁉ あーっ、頭来る‼」

母を悲しくさせてしまったいつかの夏の日の自分。そのことで今になって、ばちが当ってしまったと思うのです。黄金虫のばかやろ。

まだ四年にも満たない桃太の人生。とてもちっぽけではありますが、思い出は沢山刻まれています。そして、つたないなりにそれらを引っ張り出して、母の蓮音の面影をどうにか側に連れて来たいと、必死になっているのでした。

うんと、お願いすれば、ちゃんとママは戻って来てくれるんだ。桃太は、そう思って、最後の力を振り絞っているのでした。ママは、来る。きっと来る。今までだって、そうだった、と自分に言い聞かせているのです。モモー、ごめんよ、ごめんよ、と慌てた様子で部屋に飛び込んで来て、二人の子供を同時に強い力で抱き寄せる筈なのです。

たとえそれが夢であってもかまわない、と桃太は母を待ち続けるのでした。夢でも現実でも、もうどちらでも良い。それが、母であるならば。夢の中で口に入れるキャンディが甘く感じられるならば、夢の中で笑う母も自分を幸せにしてくれる筈。

優しく抱いてくれる母の腕の中で、桃太は、ばちが当たるような数々の悪さをしでかしたことを謝ろうと心に決めたのでした。怒らせた時よりも、悲しい気持にさせた時の方が、よりばちに近いのではないか、ととうに気付いていました。だから、そのひとつひとつについて、ごめんね、と伝えたかったのです。

たとえば、ある日の公園でのこと。犬を散歩させていた飼い主の女が、水飲み場の水道の蛇口を開けて水が流れるままにしました。そして、その女は、自分の犬の鼻先をつかみ蛇口に誘導して、直接、水を飲ませたのです。

長い舌を激しく動かしながら水を飲む犬を見た母は、汚ねえな、とぼそっと呟いた後、でも可愛い犬には罪はないか、と言ったのです。それを聞いた桃太は、母を驚かせてやりたいと閃いて、犬の去った後の水道に走り、わんわんと鳴き声を真似ながら、直接蛇口に口を付けて、水を飲み始めたのです。そして、唖然としている母に向かって叫んだのでした。

「ママ、ぼく、ママのワンちゃんになったよ！」

怒るか、それとも笑うか、とどぎまぎしながら、びしょ濡れの顔を上げると、母はべそをかきながら子供のように訴えるのです。

「モモはママの子だよ。犬コロなんかと違う！」

あの時のばちも、今、当たってるんだ、と桃太はつくづく思うのです。

水しぶきをあたりに撒き散らしながら喉を潤していた犬の姿が久し振りに甦ると同時に、桃太はひどい渇きを覚えて呻いてしまいました。たったひとしずくで良いのです。水を恵んで欲しい。

隣に横たわる萌音に目をやると、唇は干からびてしまい、いくつものひび割れが出来ているのでした。息をしている気配もありません。桃太は、まだ人間の死というものを見たことがなかったので、動かなくなった妹とそれを結び付けることはありませんでした。それでも、眠っているのとは違う、とは気付いていました。

自分もこんなにも苦しいのだから、小さな萌音には、さぞかしつらいだろうと思い、桃太は励まそうとしました。

「モネ、モネっち、大丈夫？　モモ兄ちゃんが、側にいるからね。ママも、もうじき帰って来るよ」

そうでしょうか。本当に、母は、帰って来るのでしょうか。

何度呼びかけても返事はありません。桃太は、そっと萌音に触れてみました。すると、少し前まで、行儀良くかちんかちんに硬くなっていたその体が湿っているのです。

慌てて目を凝らすと、液体が滲み出て床を濡らしています。そして、そこに何やら小さな白い芋虫のようなものが蠢《うごめ》いているのです。

大変だ！　桃太は力を振り絞って起き上がろうとしました。このままでは萌音が腐ってしまう。

その瞬間、萌音を冷蔵庫に入れようと思い付きました。けれど、とうに電源は切られているのです。必死に手を伸ばして、床に放置されていたプラグを握り、コンセントまで這って行こうとしました。でも、それがはるか頭上にあるのに気付くと同時に、桃太は力尽きてしまったのでした。

桃太は、遠くなって行く意識の中で、母の声を聞いたように思います。いつものように寝る前に絵本を読んでくれる母の声。桃太の名前は、桃から生まれた桃太郎から取ったんだよ、格好いいべ？　うん、ママ、ありがとう。

どんぶらこっこ、どんぶらこ。

桃太は、心地良く水に揺られて流れて行くようです。流れ、流れて、行き着く先は、萌音の眠る冷たく澄んだ蓮の池でしょうか。あのモネさんの描いた美しい池。

どんぶらこっこ、どんぶらこ。

どんぶらこっこ、どんぶ……

〈娘・蓮音〉

愛なんて、これから簡単に見つかる筈だと、蓮音はタカをくっていたのだった。音吉と離婚して子連れで放り出された時、誰もが自分たちを厄介払いするかのように扱うのには心底傷付いた。しかし、同時に、せいせいする気持が湧いて来たのも確かだ。うおーっと、空に向かって思い切り伸びをしたい気分。私の新しい人生の始まりだ、とひとりごちた。下に目を向けると子供たちの姿があり、この先、問題が山積しているのを無視する訳には行かなかったが、とりあえず自由になったんだ、と蓮音は前向きな心持ちで決意したのだった。絶対にへこたれないで生きてやる！　と。

そう思うと、あれこれ期待は高まる。新しい生活を始めてしばらくしたら、きっと、いい人に出会えるに違いない。その人は、優しくて、シングルマザーの自分を愛し、子供たちも大事にしてくれる筈だ。生まれ育った木田沼とは、もう無縁になった私だもの。過去を知らない男と、まっさらなところから人生をやり直して行けるだろう。

蓮音は、東京に出て来た当初、そんな都合の良いことを考えたのだった。解き放たれたような気持で、浮かれていたのかもしれない。しかし、子連れ可の寮に入り、ランクの低いキャバクラで働き始めて、すぐに自分の甘さを思い知らされ、愕然とした。ランクの低い場所にはランクの低い男しか集まらないのだ。ましてや自分に愛を与えてくれる男なんて。

それでも、蓮音は、賃金に見合う以上の働きをした。まずは新生活の基盤を作らなくてはと必死だったのだ。自分を蔑んだ故郷の奴らには今さら絶対に頼れない。

そうして、働きながら人を観察して解った。初めて会った頃の音吉のように自分を惹き付ける男など滅多にお目に掛かれないのだと。彼が、すべての始まりだった。そして、彼に感じた思いが基準になってしまったのだ。

音吉くんが、私の初恋だったんだなあ、と蓮音はつくづく感じた。それまでは、まるで、面倒をさっさと片付けるようにして、さまざまな男と寝て来た。そうすることは、たいてい、仲間意識を運んで来て生活を便利にしたから、そのまま抗《あらが》うこともなく習慣になった。でも、それは、恋でも愛でもない。蓮音は、もう自分の感情をこれっぽっちも動かすことのない音吉のことを、改めて特別な人だった、と思い返す。あれこそが、恋で、そして愛だったんだ。

後に、刑務所の中で、蓮音は、愛だの恋だのと考えていた自分をたびたび懐かしんだ。性懲《しょうこ》りもなく自分は、つかまるまでそれらを追い求めていたのだ、と自嘲した。そして答えの見つからない問いを何度もくり返す。あんなにがんばったのに、いったい何故、私は誰にも愛されなくなってしまったのだろう。

たぶん、人は、子供たちが無条件にあなたを必要とし愛していたではないか、と責めるだろう。でも、と蓮音は思う。子供では駄目だったのだ。無条件でも駄目だったのだ。

私は私という女である、という条件の許、大人の男に愛されたかった。

だからと言って、子供を死なせることの言い訳になる筈もないのは、もちろん解っている。鬼畜と呼ばれたって仕方がない。人として、決して許されない罪を犯した。

あれは、私であって、私ではなかった、と言ったら、笑われるだろうか。あの頃、愛を乞う女であったのも自分だったし、子らをかけがえのない存在と大切にしていたのも自分。そして、すべてがどうでも良くなり、投げやりな快楽に身をまかせたのも自分。今でも区別が付かないのだ。

逮捕されてから、何度も何度も質問され、自分でも考えて考えた。ようやく冷静になって言葉に出来たのはこれだけなのだ。

「私は、幸せになりたかっただけなのです。でも、そのやり方を間違えてしまいました」

どうして間違えたのか。蓮音は、それについて考えることに一生を費やすつもりだ。何が自分をそうさせたのか。今さら自分捜しかよ、と情けなさに笑い出したくなるほど呆れ返っている。そして、そんな空虚な笑いが昂《こう》じると、今度は自身を殺したくなる。でも、出来ない。だから、殺意を持ち続ける。

「死んじまえ。おまえなんか死んじまえ！」

かつて、多くの人に向けたこの罵詈雑言を自分自身に投げ付ける人生が、この先続いて行く。死ね、私。

呪詛《じゅそ》の言葉を吐き続けていると、不思議なことに、次第に、それがお経のように聞こえて来る時がある。すると、自分のこれまでが、脳裏に映っては消えて行く。

ああ、そう言えば、森山さんには、ぎりぎりまで世話になったんだっけ。

最後に勤めた風俗店の主任を思い出し、蓮音は、汚点だらけの過去の記憶から浮き上がる悪くない事柄を卑しく貪《むさぼ》ってしまう。

あの人のセックスは親切だったなあ。

森山は、池袋にあった風俗店「マ・シェリ」の主任だった。そこは、派遣型の店で、いわゆるホテヘル、デリヘルと呼ばれるサーヴィスを提供していた。子供連れで現れた蓮音に驚くこともなく、彼は感じ良く採用を即決してくれたのだった。同じような境遇の女が訪ねて来るのは珍しくはないのだろう。寮として店が借りているマンションの部屋をすぐにでも使わせてくれるという。

蓮音は、喜んだ。その部屋は、それまで転々として来たキャバクラや風俗店で宛《あて》がわれたのとはまるで違う、小綺麗な建物だったからだ。部屋は狭かったが冷暖房も完備していたし、備え付けのベッドも冷蔵庫もあった。これなら子供たちも清潔に気持良く暮らせそうだ、と安心した。

「ほうら、ここが、ママとモモとモネっちの三人の新しいお城だよ！」

桃太は、最初、困惑したように部屋中を見回していたが、やがて恐る恐るというように蓮音に尋ねた。

「ここのおうちだったら、ママ、毎日、ちゃんと帰って来てくれるんだよね」

「あったり前じゃん！」

言いながら、蓮音の胸は不意に痛んだ。まだ四歳にもなっていないこの小さな子が、必死に自分自身を安心させようとしている。今度こそ、しっかりしなくては、と彼女は心に誓うのだった。

「モモ、ママ、じゃんじゃんお金稼いで、ディズニーランドに連れてくから待ってなよ」

「うん！　ぼく、オゼってとこでもいいよ」

尾瀬か。このちっちゃな頭で良く覚えている、と蓮音は目を見張った。しばらく前に尾瀬の湿原について話してやったことがあったのだ。

「オッケ。水芭蕉の花ってやつを見に行くべ」

「おーっ」

意味が解らないまま、萌音も拳を突き上げて、おーっと言いながら飛び跳ねた。

私の人生、リセットの嵐だな、と蓮音は思う。けれど、新しい部屋で、はしゃいでいる子供たちを見ると、それで良いじゃないかと思う。やり直しの出来ない人生なんかないんだ。最後に幸せになった者が勝ち。

「おっきい声で言うよ。幸せになるぞーっ‼」

「なるぞーっ‼」

「おーっ‼」

まさか、ここが子供たちの最後の棲み家になるなんて、予想だにしないことだった。

「子供たちに寂しい思いをさせる母親なんて最低だなって反省することも多くて。でも、あの子たちがいるからがんばれるんですよね。早くお金を貯めて昼の仕事がしたい」

「どんな？」

「パン屋さんとか、ケーキ屋さんとか？　うちの息子はカレーパンが大好きで、娘はフィナンシェとかの焼き菓子に目がないの。いつもコンビニスウィーツとかしか買ってやれないから、やがて、ママのお手製だって言って、最高の材料で作ったの食べさせてやりたい」

蓮音の夢見る乙女のような口振りに、主任の森山は吹き出すのをこらえるようにして横を向いた。

「あの、私、何かおかしいこと言いました？」

蓮音が怪訝に思って言うと、森山は、とうとう笑い出した。

「ごめん、ごめん、ルルちゃん、可愛いんだなって思って」

付けてもらったばかりの源氏名で呼ばれて、とまどった。フランス語で女の子って意味だと森山が言ったのだった。きみにぴったりじゃないかと。ほんと？　と蓮音は嬉しくなる。

「こういう場合に夢を語る女の子って珍しいから、微笑ましくて、つい笑っちゃった。ごめんね」

森山は、研修と称して蓮音に性交渉を持ち掛けた。それが今さら必要なことなのかどうかは解らなかったが、蓮音は素直に応じた。そして、二人は、安ホテルで穏やかに体を重ねたのだった。

「借金を抱えた子、子供を抱えた子、夢を抱えた子。真面目に割り切って働くのは、この三つを抱えた女の子たちなんだよね。贅沢したい、とか、男にいい顔したいとかは続かないよ」

「私、子供らに、学資保険を掛けたいのね」

そう打ち明ける蓮音の頭を、森山は「よしよし」と言って撫でた。

「偉い偉い。今の気持、忘れんなよ」

この人を慕うようになるかもしれない、と蓮音は、好感を持って森山を見詰めた。

「あの、これからも、こういうこと、森山さんとしてくの？」

「あー、駄目だから。この一回だけね。従業員と女の子の関係が続くと、その女の子が店の風紀委員みたいになって来るから禁止」

「そうなんですか。ここでも、フーキ禁止なんですね」

「でも、いつでも頼っていいよ、ルルちゃん」

森山は、どの女の子にも分け隔てなく丁寧に接していた。すさんだ気持になりがちな彼女たちの心を平静な状態に戻してくれる、ありがたい兄貴のような存在だった。しかし、もちろん彼は兄ではない。彼と話すことでひと息ついた彼女たちは、いつのまにか誘導されて、次の客の待つホテルの一室やレンタルルームに向かうことになる。

「森山はねえ、女の子に仕事をさせるプロ。ほら、『北風と太陽』の話ってあるじゃない？　あれの太陽の方。この世界、北風タイプの男が多いからさ。みんな、森山には初対面でほっとして、ずるずるこの店に居座ろうとしちゃう」

「でも、うちの店に限らず、長くてせいぜい二年くらいだよね。売れっ子でも三年は持たないね」

蓮音は、自分より前に「マ・シェリ」に入った女の子たちの話を神妙に聞いている。仕事を上がった後、サウナやファミリーレストランで待ち合わせて雑談に興じ、互いをねぎらいながら、一日の労働の終わりに区切りを付けるやり方を覚えた。その日、蓮音がガストで時間を過ごしたのは、カレンとサチエ。どちらもシングルマザーで、教えられることも多かった。

「なんで男は、どいつもこいつも新しい女が好きかねえ」

「ほーんと。特に風俗は、鮮度が命だよ。あたしら、刺身かっての」

「まあ、仕様がないよ。リアルの世界では、馴染んだ女も大切にされたりするけどさ、うちらんとこはフェイクだもん。リアルにならないように、どんどん新しい女を更新してくんでしょ」

カレンは、そう言って、しばらく前にはやったMr．Childrenの「フェイク」という歌を口ずさむ。

「この手がつかんだものは、またしてもフェイク……、はーあ、ミスチルのメンバーとか、店に来ないかなー」

な、訳ねーじゃんとサチエが大笑いし、蓮音も続く。

「ここんとこキモ客多くてさー」

「あー、うちとこも。ルルちゃんは？」

「うーん。でも贅沢言ってらんないしね」

と言う蓮音に、二人共、同意して頷く。

「やっぱ、子供第一だもんね」

「それ考えると、イソジンの量を増やしてうがいしながらがんばるしかないね」

「ねえ、うちらってさ、こんだけがんばって子供ら育ててさ、少子化対策に協力してやってんのに、なんで、テーヘンやってんの？」

三人のぼやきは、まだまだ続く。

「そう言えば、ルルちゃんとこの子、仕事中どこに預けてんの？」

「森山さんに紹介された託児所だよ。ほら、大久保の……」

蓮音が答えると、カレンとサチエは顔を見合わせた。何かまずいことでもあるのかと、問いただすと、カレンが言いにくそうに口を開く。

「悪いこと言わないからさ、すぐに別なとこ捜した方がいいよ。あそこ、すげえひどい環境だしさ……。ね？　サチエ」

「不潔だったらありゃしない。母親が迎えに行く直前まで、オムツ替えてなかったりするしね。ろくなもん食わせないから、弱っちゃう子供も多いみたい。劣悪極まりないね」

「仕様がなく不法滞在のママたちも頼って来るんだけど、死んじゃった子もいるみたいだよ」

「……本当に？」

うん、と言って、スウィーツを頑張る二人は、どちらも実家の母が子供らの面倒を見ていると言う。

「子供にとっても、おばあちゃんが一番なんだよねー」

「ねー？　ルルちゃんも、自分のお母さんとか生きてんでしょ？　普通に、キャバ嬢とかホステスとかやってるって誤魔化して見てもらえばいいじゃん。身内が一番だって」

その身内に頼れないから、この仕事をする破目になったんじゃないか。蓮音は、パフェをたいらげる二人をながめながら、結局、解り合える友達を作るなんて、自分にはもう無理なんだなあ、と思う。

そんなうら寂しい気持を噛み締めると、蓮音は途端に「地元」が恋しくなる。似たような境遇で訳もなくたむろし、孤独を癒やし合っていたあの仲間たち。

蓮音は、久々にブログを更新した。

〈おーい、みなみなさま、元気ですか。こっちは、もう忙しくって忙しくって！　指名が増えたから、自動的に同伴もアフターも増えちゃって大変だー（うれし泣き）。昨日も六本木につきあわされて、しゃぶしゃぶナイト。ゲーノー人多すぎだよ、六本木！〉

そんな近況報告を創作してアップした途端、それは真実になるような気がした。自分は待機室でキモ客やイタ客を待っているルルじゃない。銀座のママに請われて店に入った高級クラブのヘルプなんだ。ざまーみろ！

蓮音の日常は狂い始めていた。

「マ・シェリ」で取る仕事には、すぐに慣れた。男性客への性的サーヴィスが、日々の決められた作業のように感じられ、常に淡々とこなすようになった。もっと愛想良くしないと、と森山から時々小言をくらったが、調子良く受け流した。笑顔が指名を増やすことぐらい、もちろん、蓮音だって承知している。

「でも、笑うって難しいんだよなー」

蓮音は、くだらないことで笑い転げていた地元の男たちとの日々を思い出す。そこではいつもセックスへの欲望が渦を巻いていた。そして、彼女は、自分に対するそれをたいした逡巡もなく受け入れた。それが日常に波風を立てないこつだったからだ。

自分の体をずい分と便利使いして来たなあ、と蓮音は、今、思う。あの頃、そうしたおかげで、日々、笑えた。そして、笑っている私を仲間たちは好いて可愛がった。次回の便利使いのために。

でも、男と寝ることが笑いを運んで来るなんて素晴しいじゃないか。いつだって、そうありたいじゃないか。男と寝る時に欲しいのは多幸感だ。蓮音は、心からそれを望んでいた。だからこそ、仕事でも本当は微笑んでいたいと思ったのだ。でも、出来ない。しょぼい額のお金と引き換えにする男への奉仕には、気持を明るくする要素が何もない。暗くなるばかりだ。

その日の最初の客に作り笑いは出来る。二人目の客には、努力の末、口角を上げて見せられる。けれど、三人目ともなると、もう無理だ。せめて歯をのぞかせようとして開けた唇がすぐさま歪んでしまう。

「アホだねー、ルルちゃん。世の中に楽しく笑いながらやれる仕事なんてないよー」

いつものようにカレンとサチエに愚痴を言ったら、そうあっさりと返された。

「人には持ち場持ち場ってのがあるの。私たちを笑わせる役割を客に求めたら可哀相じゃん。生理現象で来てんのにさ」

「……生理現象……」

「そう！　それ以上のことを持ち込むと、色恋かけてるのと勘違いされて、面倒臭いことに巻き込まれるよ」

「……まさか」

「初心《うぶ》だねー、蓮音を散々からかった後に言った。

二人は、蓮音を散々からかった後に言った。

「そんなに男と笑い合いたいのなら、笑いの買える場所に行こうよ。たまには、パーッと」

連れて行かれた場所は、歌舞伎町のビルに入っているホストクラブだった。そこで蓮音は我を忘れた。久し振りに笑い転げた。

「ママー、今日は早く帰る？」

そう聞かれるたびに、蓮音は、理不尽と感じながらも、苛々して突っけんどんな口調になってしまう。心細さを一所懸命に隠そうとする桃太の健気な様子が彼女に罪の意識を呼び覚まし、それを打ち消そうとしてそうなるのだ。

段々、子供たちと過ごす時間が少なくなって来ていた。「マ・シェリ」に入る前も、客を始めとした親しい男たちと、つい時間を忘れてしまい、帰宅が遅くなることはあったが、いつも慌てて子供たちの待つ部屋へと戻っていた。

しかし、カレンやサチエに連れられてホストクラブに通い始めてからは、きちんと母親の義務を果たしているとは、とても言えなくなった。子供たちを残したまま、遊び歩くことが増えて行った。仕事で削り取られた何かを補充するかのように、蓮音は、男たちと出歩き、大騒ぎをして、時には、その内の誰かと寝た。ホストであったり、バーやクラブの従業員だったり、相手はさまざまだった。

あのホストクラブの狂乱の騒ぎの中、ひと晩中笑い転げた後、蓮音は、自分の内にくすぶっていたもやもやしたものをすべて解消したつもりだった。これで、リセット完了だとほっとした。でも、違ったのだ。発散する快楽を脳が覚えてしまったようなのだ。解消しても解消しても訳の解らない飢餓感が湧いて来る。カレンが言った男の生理現象みたいなものなのか。のけぞって笑うたびに、自分が射精しているような気分だ。

男の客たちは、私たちに、口や手を使わせて精液を撒き散らす。そして、私たちは、ホストクラブで優しかったり、親密故にぞんざいだったりする言葉を使われて、自尊心のオーガズムを与えられる。それが、夜の世界の男と女の仕組なんだ、と蓮音は思う。売ったら、買わなきゃ。それだけがフェイクなすべてにある、リアル。

もちろん蓮音は、時々、我に返る。すると、さあっと血の気が引き、母親である自分に帰って呆然とする。いったい、私、どうしちゃったの？　自問自答しながら、蓮音は走る。

そして、ドアを開けた時に桃太と萌音の無事を確認して、つくづく神様に感謝するのだ。

そして、自分の愚かさを何度も何度もなじる。

それなのに、何故だろう。いったん外に出ると、まるで薬物患者の禁断症状のように、すべてを忘れさせてくれる男を切望し、その側で、笑いたくて笑いたくて、たまらなくなるのだ。

森山は、急に変わり始めた蓮音の日常生活に気付いたらしく、時々、舌打ちをしながら咎めるような視線を送って来た。しかし、プライベートな部分に立ち入る気はないと常々言っている通り、何も言うことはなかった。

それでも、見るに見かねたのか、ただ一度だけ苦言を呈したことがある。子供たちについてだ。蓮音が、店から紹介された託児所に顔を見せなくなった、と責任者から連絡があったと言う。

「大分前に引き取りに来て以来、顔を見せなくなったたって心配してたぞ」

「あ、だって、カレンさんとサチエちゃんが、あそこは、不潔で虐待っぽいことするから、子供、預けんのは止《や》めた方がいいって……」

「はあ？　じゃ、どうしてんの？　子供ら」

「……母に預けることにしました」

森山は怪訝な表情を浮かべた。

「おまえのお母さん、小さい頃に亡くなったんじゃなかったっけか」

「……嘘つきました。すいません。ほんとは、喧嘩してたんですけど、仲直りしたんです」

「で、どこにいんの、お母さん」

「……お、大宮です」

ふう、と森山は溜息をついた。

「なら、いいけどさあ、ちっちゃい子供は、母親の姿見えなくなると不安になって具合も悪くするから気を付けないと」

「はい」

「ルルちゃんさ、ホストで息抜きするのはいいけど、深入り駄目ね。稼いだ金、あいつらに流すときりないよ。わざわざ汚れ仕事で苦労してんだから、もっと有効に……っと、ま、おれには口出しする権利ないか。でも、おまえ、せっかく上客付いて来てたのに、近頃あんまりいい加減な仕事っぷりだから……」

ひとしきり説教して去って行く森山の後ろ姿を、蓮音は恨めし気《げ》に見詰めた。そして、声に出さずに毒づく。

死んだよ。死んでんだよ、私の中であの母親は。そして、あんたの言う通り、ちっちゃかった私は、不安でたまらなかった。でも、具合が悪くなる余裕もなかったんだ。弟や妹のために、がんばってがんばって、必死に生きたんだ。

「モモ、モネっち……」

蓮音は、自分の幼ない頃と桃太、萌音を重ねて、涙をこらえられなくなってしまう。ママのような思いはさせないよ。そう呟いてはみるものの、子供たちを幸せにする自信は、もうすっかりなくなっている。

子供の許に帰らない母親には、決してなってはならない。蓮音は、それだけは肝に銘じていた。あの子たちの世話だけは、きちんとする。そうしなくては、あの女と同じになってしまうではないか、と彼女はとうに葬り去った筈の母、琴音の顔を思い出す。青白い、死にかけたような生気のない面ざし。

母の生き霊が、すぐ側にいるように感じられて、蓮音は逃げるようにして桃太と萌音の待つ部屋に帰る。そうして、ドアを開けた瞬間に駆け寄って来る子供らを見ると安堵で力が抜けてしまうのだ。

ああ、私は、今日もあの女にならずにすんだ。

託児所から引き取って以来、子供たちは蓮音の帰りをずっと家で待っている。そして、母を待ちかねたように、ママーママーと口々に言って、まとわり付いて甘えるのだ。なんて、いじらしい者たち！　私がいなくては生きて行けない、ちっぽけな、けれど、大切な大切な者たち。彼女は、自分の責任の重さを痛感する。そしてそれをくり返している内に、いつしか耐えかねて、日々に溜まる澱の中にうずくまってしまったのだった。

蓮音は、自分を一所懸命、励ました。昔から、そうやって立ち上がって来たのだ。どうってことない。がんばるもん、私、がんばるもん。

けれど、ひとりの男の何気ない言葉で、再び力は抜けてしまい、どうにかしなくてはと思いつつ、既にもがく余力も残っていなかった。

「まだ、いいじゃん」

たった、それだけの無責任なひと言によって、蓮音は、子を捨てた母親になった。

簡単だ、と思った。ははははははは、簡単じゃないか、自由になるなんて。そこから蓮音のけたたましい笑いに満ちた日々が始まった。狂っている振りをしていたつもりが本物になって来た、と自らの笑い声の中で彼女は思う。だって、そうしなきゃ子供たちの救いを求める声が聞こえてしまうではないか。

〈みなみなさーん！　お久しぶりのハスだよ。で、ちょーラブリーな御報告？　新しいダーリン出来ちゃったよ。のろけ聞いてくれるかな。銀座の店のお客さんで、イタリアンレストランのシェフ！　毎日、パスタ作って食べさせてくれるので、ちょっデブに。マジやばーい〉

蓮音が、ブログを更新しながら架空のイタリア料理で満腹になっている間にも、彼女の子供たちは飢えと渇きで苦しみ抜いていた。

そして、まもなく灼熱地獄の夏がやって来る。

〈海開き～。ダーリンと横須賀の猿島ってとこに来てるよ～。猿、どこにいる～あ、ここにいる私ら全員、元、猿か、ばーか♡〉

蓮音は、一緒に海水浴に来たグループ全員で撮った写真をブログに載せた。その内のひとりの男の家に寝泊まりするようになっていたのだった。前に書いたイタリアンシェフとは違う男だ。彼女が更新するブログには、たびたび恋人と称する別の男が登場するようになっていた。

そんな蓮音の行状を心配して、一度だけ音吉からメールが送られて来た。子供たちは大丈夫なのか、生活費は足りているかなど、別れた妻と子供たちを気づかうような質問が並んでいたが、彼女は猛烈に腹を立てて、彼の着信を拒否することにした。今さら、何だ！もう、遅い。どうしようもなくなった時のために、未練がましく取って置いた音吉の電話番号とアドレスだったが、とうとう消去した。都合の良い時だけの口出しなんて、止《や》めてくれ！

「ねえねえ、この間、ノブナガがルルちゃんのこと、必死こいて捜してたよぉ。売り掛け払わないまま飛んだんじゃないかって、心配してた」

店の後に女の子たちと来たカラオケボックスで、突然、カレンに言われた。ノブナガは蓮音が指名するホストだ。
「まさかあ？ 私、地味～に遊んでるだけだもん……てか、何、この曲」
ものの哀しいイントロを聞いて蓮音が尋ねると、新入りのチコという若い子が、マイク片手ににっこりと笑った。
「これねー、あたしの死んだママの大好きだった歌。小さい頃にはやったんだって。ニール・リードっていう外人の子供が歌って大ヒットしたらしいよ。マザー・オブ・マイン。ママに捧げる詩《うた》っていう日本題なの」
チコは歌い始めた。
「マザー　オブ　マイン、ユー　ゲイヴ　トゥ　ミー……」
母さん、口で言うよりも
ずうっと大きな幸せをぼくにくれたね
神さまは、あなたを祝福してるよ
それを信じて、ぼくは感謝する
いつの夜も　いつの日も
「ちょっと！ ルルちゃん大丈夫⁉」
急に顔を覆って泣き出した蓮音に驚いた女の子たちが、抱き抱えるように彼女の背を撫でた。それに気付かないチコの歌は続く。

マザー、スウィート　マザー　オブ　マイン。

蓮音は、明け方の街をうろついて空の写真を撮るようになった。一番濃い闇が、どんどん朝の気配に薄められて澄んで行く。そのさまをながめると気持が落ち着いた。

「空は天国の底、って言葉を知ってる？」

横顔の美しいその男は、会ったばかりで、まだ名前も知らない。

「天国の底かあ。素敵過ぎる……」

蓮音は、携帯電話を高く掲げて空に向けてシャッターを切った。薄紫に変わりつつある美しい空だ。

〈今日の天国の底。手を伸ばしても全然届かない。か・な・し・い・ね〉

それが、蓮音のブログにアップされた最後の言葉となった。

「車あるんだけど、これから横浜方面に帰るから一緒に行かない？」

「海、見られるなら行く！」

二人は、笑いながら駐車場まで歩いた。途中、蓮音の携帯電話が何度も着信を知らせたが無視した。出なくても誰だか解る。

この数日、森山から何度も連絡が入っていた。店の寮として借りているマンションの管理人から苦情が出ているというのだ。蓮音の部屋から異臭がするので、立ち会いの許、開けて中の様子を見たいとのことだった。

一度は、掃除を怠っているのを理由にした蓮音だったが、もう無視するしかなかった。部屋のドアの前まで、行くには行ったのだ。でも、開ける勇気がないまま後ずさりして、いつのまにか、走って逃げていた。

途中、自分のしたあまりにも冷酷な行いの数々が、脳裏に浮かんでは消えた。子供たちを死に至らしめるのを充分知りながらやった鬼の所業。彼女は、腐臭が洩れないようにドアにガムテープで目張りすらしたのだ。

「あれ？　さっきから携帯鳴ってねえ？　出ないんなら切っとけば？」

男の言葉に、うん、と頷いて携帯電話を開いたが、少しの逡巡の後、とうとう出てしまったのだった。

「ルル、おれが一緒に警察に行ってやるから。な？　今、どこにいる」

「横浜。海の匂いがする」

蓮音は、一緒にいた男に解りやすいコンビニエンスストアの場所を聞いて、森山に伝えた。もういい。もう、いいよ。

こうして、常に隣で奈落が口を開けていた蓮音の日々は終わりを告げようとしていた。

彼女は、ようやく深い絶望の中で目覚め、再びこの声を聞いたのだ。ママ、だいじょび？

エピローグ

〈母・琴音〉

娘の蓮音の逮捕から八年の月日が流れた。その後、二度の公判を経て、最高裁は上告を退ける決定を下し、懲役三十年の刑が確定している。児童虐待としては例を見ないほどの重さだが、情状はいっさい考慮されず、保護責任者遺棄致死罪の適用はなかった。殺意はあった、と見なされたのだ。

琴音は、裁判所の出廷要請には応じなかった。足がすくんで過呼吸になり、病院にかつぎ込まれたのだった。何度も立ち上がって、娘に会いに行こうとした。それなのに肝心な時に、うずくまってしまう。

「情けないよう、情けないよう」

そう呻《うめ》いて、むせび泣く琴音を同居人の信次郎が気づかい、気持を落ち着かせるべく、静かな、けれども力強い言葉をかけるのだった。

「しゃあんめ。今は、その時じゃないって神様が言ってるんだ。母親面して、のこのこ出てって、今の琴音に何が出来る」

その通りだ、と思いつつも、琴音は無念のあまり涙が止まらないのだった。母親失格であるのを充分認識していながら、娘のためにほんの少しでも役に立ちたくてたまらない。娘が世の中から「鬼母」と呼ばれるのなら、その鬼を作った大半の原因は自分にあるのだ。

「信次郎さあん、蓮音は最初っから鬼なんかじゃなかったんだよう。今だって鬼なんかじゃないんだよう。ただ、間違えただけ。あの子の間違いは、私のせいなんだ」

いいから、と言って、信次郎は、いつまでも、琴音の背を撫で続けるのだった。

刑の確定から五年。蓮音は女子刑務所に収容されている。その間、琴音は信次郎に付き添われて何度も面会に訪れているのだが、いまだ娘に会えたことはない。拒否されているのだ。面会室の隣にある待合所で、面会申込書の被収容者氏名の欄に自分の娘の名を書く時、琴音はいつも深呼吸して、少しでも多くの新鮮な空気を取り込もうとする。もしも蓮音と話をすることが出来た場合に、自分の吐く息が汚れていたら可哀相、なんて思う。しかし何故、今さらそんなことに心を砕くのか。蓮音を可哀相な存在と受け止めるべきは、はるか昔ではなかったか。

そんな余裕などなかった。琴音だって可哀相な存在だったのだ。でも、誰からも救いの手を差し延べられる機会に恵まれず、ひたすら自力で逃げようと必死だった。

幸せは、不幸に勝てない。いつも後ろから追いかけて来た不幸に呑み込まれてしまうもの。琴音は、ずっとそう思い続けて来た。もう自分に人並みの幸福が訪れることもないだろう、と諦めていた。追い付かれてしまった人。そして、溺れてしまった人。それが自分だ、と。

けれども、そうではなかったようだ。どこからも逃げ出したりはしない、とあがくのを止《や》めたら、すべてが変わり始めたのだった。そんなふうに琴音を導いてくれたのは、もちろん、兄の勝であり、彼の妻になった佐和であり、信次郎でもあった。

私には人の手が掛かっている！　そのことを改めて思うたびに、琴音の胸はいっぱいになる。もがき苦しむ気力も体力も尽き果てた瞬間から、かけがえのないものが、自分の許にするすると流れ込んで来てくれたのだ。まだ七転八倒する余力が残っていたら、その大切さに気付けなかったかもしれない。暗黒の真っ只中にあってもなお輝いていた出会いを、実はずい分と見逃して来たような気もする。狂乱の渦に巻き込まれて気付かない内に、自分を生きやすく手助けしてくれる人々に会っていたのかもしれない。

しかし、それを、今、考えても無駄なことだ、と琴音は、もう知っている。こんな自分にもはっきりと解る事柄だけを大事にして、感謝すれば良い。

琴音は、捨ててしまってからの娘についての詳しいことは何も知らない。公園で盗み見た幸せな家族の一員であった蓮音の笑顔に何が起こったのか。わざわざ母を訪ねて来た理由を聞くこともなく、自分は追い払うようにして拒絶した。その時の、感情をすべて奪われたような顔が脳裏に残る娘の最後の記憶だ。

こんなんじゃ駄目だ、と琴音は自らを激しくなじった。これじゃあ、自分で自分を罰することなんて出来やしない。

「信次郎さん、私、蓮音のことが知りたい」

よし！　と言って、信次郎は、琴音の背を叩いた。

「好きなだけ、おやんなさい。おまえさんはひどい母親だった。それは認めなきゃなんない。でも、こんなおじいさんが付いていて、いつだってお節介を焼いてやっからだいじかんな？」

うん！　と勇気付けられた気持で胸を張った琴音だったが、既に何度刑務所で面会を申し込んでも断られているのだ。蓮音を少しでも知る人に会ってみるしかない。

琴音は、さまざまなつてを辿って、最後に蓮音に出頭を促したという風俗店の主任に会うことが出来た。

妙に繊細な感じのする森山という男は、蓮音を「ルル」と呼んで、懐かし気《げ》に目を細めた。

「……あれからもう八年ですか……」

待ち合わせた浅草の喫茶店にやって来た森山は、注文したコーヒーには口も付けず、しばらくの沈黙の後、ようやく口を開いた。

年の頃、四十なかばといったところだろうか、髪に白いものが混じり始めている。今は錦糸町の風俗店勤務だということだが、その実直そうな様子は堅気の勤め人に見える。琴音がそう言ったら、ようやく歯を覗かせて笑った。

「信頼第一の勤め人ですよ。店側の上の人間がちゃらいと女の子も客も居つかなくなっちゃう」

森山は肩をすくめて、煙草に火を点けた。

「で、おれに何を聞きたいんです？　御存じのように、ルルちゃんに出頭を勧めて、警察の待つ場所まで付き添った。でも、彼女をことさら大事に思っていたとか、そういうんじゃないんです。店で借りてたマンションが現場になっちゃって、おれが何とかするしか仕方なかったんです」

「ごめんなさいごめんなさい……私、蓮音……あの子のことを今からでも知らなきゃって……」

「母親の台詞とは思えませんが」

消え入りそうな声で言う琴音を、森山は、ぴしゃりと遮った。久し振りに初対面の人間と話す緊張感のせいもあり、琴音は言葉を失ってしまった。

「すいません、他人のくせに容赦ないこと言っちゃって。本当は、親が子についてちゃんと解ってるなんて、稀なんですよね。店で会って気心の知れるようになった女の子たちの大半は、自分の親をしょうもない生き物のように語ってましたよ」

「しょうもない生き物……」

そう、と頷いて、森山は琴音の目を見た。

「でも、しょうもないからって縁が切れる訳じゃない。そこが困ったとこだって……。ルルちゃんに関して言えば、彼女、自分のしょうもなさを良く解ってた。だから、子供たちのために、どうにか、まともになろうとしていた。でもね、その、まともってのが曲者《くせもの》なんだよなあ。世間一般で言うまともにどうにか近付こうとする真面目な子は、何もかもが上手く行かなくなると絶望的な気分になって、全部放り出しちゃう」

まとも。私が教えてやれなかったものだ、と琴音は呆然としてしまう。

「おれが出頭を勧めて、一緒に警察に行こうと言った時、ルルは、こう尋ねたんです。解った、じゃあ友達になってくれる？　って」

浅草から東武線を乗り継いで帰途についた琴音は、電車に揺られながら、森山の言葉を何度も反芻するのだった。彼以外の口から、東京に出て来た後の蓮音の生活について聞くのは到底無理なのだ、と自分の浅はかさを痛感していた。都合良く考え過ぎていた。

蓮音が一緒に働いていた同僚の女の子たちに会えないかと尋ねたら、森山は憮然として言ったのだった。

「あの子たちが、いったい、どういう世界に身を置いていたか御存じないんですか？　あなた、無知過ぎるよ。いいですか？　彼女たちの過去も未来も、彼女たちだけのものなんです。他の人間が関われるのは、その時に現在と呼ぶことの出来る、ほんの一瞬だけなんだ」

そして、憐れむように森山は続けた。

「お母さん、あなたは、ルルちゃんの人生を辿って自分捜しをしてはならないんです」

その通りだ、と琴音は思う。蓮音は森山に最後の最後、友達になってくれるか、と尋ねたという。そのいじらしい様子を想像しようとするが、報道の写真でしか顔が解らない。でも、こう思うのを許してくれ、と心の中で懇願する。とうとうちゃんとした母親になれなかった自分だけど、せめて友達に似たものとして側にいてあげられたら……そんな考えが、あまりにも虫が良いのは百も承知だ。

だけど、寄り添いたい。その思いが止められない。寄り添える場所にいたい。あの子が望むと望まざるとに関わらず、側にいて、常に助ける用意があることを知らせたい。自分は、勝や佐和、そして、信次郎がしてくれたことを、とうに捨てた娘にしてやりたいのだ。どうか、つぐなう自由を、神様、私に下さい。

琴音は、祈った。困り果てた蓮音は区役所の福祉部に教えられた児童相談所にだって電話したのだ。けれども、行き違いが重なり助けてもらう機会は失われた。実の父親の笹谷隆史にも、夫であった松山音吉とその実家にも、その深い絶望を語る術《すべ》を持たず、援助の必要性すら説明出来なかった。言葉足らずのまま、ただひたすら役立たずの母親として、なじられるままに孤立して行った私の娘、蓮音。彼女は、社会から見捨てられ、そして、そう思いたくなくて、自分からも社会を見捨てた。まるで、犯されたと認めたくなくて、自ら体を投げ出した私のようではないか、と琴音は呆然としてしまうのだ。

「会ってくれるまで、会いに行く」

帰宅した琴音は、きっぱりと信次郎に告げ、彼は、うんうんと頷くのだった。

琴音の女子刑務所に通う日々が始まった。電車とバスを利用すると数時間はかかってしまう場所だったが、時折、店を臨時休業にした信次郎が車で送ってくれることもあった。彼と一緒だと、つい愚痴やぼやきが出てしまうので避けたいところだったが、やはり心強く、ありがたかった。

「今日も会ってくれないのかなあ」

毎回、今度こそはと期待しながら長い時間待たされ、その揚句に取るに足らないとしか思えない理由で、面会を拒否されるのだ。たいていは体の具合が悪いという口実。刑務官は、決して、あなたに会いたくないと言っているとは告げない。

「送った手紙とか読んでくれてるのかなあ」

「琴音、見返り求めるんなら行くなよ」

「あそこの売店から差し入れしてるもん、ちゃんと手に渡ってんのかなー。フェイスシェイバーがあったから、今日は、それ頼んどこ。気が利くって思われるかな？」

その日も、琴音の口から出る期待半分、諦め半分の言葉に付き合いながら、信次郎はもうすっかり慣れてしまった道を運転していた。

「蓮音ちゃん、まだ一度も、この川を見たことないんだろうなあ」

信次郎は、刑務所の脇を流れる恋し川を横目で見て言った。水かさの少ない河川敷はススキで覆われ、秋の日ざしで金色に波打っている。琴音は、その美しくも荒涼とした景色をながめながら、甦りつつあるものを感じるのだが、それが何だかが思い出せない。

「勝くん、暮れにはこっち来るって？」

「明けてからだって。奥日光の温泉行ったついでに寄るって」

蓮音の事件が大々的に報道されて、その悲惨な全容が明らかになった時、佐和は号泣して崩れ落ちたという。彼女は息子を幼ない時に亡くしている。

「だったら、私にくれよお、くれーっ、って叫んで泣きわめくんだよ。たまんなかった」

兄の悲痛な顔が今でも思い浮かぶ。

「この母子像を見ると、女子刑務所なんだなあ、と思うね。嫌みかね、これ」

建物の正面に立つ彫刻を見て、信次郎が肩をすくめる。琴音は、通り過ぎるたびに悲しい象徴だと思う。

面会に必要な申込書は、日本語と英語とスペイン語の三種類がある。琴音の姿を見て、ペルーから移り住んだ日系人の家族が、オーラ！ と声をかける。そして、会えるといいね、という日本語。ええ、本当に。

神様、今日こそは、と琴音は目を閉じ胸の前で指を組む。ここ数年、彼女は、しょっちゅう神様に願いごとをしているが、それがどんな神様なのかは自分にも解らない。ただ人間の力の及ばないところで、運命を司る存在が天上にはいるような気がしている。

もう、ずい分待っている。顔見知りになったペルー人の家族も既に面会をすませて帰ってしまった。アスタ・ルエゴと残して。またねという意味だと信次郎が言い、琴音の息は詰まりそうになる。このままでは帰れない。神様。祈る祈る。何の神様かは解らないが。

そして、とうとう願いは叶い、琴音の名は呼ばれたのだった。しかしそうなればなったで、嬉しさよりも不安の方が勝ってしまい、彼女は怯えた目で信次郎を見た。

「行っといで。ようやくこの時が来たんだ」

琴音は大きく頷き、待合所を出て指定された番号のドアを開けて中に入った。正面にはテレビドラマで見るようなアクリル板でなくガラスが張られ、鏡のように自分が映る。下方に隙間があり、そこから声が通るようになっているらしい。

刑務官に促されて入って来た蓮音は、殺風景な壁に掛けられたカレンダーに目をやった後、ゆっくりと椅子に腰を下ろした。そして、表情を変えることなく琴音を見ている。それとも、やはり鏡のようなガラスに映る自分だけを見ているのか。言葉は何も発せられない。

琴音の方も、口を開きかけるのだが声にならない。けれども、やっとの思いでこぎ着けた面会なのだ。長い逡巡の後、彼女は力を振り絞った。

「は、蓮音、何、差し入れて欲しい？」

震える声で尋ねると、答えが返って来た。

「Ｂａｎ。脇の下臭うから。あと、蒲焼さん太郎」

琴音は混乱した。脇の下用のデオドラントと駄菓子。どちらも売店にあった物だ。もっと他に欲しい物はないのか。もっと大事な……。

何も言わないまま、長い時間が過ぎたような気がした。いつのまにか面会終了時刻が来てしまい、蓮音は立ち上がった。琴音は慌てて追いすがるように、二人を隔てたガラスに両手を付け、叫ぶようにして娘の名を呼ぶ。ようやく解った。このガラスは鏡なんかじゃない。

蓮音は母の様子に気付いて振り返り、ゆっくりと口を動かした。何？　と目で問いかけると初めて笑った。

「幸せ」

「え？」

「口に出して言ってみて、ママ」

だから、琴音は言った。幸せ。


〈了〉

参考文献

『ルポ　虐待――大阪二児置き去り死事件』杉山春（二〇一三年九月、ちくま新書）
「殺人犯との対話」小野一光（『週刊文春』二〇一五年五月二八日号、六月四日号）
『女子刑務所――知られざる世界』外山ひとみ（二〇一三年一月、中央公論新社）

この作品は実際の出来事に着想を得て創作されたフィクションです。

対談　子どもたちを救う道はどこに

春日武彦（精神科医・作家）
山田詠美

言語化できないもどかしい人たち

山田　私、ベッドサイドに春日さんの『私家版 精神医学事典』を置いていて。パラパラ読んでいたら、ずっと前から好きだったジャズの「クオシモード（quasimode）」っていうグループ名と、『ノートル＝ダム・ド・パリ』（ユゴー）のカジモドが同じ綴《つづ》りだとわかったんです。「クオシモードの誰か、ユゴー読んでるのかな」って、うれしくなっちゃって。

春日　五百頁の分厚い事典だから、ベッドサイドかトイレかどっちかに置くんだよね、みんな。（笑）

ところで、今日は山田さんの新刊『つみびと』の話をしに来たのですが、大阪の二児遺棄事件が基になっているこの小説、どうしてあの事件を題材にしようと思ったんでしょう。

山田　事件から懲役三十年の判決が確定するまで、二年半ほどあったのですが、テレビのコメンテーターとかの言うことが、勧善懲悪に満ちていて。人生の岐路に立ったとき、こっち側なら大丈夫だったのに、あっち側に一歩行ったがゆえに破滅に向かう——そんな誰にでも起こり得る過ちがこの人たちは全然理解できないんだな、と。「これは私が書くしかない」と思っちゃったんです。

春日　僕、この小説を読んで、よくもまあガチでこれだけ書いたもんだとびっくりして。思い出したのが、富岡多恵子さんの短編で、「末黒野《すぐるの》」。どういう話かというと、すごくいい加減な男がいて、女房と別れて子ども二人、男の子と女の子を引き取った。ところが、ろくに面倒もみずに、近所にバレるとうるさいから、鍵閉めてわからないようにして、そのまま出稼ぎかなんかに行っちゃう。そして子どもは死ぬ——ひどい話なんですけどね。わざと説話みたいな感じで淡々と書いてある。「長編でやったら大変だろうな」って昔から思ってたんですが、ここに書いた人がいた（笑）。小説って、一行空きにすることで話を端折ってしまえるようなところがあるじゃないですか。

山田　そう、絶対それをやりたくなかったんです。行間嫌い。（笑）

春日　そこをキチッと埋めているところが力業だし、すべてを書き切らなきゃならないと思ったところが、執筆の動機なんだろうなという気はしていました。

山田　春日さんは最初、産婦人科医でいらしたのが、子どもを無条件に愛せる親ばかりじゃないのがつらくて精神科医に——、と何かで読んだのですが。

春日　この人が子どもを育てるのか、と首を傾げたくなる親がいくらでもいるわけです。でも商売柄「おめでとうございます」と言わなきゃならない。不幸の始まりに立ち会っているようなものなのに。それが嫌でね。

山田　ヒエラルキーの上にいると思ってる人たちは、下なんか見ないじゃないですか。私、『つみびと』でその下と思われて見過ごされている世界を書きたいと思ったんです。地方ならではの事情を抱えた子も、いっぱいいるんですよね。

春日　産婦人科医だったとき、田舎の病院に派遣で勤めたんです。一番びっくりしたのが、妊婦ではなく夫のほうの言い分。彼らが語った本音を要約すると、結婚する理由が、恋愛でも見合いでも政略結婚でもない。「ただでセックスさせてくれて、ついでに家事もしてくれる。おまけに結婚していれば変人と思われない」。ごく普通の人が言うんです。考えちゃうよね。

山田　いろいろと話を聞いていると、「教養」の問題があるかな、と。教養って、よくも悪くも使えるもので……。必要だなと思うことがあります。教養は教育で得るもので、その教育をあらかじめ絶たれてる人たちがどれほどいるかを考えると、優劣をつけるためのものではなくて、便利に応用できるものとしての教育の機会を与えてあげないといけないなと思うんです。

春日　教育って、「選択肢が見えるかどうか」ということですよね。

山田　そうなんです。何かを自分でチョイスする自由があるかどうか。

春日　『つみびと』を読んで考えたのが、人間が不幸になっていく理由。一つはね、「大間違いな工夫」。ちゃんと、抜き書きしてきました。たとえば、琴音の母が夫の暴力で嫌なことがある度に「さあ、仕切り直し、仕切り直し」って言う。その部分だけ見ると、ヤフー知恵袋で紹介されそうだけど、目を逸《そ》らすことによって問題の本質は見失われる。あるいは、琴音が継父にレイプされるとき、「心を飛ばす」。まさに〝解離〟ですよね。あるいは、琴音の娘の蓮音が誰かにすがる行為を自分に禁じる。頼らなければ断られて傷つくこともないから。そういう、いじましい小さな工夫を重ねることによって、さらに不幸になっていく――。そこが丁寧に書かれていることに、すごく感心しました。

山田　うれしいです。一番、自分に課していたところなので。

春日　そしてもう一つがね、「痛々しい見当違い」。子ども二人を殺してしまった蓮音が「なぜ助けを求めなかったか?」と聞かれて、「幸せじゃない自分を知られるなんて死んだ方がまし」と言う。あるいは、琴音がレイプされるとき、「私がいい気になっていたせいで、こんな事態を招いてしまった」と思う。子どもって「自分が悪い、自分のせいだ」と思ってしまうものなんですよね。

山田　いじめが原因で事件が起きると、「なんで言ってくれなかったんだ」と言うけれど、自分のちっさなプライドが邪魔して、親になんて言えるわけない。

春日　そのバランスの悪さね。特に子どもは言語化できないから。

山田　そう、言語化できないもどかしい人たちがいる。今回は「普通だったらこんなのわかるじゃん」というところを、「いちいち言わなきゃわからないんだ」と思いながら書いていました。

春日　三つめが「被害者意識」。蓮音が、四歳の息子の桃太に、「モモも、ママの邪魔すんの⁉」って言う。あれは決定的な一言だよね。全員、自分が被害者だと思っている。被害者意識って、とんでもないことをするときのゴーサインになるから。怖いものです。

「普通」を呼び戻すには

山田　「選択肢のある自由」のためには、教養やお金、いろんなものが必要じゃないですか。この事件の報道を見ていて、そのことに目が向かないんだなと思いました。

春日　たとえ患者さんに選択肢を示して、「こういう方法もあるよ」と一所懸命伝えても、みんな腰を上げない。こんなときこそ気合いを入れなきゃダメなのに、面倒がる。どうこう言ったって、被害者意識にかられながらの現状維持が楽なんだよね、大体の人は。

山田　人が本当の意味で自立するって、自分がここにいることに他人の手がかかっていると認識することだと思うんです。病んでる人は、そこがわからない。この小説の中でも、わかるまでに長い時間がかかります。

春日　当たり前のことに気がつかないよね。小説の登場人物たちも、「普通」がわからない人たちばかり。
山田　「普通」を呼び戻すにはどうしたらいいんですか？
春日　自分一人じゃ無理ですよね。
山田　お医者さんに行って……。
春日　医者じゃなくとも、きちんと事情をわかった人間がいれば。
山田　誰かによって気づかされないとダメなんですかねぇ。
春日　そう、本人は基準がわからなくなっているわけだから。そういえば、琴音が境界性パーソナリティ障害という診断を受けますね。
山田　調べたところ、医師でもきちんとわからないみたいでしたが、そう診断される、ということにしました。症例として具体化できる病名なのでしょうか？
春日　ある種のイメージは共通していて、それでいうと娘の蓮音のほうが典型的かもね。僕が説明するとしたら、特徴の一つは、「世の中や他人に対して、無条件の信頼感が持てない」。ただ、それのみだと疑り深いだけ、あるいは慢性不安。そこに「衝動性」や、「極端さを目指す」という心性が加わると……。
山田　ということは、蓮音のほうがむしろ自由を獲得したんでしょうか。歪んだ自由で、自分の行ける方向へ行き、最終的には子どもを殺してしまうわけですが。

春日　たとえば「ついに究極の恋人を見つけた」みたいなことをしょっちゅう言う。確かにその瞬間はそうかもしれないけれど、三日後に「許せない、私を騙して」みたいな話になったりする。それの繰り返し。ドラマチックなところが、自由であるかのように映ったりはしますね。

山田　昔の知り合いを思い出します。ストーカーみたいになってしまって。

春日　境界線パーソナリティ障害で、ストーカーは多いです。もう一つの特徴が、「見捨てられ不安」。ちょっと相手の振るまいが意に沿わなかっただけで「私を見捨てた」って大騒ぎ。これじゃ破綻するよね。

山田　それって、ドメスティックバイオレンスに通じるところがありませんか。すごい被害を受けているのに、彼の元に戻る女がいて。「じゃ、彼のことが好きなんだね」って言うと、「ううん」と言いながら、「私がいないとダメだし」。で、「本当に優しいのよ、そうじゃないときは」。

春日　それは、「共依存」っていう言い方をするね。

山田　あ、共依存か。

春日　共依存は、介入しても、まずうまくいきません。なぜかというと、共依存って、不健全なりに安定しているんです。こちらとしては「それじゃあ人としてマズいから、もうちょい健全なかたちで安定してちょうだい」と思うよね。つまり今の安定をいったん崩して、もっと健全なかたちに組み立て直せという話でしょ。でも人間って、たとえ短い期間でも安定を崩すのは耐えられないみたい。だから大半は現状維持に固執する。

山田　薬物依存者の家族が、「暴れられるよりは薬を与えたほうがいい」というような感じですね。

春日　うん。「大間違いな工夫」と「痛々しい見当違い」を駆使してね。いろいろ提案しても、「よく考えてみます」って言って絶対実行しない。

山田　なるほど。そうかー。

春日　精神科医として最終的に思うのは、「人の幸せとは何か」。絵に描いたような幸せなんてむしろ少ない。他人には不幸に見えても、当人にはそれが生きる手応えであったり、一種の贖罪《しょくざい》であったり。それはやはり不健康だと以前は思っていたけど、最近は脱力傾向です。（笑）

山田　それが大人同士ならいいけれど、子どもと大人になると……。

春日　子どもを巻き込むのは卑劣だね。生活に困窮している人たちが多い地域の病院で働いていたときなんですが、生活保護費が増えるからと子どもを五人くらいつくる親がいるんです。訪問すると、一番上の中学生のお姉ちゃんが赤ん坊背負って出てきたりして、「今の願いは？」って聞いたら、「せめて卒業式は出たい」。

山田　でも、間違えちゃいけないのは、「親があぁだから、どうせあの家は子どもも……」

っていう安易な偏見でものを言うこと。そういうステレオタイプな意見を聞くと私のセンサーが反応してしまうんです。

春日　確かにその通りなんだけれど。でも、見ていると、じたばたしているのに、やっぱりいつの間にか親の生き方を反復しちゃうケースが、多いんですよね。

山田　その、抜けられない輪をどうにかするために行政の力は大きいと思うんですけど、全然追いつかない、と同時に、行政の助けに加わろうとしない人たちも多い。

春日　反復するのは、つらいのと同時に、ある種の安心感につながるんだよね。馴染みのあるところに戻ってくる、というか。

山田　状況に対しての共依存みたいな感じ？

春日　そうそう。そしてときには自らそれを再現し、「自分の力でリセットしてこそ本当の人生が始まる」と奮闘し、でもやっぱり呑み込まれる。

山田　一所懸命助けようと思っているのに、「あなたに言われることは何もないよ」って突っぱねられることもある。どうしたらいいんでしょうかねえ。「よそのうちのことだから」って諦めるしかないのかな。

春日　僕も含めて、広い意味で援助者がね、どうしようもない家族をなんとかしたいと思っても、事実上できないことは多い。そのときからめ手のやり方があるんです。たとえば子どもが死んでしまう、という結果になると、関わった人はものすごく苦しむし、ヘルパーやケアマネだと、世間から指弾される可能性すらあるわけです。援助者としては「どうしようもないから見守っていた」、しかし傍から見れば、「放置していただけ」。だから僕は「関係者でまずケース検討会議を開きましょう」って必ず言うのね。みんなで検討すると、大概、「これはどうしようもないね」となるわけです。それでいい。公式に「どうしようもない」ことが確定することで、援助者の迷いが払拭《ふっしょく》されるし、責任もシェアしてもらえる。で、せっかく集まったから「動きが出たらこうしよう」くらいを話し合っておく。すると、必ず動きが出るんです。周りが不安やイライラを発散するとそれが伝わって相手も頑なになる。逆にこちらに心の余裕が生じると、相手も現状にしがみつかなくなる。

山田　「北風と太陽」みたいな感じですね。

春日　その通り。こっちが腹を括《くく》って余裕を取り戻すと、僕の経験だとね、予想もしていなかったことが起きる。どうしようもない家庭だったけど元凶の人物がマンホールに落ちて入院して、突如、介入の余地が生ずるとか。何か偶然をうまく味方につけるお膳立てが整うんだよね。

事件を小説に利用しない

山田　春日さんの話を聞くと、救いがあります。でも、今回の小説で書いたみたいに、助かるための紐が垂れているのに摑みそこねちゃった場合はどうしたらいいんでしょうね。

春日　広い意味での殺人まで行くケースは、レアではあるよね。

山田　なるほど。でもレアケースとはいえ、千葉県の事件、父親が児相（児童相談所）に娘を連れ戻しに行って……、ああいうサイコな人間もいるのかと思ってしまって。

春日　にもかかわらず児相関係の基本的発想は、「家に戻すのがベスト」だから。

山田　家が一番怖いのにね。児相で働いている人たちにその意識はないんですか。

春日　あんまりピンときてないみたい。だけど親はみんな、児相から子どもを取り返そうとするんだよね。あれが不思議。「せいせいした」と思いそうなのにね。自分の持ち物取られたっていう気になるみたいだね。

山田　私、決して社会派の作家ではないんですけど。私が書いてきたのは、「薬物中毒だろうと、アル中だろうと、自分が好きな男をケアするのは自分の欲望である」ということです。でも、欲望では片が付かないのが子どもだなと思ったんです。身に降りかかるものは自分の責任、というのは大人の世界の話、と書きながらしみじみ思って。資料を調べれば調べるほど、あまりにも悲惨な実態があって……。

春日　そうだよねえ。子どもはいったんつくってしまったら、もう「なかったこと」にはできない。その覚悟がない人が多くてさあ。で、悲惨といえば、よくわからないのが、災害を小説に書くことなのね。ラストがそのまま三・一一につながったりする作品もあって。

山田　小説のために利用しちゃダメだと思うんです。今回も、事件を利用せず、小説として成立させるにはどうすればいいかがすごく難しかった。他者の受難を自分の手柄にしてはいけない、そういう感じ。

春日　最後、琴音に「幸せ」って言わせますよね？　それを実際に言うところからじゃないと始まらないだろう、僕はそう読みましたが。最初からあそこで終わらせる気だった？

山田　全然違うんです。途中で、何度も何度も主人公たちに「幸せ」という言葉を口に出して言わせているんですが、書いているときには気づいてなくて。最後の一行を書いた瞬間に、「あ、このためだったのか」とわかる。そのときが、快楽なんです。

春日　僕はこの小説でスピンアウトがあるとしたら、家から逃げ出した、琴音の兄の勝の話を読みたい。病理性のある家族だと、大概の場合、真っ当な人間から、進学や就職、結婚にかこつけて、その家から逃げるんです。けれども、病理性を持っていたりパワーがなかったりすると、逃げそこねてしまう。選択肢っていうのは、目の前にあっても気がつかない人は気がつかないから。

山田　人間の数だけある幸福と不幸を描くのは、私の小説の永遠のテーマです。そこに選択肢という重要な鍵が潜んでいるんだなぁと感じました。その鍵を拾えるような小説を書いていきたいです。今日は楽しかったです。書き上がってもまだ作品の中でこんがらがっていた糸を春日さんに解きほぐしていただいたような気持です。興味深いお話を本当にありがとうございました。

『つみびと』二〇一九年五月　中央公論新社刊

〈初出〉
「日本経済新聞」夕刊　二〇一八年三月二六日
～一二月二五日連載
「対談　子どもたちを救う道はどこに」は「中
央公論」二〇一九年七月号より再録しました。

JASRAC 出 2107123-101

中公文庫

つみびと

2021年 9 月25日　初版発行

著　者　山《やま》田《だ》詠《えい》美《み》

発行者　松田陽三

発行所　中央公論新社
〒100-8152　東京都千代田区大手町1-7-1
電話　販売 03-5299-1730　編集 03-5299-1890
URL http://www.chuko.co.jp/

ＤＴＰ　平面惑星
印　刷　大日本印刷
製　本　大日本印刷

Published by CHUOKORON-SHINSHA, INC.
Printed in Japan　ISBN978-4-12-207117-9 C1193

中公文庫既刊より

各書目の下段の数字はISBNコードです。978－4－12が省略してあります。

や-65-1
賢者の愛
山田詠美
想い人の諒一を奪った百合。復讐に燃える真由子は、二人の息子・直巳を手に入れると決意する――。『痴人の愛』に真っ向から挑む恋愛長篇。〈解説〉柚木麻子
206507-9

や-65-2
愛してるよ、愛してるぜ
山田詠美
安部譲二
アウトロー街道を突っ走る二人の作家が、読者の悩みに答えながら、自らの山あり谷ありの人生模様を語る爆笑対談！『人生相談劇場』改題。〈解説〉宇垣美里
206875-9

せ-1-16
小説家の内緒話
瀬戸内寂聴
山田詠美
読者から絶大な支持を受け、小説の可能性に挑戦し続ける二人の作家の顔合わせがついに実現。「私小説」「死」「女と男」について、縦横に語りあう。
204471-5

い-3-2
夏の朝の成層圏
池澤夏樹
漂着した南の島での生活。自然と一体化する至福の感情――青年の脱文明、孤絶の生活への無意識の願望を描き上げた長篇デビュー作。〈解説〉鈴村和成
201712-2

い-3-3
スティル・ライフ
池澤夏樹
ある日ぼくの前に佐々井が現われ、ぼくの世界を見る視線は変った。しなやかな感性と端正な成熟が生みだす青春小説。芥川賞受賞作。〈解説〉須賀敦子
201859-4

い-3-4
真昼のプリニウス
池澤夏樹
世界の存在を見極めるために、火口に佇む女性火山学者。誠実に世界と向きあう人間の意識の変容を追って、小説の可能性を探る名作。〈解説〉日野啓三
202036-8

い-3-6
すばらしい新世界
池澤夏樹
ヒマラヤの奥地へ技術協力に赴いた主人公は、人々の暮らしに触れ、現地に深く惹かれてゆく。人と環境の関わりを描き、新しい世界への光を予感させる長篇。
204270-4

い-3-8
光の指で触れよ
池澤夏樹
土の匂いに導かれて、離ればなれの家族が行きつく場所は——。あの幸福な一家に何が起きたのか。『すばらしい新世界』から数年後の物語。〈解説〉角田光代
205426-4

い-3-9
楽しい終末
池澤夏樹
核兵器と原子力発電、フロン、エイズ、沙漠化、人口爆発、南北問題……人類の失策の行く末は。多分に予見的な思索エッセイ復刊。〈解説〉重松　清
205675-6

い-3-10
春を恨んだりはしない　震災をめぐって考えたこと
池澤夏樹
鷲尾和彦 写真
薄れさせてはいけない。あの時に感じたことが本物である——被災地を歩き、多面的に震災を捉えた唯一無二のリポート。文庫新収録のエッセイを付す。
206216-0

い-3-11
のりものづくし
池澤夏樹
これまでずいぶんいろいろな乗り物に乗ってきた。地下鉄、バス、カヤックに気球から馬まで。バラエティ豊かな乗り物であっちこっち、愉快痛快うろうろ人生。
206518-5

い-115-1
静子の日常
井上荒野
おばあちゃんは、あなどれない——果敢、痛快、エレガント。75歳の行動力に孫娘も舌を巻く！　ユーモラスで心ほぐれる家族小説。〈解説〉中島京子
205650-3

い-115-2
それを愛とまちがえるから
井上荒野
愛しているなら、できるはず？　結婚十五年、セックスレス。妻と夫の思惑はどうしようもなくすれ違って……。切実でやるせない、大人のコメディ。
206239-9

お-51-1
シュガータイム
小川洋子
わたしは奇妙な日記をつけ始めた——とめどない食欲に憑かれた女子学生のスタティックな日常、青春最後の日々を流れる透明な時間をデリケートに描く。
202086-3

お-51-2
寡黙な死骸　みだらな弔い
小川洋子
鞄職人は心臓を採寸し、内科医の白衣から秘密がこぼれ落ちる…時計塔のある街で紡がれる密やかで残酷な弔いの儀式。清冽な迷宮へと誘う連作短篇集。
204178-3

各書目の下段の数字はＩＳＢＮコードです。978－4－12が省略してあります。

お-51-3
余白の愛
小川洋子
耳を病んだわたしの前に現れた速記者Y、その特別な指に惹かれたわたしが彼に求めたものは。記憶と現実の危ういはざまを行き来する、美しく幻想的な長編。
204379-4

お-51-4
完璧な病室
小川洋子
病に冒された弟と姉との最後の日々を描く表題作、海燕新人文学賞受賞のデビュー作「揚羽蝶が壊れる時」ほか、透きとおるほどに繊細な最初期の四短篇収録。
204443-2

お-51-5
ミーナの行進
小川洋子
美しくて、かよわくて、本を愛したミーナ。あなたとの思い出は、損なわれることがない――懐かしい時代に育まれた、ふたりの少女と、家族の物語。谷崎潤一郎賞受賞作。
205158-4

お-51-6
人質の朗読会
小川洋子
慎み深い拍手で始まる朗読会。耳を澄ませるのは人質たちと見張り役の犯人、そして……。しみじみと深く胸を打つ、祈りにも似た小説世界。〈解説〉佐藤隆太
205912-2

か-61-2
夜をゆく飛行機
角田光代
谷島酒店の四女里々子には「ぴょん吉」と名付けた弟がいて……うとましいけれど憎めない、古ぼけてるから懐かしい家族の日々を温かに描く長篇小説。
205146-1

か-61-3
八日目の蟬《せみ》
角田光代
逃げて、逃げて、逃げのびたら、私はあなたの母になれるだろうか……。心ゆさぶるラストまで息もつがせぬ傑作長編。第二回中央公論文芸賞受賞作。〈解説〉池澤夏樹
205425-7

か-61-4
月と雷
角田光代
幼い頃暮らしをともにした見知らぬ女と男の子。再び現れたふたりを前に、泰子の今のしあわせが揺らいで……偶然がもたらす人生の変転を描く長編小説。
206120-0

か-61-1
愛してるなんていうわけないだろ
角田光代
時間を気にせず靴を履き、いつでも自由な夜の中に飛び出していけるよう…好きな人のもとへ、タクシーをぶっ飛ばすのだ！　エッセイデビュー作の復刊。
203611-6

か-61-5 世界は終わりそうにない　角田光代

恋なんて、世間で言われているほど、いいものではない。それでも……愛おしい人生の凸凹を味わうエッセイ集。三浦しをん、吉本ばなな他との爆笑対談も収録。

206512-3

か-57-1 物語が、始まる　川上弘美

砂場で拾った〈雛型〉との不思議なラブ・ストーリーを描く表題作ほか、奇妙で、ユーモラスで、どこか哀しい四つの幻想譚。芥川賞作家の処女短篇集。

203495-2

か-57-2 神様　川上弘美

四季おりおりに現れる不思議な生き物たちとのふれあいと別れを描く、うららでせつない九つの物語。ドゥ・マゴ文学賞、紫式部文学賞受賞。

203905-6

か-57-4 光ってみえるもの、あれは　川上弘美

いつだって〈ふつう〉なのに、なんだか不自由……。生きることへの小さな違和感を抱えた、江戸翠、十六歳の夏。みずみずしい青春と家族の物語。

204759-4

か-57-5 夜の公園　川上弘美

わたしいま、しあわせなのかな。寄り添っているのに、届かないのはなぜ。たゆたい、変わりゆく男女の関係をそれぞれの視点で描き、恋愛の現実に深く分け入る長篇。

205137-9

か-57-6 これでよろしくて？　川上弘美

主婦の菜月は女たちの奇妙な会合に誘われて……夫婦、嫁姑、同僚。人との関わりに戸惑いを覚える貴女に好適。コミカルで奥深いガールズトーク小説。

205703-6

か-57-3 あるようなないような　川上弘美

うつろいゆく季節の匂いが呼びさます懐かしい情景、ゆるやかに紡がれるうつつと幻のあわいの世界。じんわりとおかしみ漂う味わい深い第一エッセイ集。

204105-9

つ-6-14 残像に口紅を　筒井康隆

「あ」が消えると、「愛」も「あなた」もなくなった。ひとつ、またひとつと言葉が失われてゆく世界で、執筆し、飲食し、交情する小説家。究極の実験的長篇。

202287-4

各書目の下段の数字はＩＳＢＮコードです。978－4－12が省略してあります。

つ-6-17
パプリカ
筒井康隆
美貌のサイコセラピスト千葉敦子のもう一つの顔は、男たちの夢にダイヴする〈夢探偵〉パプリカ。人間心理の深奥に迫る禁断の長篇小説。〈解説〉川上弘美
202832-6

つ-6-20
ベトナム観光公社
筒井康隆
新婚旅行には土星に行く時代、装甲遊覧車でベトナムへ戦争大スペクタクル見物に出かけた。戦争を戯画化する表題作他初期傑作集。〈解説〉中野久夫
203010-7

つ-6-21
虚人たち
筒井康隆
小説形式からその恐ろしいまでの〝自由〟に、現実の制約は蒼ざめ、読者さえも立ちすくむ、前人未到の長篇問題作。泉鏡花賞受賞。〈解説〉三浦雅士
203059-6

つ-6-23
小説のゆくえ
筒井康隆
小説に未来はあるか。永遠の前衛作家が現代文学へ熱きエールを贈る「現代世界と文学のゆくえ」ほか、断筆宣言後に綴られたエッセイ100篇の集成。〈解説〉青山真治
204666-5

な-64-1
花桃実桃
中島京子
会社員からアパート管理人に転身した茜。昭和の香り漂う「花桃館」の住人は揃いも揃ってへんてこで……。40代シングル女子の転機をユーモラスに描く長編小説。
205973-3

な-64-2
彼女に関する十二章
中島京子
五十歳になっても、人生はいちいち、驚くことばっかり――パート勤務の宇藤聖子に思わぬ出会いが次々と。ミドルエイジを元気にする上質の長編小説。
206714-1

な-74-1
三の隣は五号室
長嶋有
今はもういない者たちの日々がこんなにもいとしい。小さな空間の半世紀を驚きの手法で活写する、アパート小説の金字塔。谷崎潤一郎賞受賞。〈解説〉村田沙耶香
206813-1

な-74-2
愛のようだ
長嶋有
四十歳にして初心者マークの戸倉はドライブに出かける。友人の須崎と、その彼女琴美とともに――。著者史上初「泣ける」恋愛小説。
206856-8